dtv

Gin Phillips

NACHTWILD

Thriller

Deutsch von
Susanne Goga-Klinkenberg

dtv

Ausführliche Informationen über
unsere Autoren und Bücher
www.dtv.de

MIX
Papier aus verantwortungsvollen Quellen
FSC® C019821

Ungekürzte Ausgabe 2020
dtv Verlagsgesellschaft mbH & Co. KG, München

Titel der amerikanischen Originalausgabe:
›Fierce Kingdom‹ (Viking, New York 2017)

Das Zitat auf S. 7 ist ein Ausschnitt aus
›Questions for Emily‹ aus ›Guest Host‹ von Elizabeth Hughey
(National Poetry Review Press), © 2012
Umschlaggestaltung: Alisa Sakkaravej nach einem Entwurf
von www.buerosued.de unter Verwendung von Fotos
von Arcangel Images/Lenore Humes,
Trevillion Images/Robin Macmillan und shutterstock.com
Gesetzt aus der DTL Documenta 10,5/14,8˙
Satz: Fotosatz Amann, Memmingen
Druck und Bindung: Druckerei C.H.Beck, Nördlingen
Printed in Germany · ISBN 978-3-423-21926-6

Für Eli,
der ganze Welten in sich trägt

Ich möchte nur wissen, ob ein Geräusch
einen Jungen erschaffen kann. Und ob
eine Frau zur Mutter wird, wenn sie
glaubt, sie höre ein Baby nach ihr weinen.

Elizabeth Hughey: *Questions for Emily*

16.55 Uhr

Joan hat es lange so ausgehalten, auf den bloßen Fußballen hockend, den Rocksaum auf der Erde. Jetzt lässt die Kraft in ihren Oberschenkeln nach, sie stützt sich mit der Hand ab und lässt sich in den Sand nieder.

Etwas bohrt sich in ihr Bein. Sie greift darunter und zieht einen kleinen Plastikspeer hervor – nicht länger als ein Finger –, was sie nicht überrascht, da sie ständig winzige Waffen an unerwarteten Stellen findet.

»Hast du einen Speer verloren?«, fragt sie. »Oder ist das ein Zepter?«

Lincoln antwortet nicht, nimmt aber das Stückchen Plastik aus ihrer offenen Hand. Anscheinend hat er nur darauf gewartet, dass ihr Schoß verfügbar wird – er lässt sich bequem auf ihren Oberschenkeln nieder, an ihm ist kein Körnchen Sand. Er ist sehr reinlich; er hatte auch nie Spaß an Fingerfarben.

»Willst du eine Nase, Mommy?«

»Ich habe eine Nase.«

»Willst du noch eine?«

»Wer will das nicht?«

Er streicht sich die dunklen Locken aus der Stirn, sie müssen mal wieder geschnitten werden. Blätter segeln herab. Unter dem Holzdach, das auf runden, unbearbeiteten Balken ruht, ist es kühl, draußen aber tanzen Sonnenlicht und Schatten auf dem grauen Schotter, bewegen sich im Wind, der durch die Bäume fährt.

»Woher bekommst du eigentlich diese Extra-Nasen?«, fragt sie.

»Aus dem Nasenladen.«

Joan lacht, stützt sich mit den Händen ab, gibt sich dem Gefühl des klebrigen Sandes hin. Sie entfernt ein paar feuchte Sandkörner, die sich unter ihren Fingernägeln festgesetzt haben. Die Dinosaurier-Entdeckungsgrube ist immer feucht und kalt, hierher dringt keine Sonne, aber es ist vielleicht ihr liebster Ort im Zoo – er liegt fernab der breiten Wege, weit hinter Karussell und Streichelscheune und den Volieren, inmitten des mit Unkraut überwucherten Gebietes, das einfach nur als WALDLAND gekennzeichnet ist. Hier gibt es bloß Bäume und Felsen, Schotterwege und ein paar einsame Tiere: einen Geier, in dessen Gehege aus unerfindlichen Gründen ein Pick-up vor sich hin rostet. Eine Eule, die mürrisch auf ein aufgehängtes Kauspielzeug starrt. Wilde Truthähne, die immer nur reglos dasitzen; sie ist sich gar nicht sicher, ob sie überhaupt Beine haben. Joan stellt sich einen grausamen Jägerscherz vor, einen Hals, an dem von einem schweißfleckigen Band Truthahnfüße baumeln.

Ihr gefällt die planlose Fremdheit dieser Wälder, wo ab und zu der halbherzige Versuch gemacht wird, eine Attraktion zu präsentieren. Eine Seilrutsche hängt zwischen den Bäumen, aber sie sieht nie jemanden rutschen. Sie erinnert sich, dass es vor zwei Jahren animierte Dinosaurier und irgendwann auch einen Gruselpfad gab. Sie bemerkt Spuren von Attraktionen aus fernerer Zeit: große Felsblöcke, die echt aussehen, es aber wohl nicht sind, dazu Zäune aus halben Baumstämmen und eine Pionierhütte. Alles ohne erkennbaren Zweck. Leere Betongruben, die vielleicht einmal Wasserstellen für irgendwelche großen Säugetiere gewesen sind. Hier und da der Versuch eines Naturlehrpfads mit willkürlicher Beschilderung, die einen eher verwirrt als leitet – ein Baum trägt die Aufschrift SASSAFRAS, während die zwanzig Bäume drumherum namenlos bleiben.

»Ich erzähl dir mal was«, sagt Lincoln und legt die Hand auf ihr Knie. »Weißt du, was Odin gebrauchen könnte?«

Sie weiß es tatsächlich, da sie in letzter Zeit eine Menge über nordische Götter gelernt hat.

»Einen Augenladen?«

»Genau. Dann müsste er nicht mehr die Augenklappe tragen.«

»Außer, sie gefällt ihm.«

»Außer das«, stimmt Lincoln zu.

Im Sand liegen kleine Plastikhelden und -schurken verstreut – Thor und Loki, Captain America, Green Lantern und Iron Man. In letzter Zeit dreht sich alles um Superhelden. In dieser Sandgrube lauern nachgebaute Skelette – hinter Joan ragt die Wirbelsäule eines ausgestorbenen Geschöpfes aus dem Sand, und es gibt einen Eimer mit abgenutzten Pinseln, um sie zu säubern. Früher sind sie und Lincoln hergekommen und haben nach Dinosaurierknochen gegraben, damals, in seinem früheren Leben als Dreijähriger. Jetzt aber, zwei Monate nach seinem vierten Geburtstag, liegt sein altes Archäologen-Ich schon mehrere Wiedergeburten zurück.

Die Dinosauriergrube dient jetzt als Insel des Schweigens, auf der Loki, Thors betrügerischer Bruder, gefangen ist. Wenn es nicht gerade um zusätzliche Nasen geht, erbebt die Luft im Lärm einer epischen Schlacht, in der Thor Loki das Geständnis abringen will, dass dieser einen Feuerdämon erschaffen hat.

Lincoln beugt sich vor, das Epos geht weiter.

»Der böse Schurke lachte gemein«, erzählt er. »Aber dann hatte Thor eine Idee!«

Seine Geschichten können Stunden dauern, wenn Joan ihn nicht unterbricht. Eigentlich mag sie es lieber, wenn er eigene Figuren erfindet. Er hat einen Schurken namens Horse Man ersonnen, der Menschen in Pferde verwandelt. Seine Nemesis ist Horse Von, der diese Pferde wieder in Menschen verwandelt. Ein Teufelskreis.

Joan registriert nur nebenbei, wie sich Lincolns Tonfall ändert, wenn er in die verschiedenen Charaktere schlüpft. Sie lässt ihre Gedanken angenehm dahintreiben. Vormittags sind die Wege hier voller Kinderwagen und Mütter in Yogahosen, doch jetzt am späten Nachmittag haben sich die meisten Besucher verzogen. Sie und Lincoln kommen manchmal her, nachdem sie ihn aus dem Kindergarten abgeholt hat – sie wechseln zwischen Zoo, Bibliothek, Park und Wissenschaftsmuseum ab –, und sie lenkt ihn möglichst oft in diesen Wald. Hier gibt es Grillen oder etwas, das sich so anhört, und Vogelrufe und raschelndes Laub, aber keine menschlichen Geräusche bis auf Lincoln, der laut seine Dialoge vorträgt. Er hat die Sprachmuster der Superhelden absorbiert und kann sie bei Bedarf wieder hervorbringen und zu seinen eigenen machen.

»Er hatte eine Geheimwaffe im Gürtel!«

»Sein teuflischer Plan ist gescheitert!«

Er vibriert förmlich vor Aufregung. Sein ganzer Körper bebt von den Fußballen bis zu den Fäusten. Thor schießt durch die Luft, und Lincoln hüpft mit, und Joan fragt sich, ob ihm die Vorstellung gefällt, dass das Gute das Böse besiegt, oder ob er einfach nur eine aufregende Schlacht will, und auch, wann sie ihm erklären soll, dass es einen Mittelweg zwischen Gut und Böse gibt, auf dem sich die meisten Menschen bewegen, aber er ist so glücklich, dass sie die Sache nicht unnötig komplizieren will.

»Weißt du, was dann passiert, Mommy? Nachdem Thor ihn niedergeschlagen hat?«

»Was denn?«

Sie hat die Kunst geradezu perfektioniert, mit einer Hälfte ihrer Gedanken zuzuhören, während die andere um alle möglichen Dinge kreist und wirbelt.

»Loki hat Thors Gedanken kontrolliert. Und durch den Schlag verliert er seine Macht über Thor!«

»Oh. Und was dann?«

»Thor trägt den Sieg davon!«

Er redet weiter – »Wir haben einen neuen Schurken in der Stadt, Jungs!« –, und sie krümmt die Zehen und streckt sie wieder. Sie denkt nach.

Sie denkt daran, dass sie immer noch ein Hochzeitsgeschenk für ihren Freund Murray besorgen muss – sie kennt einen Künstler, der Hunde malt, und so ein Bild wäre eine gute Wahl, also sollte sie ihm eine E-Mail schicken und eins bestellen, obwohl das Wort »Bestellung« bei einem Künstler vermutlich als Beleidigung gilt. Ihr fällt ein, dass sie ihre Großtante heute Morgen anrufen wollte und dass sie ihr vielleicht – sie löst Probleme rechts und links im Vorbeigehen, mitgerissen von einem Rausch geistiger Effizienz, während Loki im Sand vergraben wird – stattdessen das drollige Äffchen schicken könnte, das Lincoln im Kindergarten aus einer Papiertüte gebastelt hat. Ein Kunstwerk wäre sicher besser als ein Anruf, obwohl es auch egoistisch ist, da sie ungern telefoniert, und, na gut, sie will sich drücken, das weiß sie genau, trotzdem entscheidet sie sich für den Affen. Sie denkt an den Kürbisauflauf ihrer Großtante. Sie denkt an die Kochbananenchips im Küchenschrank. Sie denkt an Bruce Boxleitner. In der Junior High School war sie leicht besessen von *Agentin mit Herz*, und neulich hat sie entdeckt, dass es die ganze Serie online gibt, worauf sie angefangen hat, sich alle Folgen wieder anzusehen – für eine Serie aus den Achtzigern mit Spionen aus dem Kalten Krieg und schrecklichen Frisuren hat sie sich erstaunlich gut gehalten –, und sie weiß nicht mehr, ob Lee und Amanda sich am Ende der zweiten oder der dritten Staffel endlich küssen, sie hat noch sechs Folgen der zweiten Staffel vor sich, könnte aber auch gleich nach vorn zur dritten springen.

Irgendwo in der Nähe hämmert ein Specht und reißt Joan ins Hier und Jetzt zurück. Die Warze an Lincolns

Hand ist größer geworden. Sie sieht aus wie eine Anemone. Die Schatten huschen wunderschön über den Schotter, und Lincoln stößt sein böses Schurkengelächter aus, und ihr kommt der Gedanke, dass diese Nachmittage, hier, umgeben von Wald, das Gewicht ihres Sohnes auf ihren Beinen, sie geradezu euphorisch stimmen.

Thor fällt ihr auf den Fuß, sein Plastikkopf landet auf ihrem Zeh.

»Mommy?«

»Ja?«

»Warum trägt Thor im Film seinen Helm nicht?«

»Vielleicht weil man damit schlechter sehen kann.«

»Will er seinen Kopf nicht schützen?«

»Ich nehme an, er trägt ihn manchmal und dann wieder nicht. Je nach Laune.«

»Ich finde, er sollte seinen Kopf immer schützen. Es ist gefährlich, ohne Helm in die Schlacht zu ziehen. Was glaubst du, warum Captain America bloß eine Kapuze trägt? Das ist doch kein guter Schutz, oder?«

Paul langweilt sich schnell bei dem Superheldengerede – ihr Mann würde lieber über Football-Strategien und die Taktik in der NBA sprechen –, aber Joan macht es nichts aus. Sie war früher ein Riesenfan von Wonder Woman. Von Super Friends. Dem unglaublichen Hulk. *Wer würde in einem Zweikampf gewinnen,* fragte sie ihren Onkel einmal, *Superman oder der unglaubliche Hulk?* Er antwortete: *Na ja, wenn Superman verliert, kann er immer noch wegfliegen,* und das war eine unglaublich brillante Antwort.

»Captain America hat seinen Schild«, sagt sie zu Lincoln. »Mit dem schützt er sich.«

»Und wenn er ihn nicht rechtzeitig über den Kopf halten kann?«

»Er ist sehr schnell.«

»Trotzdem«, sagt er, noch immer nicht überzeugt.

»Du hast recht.« Was auch stimmt. »Er sollte wirklich einen Helm tragen.«

Die Rückwand der Grube besteht aus einem künstlichen Felsen, bräunlich und nach außen gewölbt, und irgendwo dahinter scharrt ein kleines Tier. Hoffentlich keine Ratte. Sie stellt sich ein Eichhörnchen vor, dreht sich aber ganz bewusst nicht um.

Sie öffnet die Handtasche und wirft einen Blick aufs Handy. »In fünf Minuten müssen wir zum Tor gehen.«

Lincoln tut so, als hätte sie nichts gesagt, wie so oft, wenn es Zeit ist, das Spiel zu beenden.

»Trägt Dr. Doom immer eine Maske?«, fragt er.

»Hast du mich gehört?«

»Ja.«

»Was habe ich denn gesagt?«

»Dass wir gleich gehen müssen.«

»Gut. Ja, Dr. Doom trägt immer eine Maske. Wegen seiner Narben.«

»Narben?«

»Ja, die Narben, die er von dem Laborexperiment hat.«

»Warum sollte er wegen denen eine Maske tragen?«

»Weil er sie verstecken will. Er findet sie hässlich.«

»Warum findet er sie hässlich?«

Sie sieht, wie ein leuchtend orangefarbenes Blatt auf

den Boden fällt. »Na ja, damit sieht er anders aus. Manche Leute wollen nicht anders aussehen.«

»Ich finde Narben nicht hässlich.«

Während er das sagt, dringt ein scharfer, lauter Ton durch den Wald. Es knallt zweimal, dann, nach einer Pause, noch ein paarmal. Als würden Ballons platzen. Oder Feuerwerksraketen zünden. Sie überlegt, was in einem Zoo solche kleinen Explosionen verursachen könnte. Hat es mit Halloween zu tun? Man hat überall Lichter aufgehängt – nicht hier im Waldland, aber an den belebteren Wegen –, da könnte ein Trafo durchgebrannt sein. Oder war es ein Presslufthammer von einer Baustelle?

Noch ein Knall. Noch einer und noch einer. Zu laut für Ballons, zu unregelmäßig für einen Presslufthammer.

Die Vögel sind verstummt, aber die Blätter segeln immer noch herab.

Lincoln bleibt unbekümmert.

»Meinst du, ich könnte meinen Batman als Dr. Doom nehmen? Er hat schwarze Sachen an. Und wenn ich ihn nehme, kannst du ihm dann die richtige Maske basteln?«

»Sicher doch.«

»Woraus machst du die?«

»Aus Alufolie.«

Ein Eichhörnchen huscht über das Dach der Grube, und sie hört den leisen Aufprall, als es auf einem Baum landet.

»Und was nehmen wir für Farben?«, will Lincoln wissen.

Sie schaut auf ihn hinunter.

»Farben?«

Er nickt. Sie nickt zurück, überlegt und verfolgt seine Gedanken nach. Sie entziffert, was in seinem Gehirn vorgeht: Es ist ein Teil des Mutterseins, an dem sie besondere Freude hat, weil sie gar nicht wusste, dass es ihn gibt. Lincolns Verstand ist kompliziert und einzigartig, er webt seine eigenen Welten. Im Schlaf schreit er manchmal ganze Sätze heraus – »Nicht die Treppe runter!« –, und manchmal öffnet sich ein Fenster zu seiner inneren Maschinerie, durch das sie einen Blick darauf erhascht, aber sie wird niemals alles wissen, und darin liegt der Reiz. Er ist ein ganz eigenständiges Wesen, ebenso real wie sie.

Farben. Sie arbeitet an dem Rätsel.

»Welche Farben meinst du?«

»Die er im Gesicht hat. Die er hässlich findet.«

Sie lacht. »Ach, das sind ›Narben‹, nicht ›Farben‹. So wie die an Daddys Arm, wo er sich als Kind an heißem Wasser verbrüht hat. Oder die an meinem Knie, wo ich mal hingefallen bin, weißt du?«

»Ach«, sagt er verlegen. Dann lacht er auch. Er versteht Witze schnell. »Narben, nicht Farben. Also findet er Farben nicht hässlich?«

»Ich habe wirklich keine Ahnung, was Dr. Doom von Farben hält.«

»Er hat keine im Gesicht.«

»Nein. Das sind Narben.«

Joan überlegt, ob sie es ihm besser erklären müsste, und gleichzeitig denkt sie an Schüsse. Aber es können keine Schüsse gewesen sein. Und selbst wenn, hätte sie inzwischen noch etwas anderes gehört. Schreie oder Sirenen oder eine Lautsprecherdurchsage.

Aber da ist nichts.

Sie hat zu viele Schlachten gesehen.

Sie schaut aufs Handy. Nur noch ein paar Minuten, bis der Zoo schließt, und es ist durchaus denkbar, dass man sie hier im Wald übersieht. Sie hat sich das Szenario mehr als einmal ausgemalt: die Nacht im Zoo verbringen, sich vielleicht sogar absichtlich verstecken, in der mitternächtlichen Dunkelheit die Tiere besuchen – von so etwas handeln Kinderbücher. Natürlich ist es lächerlich, es gibt sicher Wachleute. Nicht dass sie je einen gesehen hätte.

Sie müssen los.

»Lass uns gehen, Schatz.« Sie hebt Lincoln von ihrem Schoß und wartet, bis er auf eigenen Füßen steht, was er nur widerwillig tut. Eigentlich sollte er jetzt seine Jacke anziehen, aber er hatte beteuert, ihm sei nicht kalt, also hat Joan sie im Auto gelassen.

»Haben wir noch ein klein bisschen Zeit?«, fragt er.

Sie erhebt sich aus dem Sand und streift die Sandalen über. Weil sie immer in Sandalen herumläuft, fehlt es ihr etwas an der moralischen Autorität, ihm eine Jacke aufzuzwingen.

»Nein. Es ist fast halb sechs. Die machen zu. Tut mir leid. Wir müssen schnell raus, sonst schließen sie uns ein.«

Der Gedanke macht sie nervös – sie hat zu lange gewartet, und sie müssen noch durch den ganzen Wald und am Streichelzoo vorbei, das wird ziemlich knapp.

»Können wir noch zum Spielplatz und über die Brücke gehen?«

»Heute nicht. Wir können morgen wiederkommen.«

Er nickt und tritt aus der Grube ins spärliche Gras. Er verstößt nicht gern gegen Regeln. Wenn die Zooleute sagen, dass es Zeit ist, nach Hause zu gehen, geht er nach Hause.

»Kannst du mir mit den Schuhen helfen? Und meine Jungs in deine Handtasche tun?«

Sie bückt sich, wischt ihm den Sand von den Füßen, zieht ihm die Socken über die blassen Zehen und die breiten, kurzen Füße. Sie öffnet die Klettverschlüsse seiner Turnschuhe, und als sie aufblickt, bemerkt sie einen Roten Kardinal, der ganz in ihrer Nähe gelandet ist. Die Tiere hier haben überhaupt keine Angst. Manchmal sitzen Spatzen, Streifenhörnchen oder Eichhörnchen einen Meter entfernt und beobachten Lincolns Schlachten.

Sie lässt die Plastikfiguren in ihre Tasche fallen.

»Fertig.«

17.23 Uhr Joan wirft noch einen Blick zurück in die Sandgrube und vergewissert sich, dass sie keine Plastikfiguren vergessen haben. Dann nimmt sie Lincoln an die Hand und geht mit ihm den Weg entlang, der aus dem Waldland hinausführt. Sie fragt sich, wann er wohl ihre Hand nicht mehr wird halten wollen, doch im Augenblick sind sie beide noch gleichermaßen glücklich mit diesem Arrangement. Keine zwanzig Schritte, dann werden die Bäume lichter – die Abgeschiedenheit des Ortes ist eine Illusion –, und man hört schon den Wasserfall, der über die Felsen vor dem Ottergehege plätschert.

Der Otter gehört zu ihren und Lincolns Lieblingstieren, es ist eins der wenigen, mit denen sie ihn immer noch aus seinen Geschichten herauslocken kann. Die beiden Otter haben eine große künstliche Höhle mit felsigen Überhängen, und sie springen und schwimmen und tauchen geschmeidig durch einen grünen Teich, in den man durch eine Glasscheibe blicken kann. Der Fels ragt über den Weg hinaus, und der Wasserfall rauscht über den Köpfen der Besucher und ergießt sich in einen Schildkrötenteich, der mit dichtem Schilf und Seerosen und irgendeiner langstieligen Pflanze mit violetten Blüten bewachsen ist. Joan findet den hölzernen Fußsteg am

Teich eigentlich am allerschönsten im Waldland – jetzt aber wirkt der Ort einfach nur verlassen.

Neben ihr lacht Lincoln. »Schau mal, der Otta. Wie er schwimmt.«

Er kämpft noch mit Wörtern, die auf »er« enden, und sagt »Otta« statt »Otter«. Lex Lutha. Supa-man.

»Mir gefallen seine Pfoten«, sagt sie.

»Hat er Pfoten? Keine Flossen? Richtige Pfoten wie ein Hund oder mit Fingern wie ein Affe?«

Sie ist versucht, stehen zu bleiben und ihm die Anatomie der Otter zu erklären – vielleicht ist es das, was sie sich am meisten für Lincoln wünscht: Er soll erkennen, dass das Leben voller Wunder ist, wenn man nur genau hinschaut. *Schau mal, schön,* hatte er gesagt und war auf dem Zooparkplatz vor einer Benzinpfütze stehen geblieben. Aber dafür ist jetzt keine Zeit. Sie zieht ihn an der Hand, und er kommt willig mit, obwohl er den Blick nur zögernd von dem Otter wendet. Als sie den Holzsteg zwischen den Seerosen betreten, wünscht sie, sie würden andere Leute sehen, eine andere Familie vielleicht, die ebenfalls spät dran ist. Doch es ist nicht ungewöhnlich, dass sie den Weg für sich allein haben. Oft begegnen sie niemandem bis zum Ausgang, und diesmal ist es noch später als sonst. Sie geht schneller.

»Sollen wir ein Rennen machen?«, fragt sie.

»Nein.«

»Möchtest du hüpfen?«

»Nein, danke.«

Lincoln trottet weiter.

Manchmal fragt sie sich, ob seine Entschlossenheit,

etwas nicht zu tun, in direktem Zusammenhang mit der Begeisterung steht, die sie dafür an den Tag legt. Er schlendert über den Steg, schreckt vor einer Mücke zurück, starrt auf einen gefleckten Koi hinunter. Einmal bleibt er ganz stehen, um sich am Kinn zu kratzen. Als sie ihn auffordert, sich zu beeilen, runzelt er die Stirn, und sein Gesichtsausdruck kündigt bereits an, was als Nächstes kommt.

»Ich will, dass du mich trägst.«

»Ich kann dich nicht bis zum Auto tragen. Dafür bist du schon zu groß.«

Er schiebt die Unterlippe vor.

»Na gut, ein Kompromiss«, sagt sie, bevor die Sache eskaliert und sie noch weiter aufhält. »Ich nehme dich auf den Arm, sobald wir bei den Vogelscheuchen sind, und trage dich von da bis zum Auto. Aber nur, wenn du dich bis zu den Vogelscheuchen beeilst.«

»Okay«, sagt er mit bebender Stimme und schiebt die Unterlippe weiter vor, und dann beginnt er zu heulen, obwohl er weiter im Gleichschritt mit ihr geht.

Sicher, sie hat nicht gesagt, dass er beim Gehen nicht weinen darf. Technisch gesehen hält er sich an die Bedingungen. Möglicherweise hat er gleich genug geweint und wird von dem Gedanken an Thors Helm oder Odins Augenklappe abgelenkt. Es ist aber auch möglich, dass er noch lauter weint und dass sie nachgeben und ihn doch tragen wird, weil er schon ein ganzes Stück klaglos auf seinen kurzen Beinen gelaufen ist. Möglicherweise jedoch weint er weiter und sie bleibt hart und lässt ihn bis zum Auto selbst gehen, weil sie ihn nicht zu einem dieser Kinder erziehen will, die ständig Trotzanfälle bekommen.

Das Elternsein ist ein komplexes System aus gegenseitiger Kontrolle, aus Projektionen und Spekulationen und Kosten-Nutzen-Rechnungen.

Eine Libelle schwebt vor ihnen und schießt davon. Ein Fischreiher stakst am Wasser entlang. Der Holzsteg führt zwischen Bäumen und Wildgräsern hindurch.

Lincoln hat aufgehört zu weinen, und Joan ist sich ziemlich sicher, dass er das Kampflied der Georgia Bulldogs vor sich hin summt – *»Glory, glory to old Georgia/ Glory, glory to old Georgia!«* –, doch kaum ist der Gedanke in ihr Bewusstsein gedrungen, hat Lincoln schon zu den Texas Longhorns gewechselt. Niemand in der Familie ist ein Fan dieser Teams, aber Lincoln hat ihre Kampflieder ebenso in sich aufgesogen wie Superhelden und Schurken.

Er ist ein Sammler. Er bewahrt alles Mögliche auf.

Durch die Bäume sieht sie das zeltartige Dach des Karussells. Es zeichnet sich weiß vor dem spülwassergrauen Himmel ab. Sie kommen an einer Umzäunung aus Maschendraht vorbei, in der ein einbeiniger Adler gehalten wird, und einem unauffälligen Gehege, das ein Reiherpaar beherbergt. Baumstämme liegen herum, umwuchert von Traubenlilien und limonengrünem Unkraut. Sie geht auf einen Ast zu, der über den Weg ragt, und ein Blatt löst sich, verwandelt sich in einen gelben Schmetterling und flattert in den Himmel empor.

Endlich erreichen sie die Betonwege, die breit wie

Straßen sind. Auf den Zaunpfählen hocken aus Kürbissen geschnitzte Laternen.

Sie machen ein paar Schritte hinein in die Zivilisation, und Joan wirft einen Blick zum Karussell hinüber. Es ist still und reglos; die bemalten Giraffen und Zebras, Bären und Gorillas und Strauße sind erstarrt. Früher liebte Lincoln das Karussell, er wollte aber nur auf dem Zebra fahren. Jetzt sind die Karusselltiere mit Gummi-Fledermäusen und winzigen Gespenstern aus Papiertüchern geschmückt, die vom Holzgestänge hängen. Sie geht mit Lincoln unter dem weißen Leinwandbaldachin hindurch, der sich über das Karussell spannt.

»Trag mich, Mommy.«

»Wenn wir bei den Vogelscheuchen sind.« Sie ignoriert seine ausgestreckten Arme. »Nur noch ein kleines Stück.«

Diesmal protestiert er nicht. Sie eilen am Karussell vorbei in Richtung Imbissbereich und Wasserspielplatz, auf dem sich schulterhohe Wasserfontänen bogenförmig auf blaue und himbeerrote Hüpfkissen ergießen.

»Medusa war hier«, verkündet Lincoln. Joan schaut zu der schattigen Stelle hinter den Fontänen, an der die steinernen Statuen einer Schildkröte, eines Frosches und einer Eidechse stehen. Steinfiguren sind das Zeichen dafür, dass Medusa da war. Bei Spinnweben sagt er *Spiderman war hier.*

»Die Armen«, sagt sie, weil sie das immer sagt, wenn sie Medusas Opfern begegnen.

»Sie hätten die Augen zumachen sollen«, sagt er, weil er es immer sagt.

Sie schaut durch die getönten Fenster des Koala-Cafés, sieht die Regale mit in Plastikfolie gewickelten Sandwiches, hart gekochten Eiern und Bechern mit Wackelpudding, aber es ist keine Bewegung zu erkennen. Die Plastikstühle stehen umgedreht auf den Tischen. Die Restaurants schließen immer eine Viertelstunde früher als der Zoo.

Rechts von ihnen befindet sich der Spielplatz mit den künstlichen Bergen und der Schaukelbrücke. Als Lincoln sich für die Antarktis interessierte, waren die großen Felsen Eisberge gewesen. Im letzten Frühjahr hat er auf der Schaukelbrücke Ritter und Burg gespielt und unsichtbaren Königen zugerufen, sie sollten ihre Kanonen laden und die Katapulte mit Felsbrocken bestücken. Heute dient dieselbe Brücke als Thors regenbogenfarbener Pfad zur Erde. In einem Jahr wird Lincoln in die Vorschule kommen, dann werden die Tage der Superhelden verblassen und durch etwas ersetzt werden, wovon sie noch keine Ahnung hat, und irgendwann wird der Zoo selbst ersetzt, und das Leben wird weitergehen, und der Junge, der jetzt ihre Hand hält, wird sich in jemand anderen verwandelt haben.

Sie sind jetzt in Schwung gekommen, sausen am Souvenirladen und der mit einem Gorilla bemalten Holzwand vorbei, durch die die Kinder den Kopf stecken können. An den mit Algen zugewucherten Aquarien werden sie langsamer – Lincoln muss einfach nach der Riesenschildkröte Ausschau halten –, und unvermittelt taucht ein paar Meter vor ihnen eine ältere Frau auf, leicht stolpernd. Sie hält einen Schuh in der Hand.

»Der Stein ist raus, Tara«, sagt sie, und der leicht verzweifelte Unterton in ihrer fröhlichen Stimme verrät, dass sie eine Großmutter ist. »So, komm jetzt.«

Zwei blonde Mädchen, sicher Schwestern, hüpfen herbei, und die Großmutter bückt sich und hält dem kleineren Mädchen den Schuh hin. Die Kleine hat Zöpfe und scheint ein bisschen jünger zu sein als Lincoln.

»Wir müssen gehen«, sagt die Großmutter, als sie die Gummisandale über den kleinen Fuß streift. Dann richtet sie sich auf.

Das kleine Mädchen sagt etwas, zu leise, um es zu verstehen, obwohl sie ganz in der Nähe sind. Fliegen prallen gegen die Scheiben der Aquarien.

»Ich ziehe sie dir wieder aus, wenn wir am Auto sind«, sagt die Großmutter atemlos. Sie macht einen unsicheren Schritt, umfasst die Handgelenke der Mädchen. Die beiden schauen Lincoln an, doch die Frau zieht sie mit sich.

»Das ist eine Großmutter«, sagt er ziemlich laut und bleibt so plötzlich stehen, dass Joan den Ruck im ganzen Arm spürt.

»Das glaube ich auch«, flüstert sie.

Sie wirft einen Blick zu der älteren Frau hin – in der Luft hängt ein blumiger, chemischer Duft, das Parfüm erinnert sie an Mrs. Manning in der sechsten Klasse, die ihr und niemandem sonst am letzten Schultag das Buch *Die Insel der blauen Delphine* geschenkt hat. Die Frau und ihre Enkelinnen verschwinden hinter dem letzten Aquarium.

»Wenn ich eine Großmutter hätte, würde sie dann so aussehen?«, will Lincoln wissen.

In letzter Zeit ist er auf Großeltern fixiert. Sie hofft, dass die Phase ebenso schnell vorübergeht wie alle anderen.

»Du hast eine Großmutter«, sagt Joan und zieht ihn mit sich. »Grandma. Daddys Mommy. Sie war doch Weihnachten bei uns. Sie wohnt nur ziemlich weit weg. Wir müssen jetzt los, Schatz.«

»Manche Leute haben ganz viele Großeltern. Ich habe nur eine.«

»Nein, du hast drei. Weißt du das nicht mehr? Jetzt müssen wir endlich gehen, sonst bekommen wir Probleme.«

Es wirkt wie ein Zauberwort. Er nickt und geht schneller, das Gesicht ernst und entschlossen.

Wieder ertönt ein Knall, lauter und näher als zuvor, dann ein ganzes Dutzend, sie hallen scharf durch die Luft. Vielleicht etwas Hydraulisches.

Sie kommen an den Rand eines Teiches – es ist der größte im Zoo, beinahe ein See –, und Joan erhascht einen Blick auf die Schwäne, die durchs Wasser gleiten. Der Weg gabelt sich: Rechts geht es um den Teich herum zum Afrika-Gehege, links gelangt man in wenigen Sekunden zum Ausgang. Vorn kann sie rot-grüne Papageien aufblitzen sehen. Sie sind ungewöhnlich still. Sie mag ihre kleine Insel inmitten des Betons – ein ummauerter Teich mit einem grasbewachsenen Hügel und dünnen Bäumen –, und es ist immer der erste und letzte Haltepunkt, das Abschlussritual bei jedem Besuch.

»Übe mal deine Papageienrufe.«

»Ich brauch sie nicht üben. Ich will die Vogelscheuchen sehen.«

»Wir schauen sie im Gehen an.«

Eine lange Reihe Vogelscheuchen lehnt an dem Zaun, der den Teich umgibt. Viele haben Kürbisse als Köpfe, was Lincoln faszinierend findet. Er mag besonders die Vogelscheuche mit dem Superman-Kopf und den Astronauten, dessen Kürbis wie ein weißer Raumfahrerhelm bemalt ist, und am besten gefällt ihm der Kater mit Hut.

»Na schön, Schatz.«

Er lässt ihre Hand los und hebt die Arme.

Joan schaut am Zaun entlang und entdeckt den leuchtend blauen Kürbiskopf von Pete the Cat. Ein Stück weiter sind einige Vogelscheuchen umgefallen, wahrscheinlich vom Wind umgeweht. Dabei war es gar nicht sehr windig. Trotzdem, ein halbes Dutzend Vogelscheuchen liegt bis zum Papageiengehege und dahinter verstreut.

Nein. Es sind keine Vogelscheuchen.

Keine Vogelscheuchen.

Sie sieht, wie sich ein Arm bewegt. Sie sieht einen Körper, der viel zu klein für eine Vogelscheuche ist. Einen Rock, der unschicklich über eine blasse Hüfte hochgerutscht ist, angewinkelte Beine.

Sie hebt langsam den Blick und schaut nach vorn, vorbei an den Gestalten auf dem Boden, vorbei an den Papageien, hin zu dem langen, flachen Gebäude mit den Toiletten und den Türen, auf denen ZUTRITT NUR FÜR PERSONAL steht, und sieht am Trinkbrunnen einen Mann, der reglos dasteht und ihr den Rücken zukehrt. Er trägt Jeans und ein dunkles Hemd, keine Jacke. Er hat braune oder schwarze Haare, mehr kann sie nicht erkennen, und dann bewegt er sich. Er tritt gegen die Toilettentür, so dass sie auffliegt. In der rechten Hand hält er eine Waffe, eine Art Gewehr, lang und schwarz, das schmale Ende ragt wie der Fühler eines Insekts über seinen dunklen Kopf, als er in der blassgrün gestrichenen Damentoilette verschwindet.

Sie meint, eine Bewegung bei den Papageien zu bemerken, jemanden, der noch aufrecht steht, aber sie hat sich schon abgewendet. Sie sieht nichts mehr.

Joan packt Lincoln, hebt ihn auf ihre Hüfte, dass seine Beine hin und her schwingen, und umfasst unter seinem Po mit der rechten Hand ihr linkes Handgelenk.

Dann rennt sie los.

17.32 Uhr Sie läuft vorwärts, aber natürlich nicht zu den am Boden liegenden Gestalten hin. Sie nimmt den Weg, der um den Teich nach Afrika führt. Sie hätte auch in den Wald zurückkehren können, kann immer noch kehrtmachen und in den Schatten der Sandgrube oder der hohen Bäume eintauchen, weiß aber nicht, ob der Mann – die Männer? – sie gesehen hat und ihnen folgt, ob er sich Zeit lässt, weil er derjenige mit der Waffe ist und keine Eile hat. Außerdem sträubt sich etwas in ihr dagegen, zurückzugehen, vorwärts scheint besser. Sicherer.

Lauf. Lauf. Lauf. Das Wort dröhnt in ihrem Kopf. Ihre Füße hämmern in seinem Rhythmus auf den Beton.

Sie stellt sich vor, wie der Mann mit dem Gewehr sie beobachtet, die ersten Schritte hinter ihnen her macht, den Teich umrundet, immer breiter lächelt. Wie er schneller wird.

Sie kann es nicht ertragen, schaut über die Schulter zurück und sieht niemanden. Doch sie hat keine klare Sicht, da sie nicht stehen bleiben will.

Der Strickrock legt sich beim Laufen eng um ihre Beine, und sie würde ihn gern höher ziehen, hat aber keine Hand frei. Vielleicht zerreißt er, denkt sie hoffnungsvoll. Sie hört die winzigen Steinchen unter ihren

Füßen knirschen. Sie klemmt den Riemen der Sandalen zwischen die Zehen, hört die Sohlen klatschen – noch eine weitere Angst: die Sandalen zu verlieren.

Der Weg ist auf Kopfhöhe mit Halloween-Lichtern geschmückt, sie funkeln fröhlich, grellweißes Licht, wie wenn Lincoln ihr versehentlich mit der Taschenlampe in die Augen leuchtet.

Der Himmel wird dunkler.

»Warum rennen wir?«, fragt Lincoln, dessen achtzehn Kilo auf ihrem Hüftknochen auf und ab hüpfen, und Joan ist erstaunt, dass er so lange geschwiegen hat. Vielleicht ist ihm jetzt erst aufgefallen, dass sie nicht zum Parkplatz gehen.

Ihre Lungen brennen, als sie versucht, genug Luft zu holen, um eine Antwort herauszubringen.

»Ich sag's dir« – Luft holen – »in einer Minute.«

Lincoln schließt die Arme fester um ihren Hals. Neben ihnen verlaufen die Bahngleise, und was würde sie darum geben, wenn jetzt der kleine schwarz-rote Zug auftauchte, bereit, sie davonzuzaubern, obwohl sie vermutlich zu Fuß schneller wäre. Trotzdem wünscht sie sich den Zug herbei. Ihre Arme tun schon weh, und sie denkt an letzte Woche im Park – *Haben Enten Zähne? Beißen sie mich bestimmt nicht? Haben Enten Füße? Warum konnte ich als Baby nicht laufen? Hatte ich Füße? Hatte ich Beine?* An diesem Nachmittag hatte sie auf dem Heimweg tatsächlich den Punkt erreicht, an dem sie Lincoln nicht mehr tragen konnte und ins Gras abgesetzt hatte, worauf er zu weinen anfing.

Heute wird sie ihn nicht absetzen.

»Mommy!«, sagt er frustriert, die Hand in ihrem Gesicht. »Nicht in einer Minute.«

»Da war ein böser Mann«, sagt Joan, aber auch nur, weil sie in Panik ist.

»Wo?«

Sie hat den Überblick verloren. »Was?«

»Wo ist der böse Mann?«

Sie springt mit zwei Schritten über die Gleise – außerdem würde der Zug, wenn er denn käme, von einem Menschen gefahren, und sie würde so gern einen anderen Menschen sehen –, und dann haben sie den Teich hinter sich gelassen, er liegt zwischen ihnen und dem Mann und den Leichen, und das ist gut. Der gewundene Weg, der bergauf nach Afrika führt, ist von Bäumen gesäumt – Bäume mit großen Blättern, aus dem Regenwald –, die ihnen Schutz bieten. Hier sind sie schwerer zu entdecken, falls jemand sie jagt.

»Er war da hinten«, sagt sie und gerät fast ins Stolpern.

Sie hört Sirenen. Sie kann nicht einschätzen, wie nah sie sind, aber es bedeutet, dass die Polizei kommt und alles in Ordnung bringt, auch wenn ihr das im Moment nicht weiterhilft.

»Ich hab keinen bösen Mann gesehen. Woher weißt du, dass er böse ist?« Lincoln bohrt das Kinn in ihre Schulter.

Es verstört ihn, wenn sie seine Fragen nicht beantwortet, und sie möchte nicht, dass er weint, sie will Geräusche vermeiden, und außerdem würde er dann anfangen zu zappeln oder, schlimmer noch, sich hängenlassen. Er ist doppelt so schwer, wenn er auf knochenlos macht.

»Wir müssen hier weg«, keucht sie. »Sofort. Also hilf Mommy bitte, und halte dich ganz fest – schling die Beine noch ein bisschen fester um mich –, und wenn wir in Sicherheit sind, antworte ich dir.«

Sie bringt die Worte kaum heraus. Ihre Lungen wollen bersten. Ihre Oberschenkel kreischen vor Schmerz. Die Sonne ist hinter den Baumwipfeln versunken, und die Schatten der Pflanzen dehnen sich lang und ausgemergelt unter ihren Füßen.

Mit dem Ellbogen streift sie ein Bananenblatt, fest und breit wie ein Flügel.

»Wo?«, will er wissen, denn natürlich hört er nicht auf zu fragen. »Wohin gehen wir?«

Sie weiß es nicht. Wohin jetzt? Welche Richtung? Wonach sucht sie überhaupt? Ihre Füße bleiben im Rhythmus, und sie krallt die Zehen in die Sandalen und wünscht sich, es ginge nicht bergauf.

Lange schafft sie das nicht mehr.

Verstecken. Sie müssen sich verstecken.

Das ist am wichtigsten, dann kann sie die Polizei oder Paul oder beide anrufen. Ja, sie muss die Polizei anrufen – damit sie wissen, dass sie und Lincoln hier drinnen gefangen sind. Sie brauchen ja die Information, wer noch im Zoo ist. Sie schiebt Lincoln von der rechten auf die linke Hüfte.

»Mommy!« Er will noch immer eine Antwort. Er will immer eine Antwort.

Schließlich sind sie oben auf dem Hügel, haben das grüne Dickicht der perfekt gestalteten Wildnis hinter sich gelassen, und Joan schaut auf das Elefantengehege, sandige Hügel und Gras und ein plätschernder Bach, und muss sich für links oder rechts entscheiden. Rechts geht es zu den Giraffen, Löwen und Tigern; links zu den Nashörnern, Wildhunden und Affen.

»Mommy!«

Sie küsst ihn auf den Kopf und biegt nach links ab.

»Ich hab mir den Zahn an deiner Schulter gestoßen.«

»Tut mir leid«, sagt sie.

Sie ist froh, dass sie vorhin nicht die schmalen, vertrauten Wege zur Dinosauriergrube gewählt hat, denn trotz der hohen Bäume gibt es im Waldland kaum Verstecke, und die wenigen geeigneten Stellen – die Blockhütte und das Schmetterlingshaus – wären viel zu offensichtlich. Natürlich hätten sie Platz zum Laufen und Hakenschlagen gehabt, aber wie gut kann sie schon Haken schlagen, wenn sie Lincoln auf dem Arm hat? Nein, sie brauchen keinen Platz zum Laufen. Falls sie entdeckt werden, bringt Laufen gar nichts.

Der Gedanke erscheint ihr wichtig. Ein Beweis, dass ihr Gehirn die Panik überwindet.

Ja. Laufen bringt gar nichts. Sie müssen sich so gut verstecken, dass man sie nicht findet, nicht einmal, wenn jemand unmittelbar an ihnen vorbeigeht. Sie braucht einen Kaninchenbau. Einen Bunker. Einen Geheimgang.

Lincoln hat aufgehört, ihren Namen zu sagen. Ihre Angst muss zu ihm durchgedrungen sein, und das ist gut, solange es die richtige Menge Furcht in ihm auslöst – genug, um ihn gefügig zu machen, nicht genug, um ihn zu verängstigen.

Das Elefantengehege wirkt unendlich groß, und während sie es umrundet, hört sie Musik, zuerst nur einzelne Töne hier und da, dann erkennt sie die Titelmelodie von *Ghostbusters*, fröhlich und viel zu laut. Sie läuft an den Getränkeautomaten vorbei, die in Lincolns Spielen der Batcomputer sind.

Der Joker versucht wieder seine alten Tricks! Ins Batmobil! Mommy, gibt es auch eine Bat-Waschanlage, wenn das Batmobil schmutzig ist? Aber es muss eine besondere sein, weil es ein Cabrio ist. Ihr Knöchel knickt um, aber sie läuft nicht langsamer. Dort steht tatsächlich ein Elefant, schläfrig, überraschend nah am Geländer, und sie ist froh, seine gewaltige Masse neben sich zu sehen. Er schwingt den Rüssel langsam hin und her, sie nimmt den Rhythmus wahr, wendet sich nach links und mustert das langgestreckte Gebäude der Savannah Snackbar. Sie haben schon unter dem gewaltigen Strohdach Rosinen gegessen, während der Ventilator die Sommerluft aufrührte, waren aber noch nie im eigentlichen Restaurant. Sie bleibt lieber draußen, beobachtet die Elefanten, tut so, als wären sie in Afrika – irgendwann wird sie mit Lincoln hinfahren, das hat sie sich vorgenommen –, sie denkt gern an all die Orte, die sie ihm zeigen wird. *Bist du in Thailand wirklich auf einem Elefanten geritten, Mommy? Ja, das war, bevor du auf die Welt gekommen bist.* Sie schaut im Vorbeigehen zu den Toiletten, zögert, denkt dann aber an eingetretene Türen und wird wieder schneller. Das Restaurant selbst … da wären sie vielleicht sicherer – die Türen haben bestimmt Schlösser, und es gibt Büros und Lagerräume und Wandschränke, in denen man sich verstecken kann, dazu Stühle oder

Tische oder schwere Kartons, die man gegen eine Tür schieben kann. Der Gedanke ist verführerisch, und sie hastet unter das Strohdach und drückt gegen die Glastür, aber sie gibt nicht nach, und drinnen ist es dunkel.

GEÖFFNET steht auf dem Schild.

HEXENLIMO steht auf einem anderen in Rosa und Violett. GRUSELIG LECKER!

Joan macht abrupt kehrt und läuft weiter, und Lincoln hält ihren Hals eng umschlungen, was ihre Arme ein wenig entlastet, aber sie ist erschöpft, kämpft, um das Gleichgewicht zu halten, und prallt fast gegen einen Betonpfeiler.

Sie bemerkt einen Lautsprecher über ihrem Kopf, aus dem die Musik dröhnt. *An invisible man/Sleeping in your bed/Who you gonna call?/Ghostbusters.*

Sie rennt weg vom Pavillon, von den Lautsprechern, hinein ins ersterbende Sonnenlicht. Der Elefant und sein anmutiger Rüssel sind weg, wie kann etwas so Großes verschwinden, und sie flüstert Lincoln *Alles ist gut* ins Ohr, wieder und wieder, und läuft schneller, obwohl sie nicht weiß, wohin. Dies hat nichts mit dem steten Rhythmus ihrer Joggingrunden durch die Nachbarschaft gemein. Sie ist schlecht vorbereitet. Joan denkt an ihren großen Bruder, der während seiner Militärausbildung von etwas besessen war, das sich »*Rucking*« nannte: Er schnallte sich einen fünfzehn Kilo schweren Rucksack um und rannte kilometerweit damit. Er war ihr fremd geworden, weil er mit ihrem Vater nach Ohio gezogen war, lange vor ihr die Flucht ergriffen hatte, und sie ihn nur zwei Wochen jeden Sommer und manchmal zu

Weihnachten sah. Es war ein Erwachsener, der sie besuchte, und als er ihr den Rucksack überstreifte – ungefähr sieben Jahre, bevor sie ihren ersten Marathon lief –, wollte sie ihn beeindrucken, aber nach zwei Häuserblocks war ihr Rücken schweißnass, und ihr ging die Puste aus. Sie keucht auch jetzt, ihr Bizeps brennt, Lincolns Gewicht zieht sie zur Seite, und es käme ihr nun so zugute, wenn sie all die Jahre mit dem Rucking weitergemacht hätte.

Wie lange ist sie gelaufen? Drei Minuten? Vier? Einen Augenblick. Ewig.

Über die Achtziger-Jahre-Synthesizer hinweg kann sie immer noch Sirenen hören. Sie sind jetzt lauter.

Sie hat fast das Nashorngehege erreicht. Sie bemerkt zwei Teenager, einen Jungen und ein Mädchen, die auf sie zulaufen – nicht so, als würden sie sich beeilen, um noch rechtzeitig zum Ausgang zu kommen, bevor geschlossen wird, sondern als wüssten sie, dass etwas nicht in Ordnung ist. Vorhin hat sie sich andere Menschen gewünscht – jetzt nicht mehr. Andere Menschen machen alles komplizierter. Die beiden werden langsamer, als sie sie sehen – der Junge greift nach seiner Sonnenbrille, die herunterzufallen droht –, und dann reden beide gleichzeitig, fragen etwas, doch Joan läuft weiter, um sie herum.

Das Mädchen trägt einen orangefarbenen Rock mit schwarzer Spitze unten, der so kurz und eng ist, dass er kaum die Unterwäsche bedeckt, und was muss sie für eine Mutter haben, die das zulässt, nun, vielleicht eine sehr gute Mutter, die ihr beigebracht hat, dass sie auch in einem Rock, der wie eine Wurstpelle sitzt, noch schön aussieht.

»Geht nicht zum Ausgang«, sagt Joan, ohne stehen zu bleiben. »Da ist ein Mann, der Leute erschießt.«

»Erschießt?«, fragt das Mädchen.

Der Junge stößt Wörter hervor, zu viele, die in der Luft verloren gehen.

»Er bringt euch um, wenn er euch sieht«, ruft Joan über die Schulter, aber sie ist längst an ihnen vorbei. »Versteckt euch, bis die Polizei kommt.«

Sie sieht sich nicht um. Lincoln ist alles, was zählt. Er darf nicht blutend auf dem Beton enden.

Wie gut, dass das Restaurant abgeschlossen war. Es wäre dumm gewesen, sich dort zu verstecken, der Mann sieht sicher in den Gebäuden nach. Sie werden seine ersten Ziele sein. Türen eintreten, Fenster zerschlagen, Möbel umwerfen – es befriedigt ihn sicher, Dinge kaputtzumachen –, und draußen im Freien kann man nicht so viel zerschmettern, gibt es keine Möbel und Türen und festen Knochen.

Joan hört ihren eigenen Atem und ihre Schritte, so leise wie möglich, aber auch den Wind und den fernen Verkehrslärm und die Blätter, die an den Ästen rascheln – lauter Hintergrundgeräusche, auf die sie nie geachtet hat. Sie braucht diese Hintergrundgeräusche, weil Lincoln nie vollkommen still ist. Er ist ein braver Junge, aber man kann nicht erwarten, dass er ganz still ist, und wenn sie nun wegen eines einzigen Flüsterns abgeschlachtet werden?

Draußen im Freien.

Aber verborgen. Wo niemand nachschaut.

Sie wirft einen Blick zum Elefantengehege, in dem große Felsbrocken liegen und ganze Mauern aus Felsen aufgetürmt sind, aber es hat einen tiefen Graben, über den sie nicht springen kann. Außerdem sind Elefanten dort drinnen, und die ganze Idee ist idiotisch, aber sie löst etwas aus, eine Idee – die Killer werden wohl nicht in den Gehegen suchen, oder?

Joan ist höchstens zehn Schritte gelaufen, während sie all das gedacht hat, so schnell und so langsam zugleich – wenn sie sich umdrehen würde, würde sie wahrscheinlich immer noch die beiden Teenager auf dem Weg sehen –, und das ganze Denken bringt sie nicht weiter. Der Löwe brüllt von fern, das Geräusch schockiert sie nicht, sie füttern die Tiere immer kurz vor Toresschluss, und die Vorfreude macht den Löwen immer sehr laut. Er brüllt noch einmal, es ist beinahe tröstlich. Sie ist von wilden Geschöpfen in Käfigen umgeben. Sie spürt etwas wie Solidarität mit ihnen.

Ein Affe plappert schrill und aggressiv, und Joan fragt sich, ob die Wärter es vielleicht nicht mehr geschafft haben, die Tiere zu füttern. Vielleicht wurden sie unterbrochen.

Dann fällt ihr das Stachelschwein ein.

Sie betet, wie sie es lange nicht getan hat, während sie zum Affenhaus rennt. Sie kommt am Afrika-Spielplatz vorbei – Trommeln und Masken und eine Wippe und die Statue eines Mistkäfers –, und dann schießt sie unter dem komplizierten Seilparcours der Klammeraffen hindurch, die über ihr herumhängen, sorglos und elegant an

Pfoten und Schwanz dahinschwingen, und dann ist sie am Eingang des Affenhauses und drückt heftig gegen die Doppeltür, die sofort aufgeht. Joan sprintet in das kühle, dunkle Innere, vorbei an Lemuren mit schwarz-weiß gestreiften Schwänzen, und um eine Ecke. Hier liegt alles im Schatten, Baumstämme wachsen aus dem Boden. Wie so oft im Zoo weiß sie nicht, ob die Umgebung echt oder künstlich ist, aber als sie sich mit der Hand an einem Baum abstützt, fühlt sich die Rinde echt an.

»Ein Mann hat Leute erschossen?«, fragt Lincoln an ihrem Schlüsselbein.

»Ja.«

»Ist er hinter uns her?«

»Nein.«

»Warum rennen wir dann?«

Sie sieht Tageslicht in den Gehegen, Sonnenlicht, das unter dem Glas eingefangen ist, die Tiere können sich hinter Felsen und in Höhlen verstecken, die vielleicht sogar zu unsichtbaren Räumen führen. Wenn man nur hinter das Trennglas gelangen könnte. Aber sie kann nicht durch Wände gehen wie die Invisible Woman oder einer der X-Men. Sie läuft weiter durch die Gänge, streift gegen glattes Glas und raue Porenbetonsteine, die ordentlich aufeinandergesetzt sind.

Sie weiß, irgendwann werden ihre Muskeln nicht mehr können und ihre Arme heruntersinken, sosehr sie auch dagegen ankämpft. Noch ist es nur ein pulsierendes Brennen der Muskeln von den Schultern bis zu den Handgelenken, von den Hüften bis zu den Fußgelenken.

»Mommy?«

»Wir sind fast da.« Sie bringt die Worte kaum heraus. Überall nur Affen, vollkommen unbekümmert.

Dann sieht sie eine Glastür und stößt mit der Schulter dagegen, und sie sind wieder draußen im kühlen Luftzug. Vor ihr ein verwittertes Geländer, in Taillenhöhe. Dahinter eine kleine, eingezäunte Wildnis mit Kiefern und hohem Gras. Sie steht auf einer hölzernen Plattform – einem Übergang zwischen den Gebäuden. Links von ihr befindet sich eine weitere Glastür, durch die man zu den Pavianen und Orang-Utans und weiteren verglasten Lebensräumen und offenen Fluren gelangt, die ihr nichts nützen. Das Schild an der Mauer erklärt die Lebensgewohnheiten des Stachelschweins, ohne zu begründen, was ein Stachelschwein bei den Primaten zu suchen hat. Vor einigen Monaten hat ihr eine Wärterin gestanden – leise, damit Lincoln es nicht hörte –, dass das Stachelschwein gestorben war. Joan und Lincoln haben regelmäßig nach einem neuen Tier Ausschau gehalten. Sie hatte ihm die Wahrheit gesagt, da er auch schon tote Vögel und Eichhörnchen und plattgetretene Kakerlaken gesehen hatte, und weshalb sollte sie so tun, als würde nichts je sterben, und er hat sich Hoffnungen auf ein Baby-Stachelschwein gemacht. Aber das Gehege ist immer noch leer.

Das hofft sie jedenfalls.

Sie tritt näher ans Geländer, lässt den Blick über die niedrigen Bäume und ausgehöhlten Baumstämme gleiten. In den ausgedehnten Flächen von nackter Erde und Kies haben die wenigen Grasbüschel keine Chance. Alles sieht ungepflegt und vernachlässigt aus. In der Mitte entdeckt sie das, woran sie gedacht hat – eine Anzahl Felsbrocken, etwa einen Meter hoch. Sie bilden einen Halbkreis von ungefähr vier Metern, und man sieht nicht, was dahinter ist. Ein mit Efeu überwucherter Maschendrahtzaun umgibt den hinteren Teil des Geländes. Er ist über vier Meter hoch und oben in steilem Winkel nach innen geneigt – hat man wirklich befürchtet, die Stachelschweine könnten sonst herausklettern? –, am Rand ragen Kiefern empor.

Das Gehege liegt gut versteckt inmitten des weitläufigen Affenbereichs. Es sieht nicht so aus, als könnten sich Menschen hier aufhalten, und genau das macht es ideal.

Joan hebt Lincoln aufs Geländer und keucht auf vor Erleichterung, als die Last auf ihr nachlässt. Über das Geländer zu klettern dürfte nicht weiter schwer sein, und auf der anderen Seite gibt es einen Sims, der fast dreißig Zentimeter breit ist. Sie kann sich bequem daraufstellen und Lincoln wieder hochheben, und selbst wenn etwas schiefläuft, geht es dahinter nur etwa einen Meter tief hinunter, was ihm nicht wehtun wird, aber er könnte natürlich weinen, und das Geräusch würde – nein, er wird ganz sicher nicht hinfallen. Sie wird ihn die ganze Zeit festhalten.

»Wir machen es so: Du bleibst hier sitzen, während ich rüberklettere –«

Er schüttelt den Kopf und klammert sich an ihren Ellbogen. »Wir dürfen nicht zu den Tieren reingehen, Mommy!«

»Es sind doch gar keine drin«, sagt sie und versucht, seinen Griff zu lösen. »Da hat das Stachelschwein gewohnt. Und sie haben noch kein neues.«

»Zäune sind dazu da, um die Tiere drinnen und die Menschen draußen zu halten.«

Nie hat sie es so bedauert, dass er sich immer an die Regeln hält.

»Heute sind die Regeln mal anders. Es sind die Regeln für den Notfall, und die besagen: Wir müssen uns verstecken, damit der Mann mit der Waffe uns nicht findet.«

Lincoln löst seinen Griff, schaut sich um und klammert sich wieder an sie. »Ich falle runter. Es ist zu hoch.«

»Meinst du, ich lasse dich fallen?«

»Nein.« Er drückt sich fester an sie. »Mommy.«

»Ich halte dich die ganze Zeit. Ich klettere jetzt nur rüber –«

»Mommy«, wimmert er.

»Scht. Ich halte dich fest.«

Sie stemmt sich hoch und setzt sich rittlings aufs Geländer, wobei sie seinen Körper mit beiden Händen wie eine Klammer umschließt. Es ist mühsam, aber sie schwingt sich hinüber und findet mit den Fußballen einen ziemlich guten Halt auf dem Sims.

Lincoln hält ihre Handgelenke fest. Sie hört ihn laut atmen, er ist den Tränen nah. Weil ein Mann Leute erschießt oder weil sie alle normalen Grenzen so komplett überschreiten? Sie weiß es nicht.

»Mommy.«

»Ich halte dich ganz fest«, sagt Joan und schlingt den Arm um ihn, zieht ihn an ihre Brust. Seine Fersen schlagen gegen den Maschendraht.

»Ich hebe dich jetzt rüber. Und dann stellst du die Füße auf diese kleine Stufe und hältst dich mit den Händen am Geländer fest. Dann springe ich runter und fange dich auf.«

Sie hebt ihn hoch, noch während sie spricht, gibt ihm keine Chance, länger darüber nachzudenken, denn gewöhnlich wird er nicht mutiger, wenn er über Dinge nachdenkt, und in zwei Sekunden ist es ohnehin vorbei. Sie hält sich mit einer Hand am Geländer fest und zieht ihn herüber, einen Moment lang wird er nur mit Arm und Ellbogen gehalten und sie spürt seine Panik, doch dann stehen seine Füße schon auf dem Sims, seine Turnschuhe zwischen ihren Ledersandalen. Sie schließt seine Finger um den Maschendraht.

»Gut festhalten.«

Joan springt hinunter und landet mühelos im hohen Gras, das ihre Handgelenke kitzelt. Sie zieht Lincoln zu sich herunter und dreht ihn um, so dass er die Arme um ihren Hals legen kann. Seine Beine umklammern ihre Hüften, und sie setzt sich wieder in Bewegung, schaut so gut wie möglich an ihm vorbei auf den Boden, um zu sehen, wo sie hintritt – es erinnert sie daran, wie ihr schwangerer Bauch damals jede Strecke in einen Hindernisparcours verwandelte –, und dann endlich sind sie hinter den hohen Felsen, die so einladend ausgesehen haben.

Sie lässt sich langsam auf den Boden sinken, bis sie sitzt, den Rücken an die harten, kalten Steine gelehnt, die Beine ausgestreckt. Lincoln hält sie noch immer fest umschlungen.

17.42 Uhr Er lässt sie nicht los, deshalb holt sie mit einer Hand das Handy aus der Tasche und hält es vor sich, neben Lincolns Kopf, streicht ihm mit der anderen über die strubbeligen Locken, die hinten immer etwas verfilzt sind, als wäre Sirup hineingeraten. Sie wischt mit dem Daumen über den Bildschirm und erstarrt kurz, überlegt, ob sie die Polizei oder Paul anrufen soll. Die Polizei ist sicher schon hier, wahrscheinlich wollen sie mit ihr reden. Zuerst aber muss sie Pauls Stimme hören.

Dann sieht sie, dass er schon eine SMS geschickt hat. Sie starrt auf seine schwarz-graue Nachricht, die vertraute rechteckige Blase.

Ihr seid heute Nachmittag nicht im Zoo, oder? Sag mir gleich Bescheid.

Er hat natürlich keine Ahnung, wo sie sind. Meist verkündet Lincoln die Entscheidung, wo sie hinfahren, erst, wenn sie ihn im Autositz festschnallt. Die Frage kann nur bedeuten, Paul weiß, dass etwas passiert ist.

Joan spielt mit dem Gedanken, ihn anzurufen, doch ihr Daumen tippt bereits ganz automatisch. Reine Gewohnheit.

Doch. Sind im Zoo. Weißt du, was los ist? Verstecken uns im Stachelschweingehege.

Er hat garantiert keine Ahnung, wo das Stachelschweingehege ist. Er geht bei weitem nicht so oft in den Zoo wie sie. Sie fügt hinzu:

Beim Affenhaus.

Sie drückt auf Senden und beginnt sofort mit der nächsten Nachricht.

Ruf die Polizei. Habe Leichen am Eingang gesehen. Mann mit Gewehr.

Wieder drückt sie auf Senden – ihre Nachrichten gehen wirr durcheinander, aber sie muss einfach weitertippen. Sie sieht gern, wie sich die Buchstaben bewegen, sich zu Sätzen zusammenfügen, sie mag das Licht des Displays, und solange sie tippt, gibt es nichts als übereinandergestapelte, blaue Formen, die sich mit Wörtern füllen.

Uns gehts gut. Absolut sicher, schreibt sie, und dann halten ihre Daumen inne, und sie denkt nach, was als Nächstes kommt.

Lincolns Haare kitzeln sie am Arm. Er fängt an zu zappeln. Sie summt leise *Edelweiß*, das sie und Paul ihm jeden Abend als Schlaflied vorsingen. Sie summt zu schnell, zu hoch, als ob das Lied vorgespult würde.

Sie muss noch etwas schreiben. Ihr Finger zuckt in der Luft.

»Warum bist du am Handy?«, fragt Lincolns gedämpfte Stimme an ihrer Schulter.

»Daddy«, sagt sie, gerade als noch eine Nachricht von Paul eingeht.

Lies das. Rufe dich gleich an. Liebe dich.

Unter der Nachricht ist ein Link. Joan schaut auf die

blaue Kette unterstrichener Buchstaben und Zahlen, und dann klingelt das Handy, viel zu schrill – sie hat gar nicht daran gedacht, es stumm zu stellen –, und sie geht sofort dran.

»Ich kann jetzt nicht reden«, sagt sie mit gesenkter, aber beinahe geschäftsmäßiger Stimme, als säße sie in einem Meeting. Sie weiß nicht, woher diese Stimme kommt. »Wir müssen leise sein. Ich weiß nicht, wo er ist.«

Vielleicht war es mehr als nur Gewohnheit, dass sie die SMS geschrieben hat. Vielleicht ahnte sie da schon, was ihr jetzt klar geworden ist: Das Handy ist ein Risiko. Es macht Geräusche. Wenn sie spricht, macht sie Geräusche. Geräusche locken den Killer an.

Eigentlich ganz einfach. So betrachtet, ergibt alles durchaus Sinn.

Sie sagt: »Es geht uns gut, aber –«

Ihr Mann unterbricht sie, seine Stimme klingt zu laut.

»Was ist los? Ist jemand bei dir? Hast du die Polizei gesehen? Geht es Lincoln gut? Was soll das heißen, ihr seid in Sicherheit? Können die euch finden? Oh Gott, es tut mir so leid, dass ich nicht bei euch bin, Liebes – es tut mir so leid –«

Sie lässt ihn reden. Sie begreift sein Bedürfnis, sie zu hören, und sie hatte gedacht, sie hätte das gleiche Bedürfnis, aber seine Stimme vermittelt ihr nicht das Gefühl, er sei bei ihr – er scheint dadurch sogar weiter entfernt, oder nein, es ist, als wäre sie selbst weiter entfernt. Und als würde ein Teil von ihr zu ihm gezogen, aus dem Zoo hinaus, in das Leben, das sie kennt, und sie will nicht weggezogen werden. Das geht nicht. Sie muss hierbleiben, ganz und gar. Im Augenblick kann sie ihn nicht trösten.

»Es geht uns gut«, flüstert sie, noch immer mit dieser geschäftsmäßigen Stimme. Der Stimme eines Anwalts. Eines Vorstands. Falls solche Leute jemals flüstern. »Wir verstecken uns.«

»Was hast du gesehen?«

»Ich liebe dich. Es geht uns gut, aber ich kann jetzt nicht weiterreden. Ich muss aufpassen. Ich habe von weitem einen Mann gesehen. Am Eingang lagen« – sie schaut auf Lincolns Kopf hinunter – »es gab eine Schießerei am Eingang, ich bin hingekommen, als es gerade passiert war. Wir sind weggelaufen und haben uns versteckt. Mehr weiß ich nicht. Ruf nicht mehr an, ich melde mich, wenn wir in Sicherheit sind.«

»Ich sage der Polizei, dass ihr im Stachelschweingehege seid«, stößt er atemlos hervor. Er klingt so, als ob er gerade die steile Straße zum Büro hinaufginge und sie angerufen hätte, um ihr ein Ständchen zu bringen, das tut er manchmal, irgendein Lied, das er gerade im Kopf hat – er singt ständig –, und er weiß, dass sie dann lacht und auflegt. »Ich liebe euch. Sag ihm das. Passt auf euch auf.«

Sie stellt das Handy stumm und wendet sich zu Lincoln. Er zappelt, fühlt sich unwohl, strampelt mit den Beinen, bohrt die Turnschuhe in ihren Körper. Sie schiebt die Arme unter seine Achselhöhlen, dreht ihn herum und stellt ihn auf. Hält seine Taille umfasst.

»Das war Daddy«, flüstert sie.

Er lehnt sich an den Felsen. »Ich weiß.«

»Flüstern. Er sagt, er hat dich lieb.«

»Das weiß ich doch.«

»Ein bisschen leiser.«

»Okay«, flüstert er.

Er wippt auf und ab, hält die Füße still, doch sein ganzer Körper vibriert. Er zuckt mit den Schultern, ein seltsam schlaksiger Tanz.

Der Himmel färbt sich rosa, lange Streifen in Lavendel ziehen sich über die Baumwipfel.

»Du bist ein richtig großer Junge«, sagt sie.

»Ist der böse Mann jetzt hinter uns her?«

»Das weiß ich nicht. Aber wenn, dann wird er uns hier nicht finden.«

Er wippt noch immer auf und ab, schaut sich um, betrachtet die neue Umgebung. Wie immer ist er neugierig und vorsichtig zugleich. Sie beobachtet seinen inneren Kampf. Seine Augen schießen hin und her. Die Füße sind fest im Boden verwurzelt.

Die Neugier gewinnt die Oberhand. Er macht einen Schritt in Richtung des Gebäudes, zeigt mit dem Finger.

»Da ist eine Wasserschüssel. Wie die von Muddles.«

»Das stimmt.«

Sie schaut sich um und bemerkt im Gras neben dem rissigen, ausgetrockneten Plastiknapf weitere verstreute Gegenstände. Rechts einen Kugelschreiber, näher am Geländer ein glitzerndes Haarband. Sie meint, ein weißes Söckchen vor dem Maschendraht zu sehen.

»Brauchen Stachelschweine Wasserschüsseln?«, fragt er.

»Ich denke schon.«

»Trinken sie Wasser?«

Sie stellt sich vor, wie sie ihm die Hand auf den Mund legt, ihn festhält, ihm befiehlt, ganz still zu sein. Sie wünscht sich verzweifelt, das zu tun, kann sich aber kein Szenario denken, in dem es möglich ist. Wenn sie ihn so einschüchtert, dass er verstummt, wird er vermutlich gleich darauf anfangen zu schluchzen.

»Scht. Sprich leiser. Alle Lebewesen trinken Wasser.«

»Alle?«, flüstert er.

»Alle«, wiederholt sie.

»Also hat das Stachelschwein aus der Schüssel getrunken?« Er kommt näher, drückt sich an ihre rechte Seite. »Und es hat hinter dem Felsen gesessen, genau wie wir? Meinst du, es war ein Junge? Oder eine Sie?«

Joan entdeckt keine Spur von Furcht an ihm. Seine blauen Augen sind weit aufgerissen, aber das sind sie immer. Er lehnt sich behaglich an sie und scheint höchstens ein bisschen aufgeregt, weil er sich im Heim eines Stachelschweins befindet. Natürlich hat er kein Gefühl dafür, was wirklich furchterregend ist – er hat Angst vor den lebensgroßen Werbemaskottchen, die überall herumlaufen, zum Beispiel die Maus der Chuck-E.-Cheese-Restaurants oder die Kühe, die für Chick-fil-A-Restaurants werben. Letzte Woche dagegen sind sie im Fernsehen zufällig auf einen Batman-Film gestoßen, eine Szene mit Heath Ledgers verstörendem Joker, und Lincoln hatte als ausgewiesener Batman-Experte darauf bestanden, dass das gar nicht gruselig sei.

Manchmal weint er, wenn unerwartet eine Stimme

aus einem Lautsprecher ertönt, und er hat Angst vor Zirkusdirektoren, und jetzt zupft er an der Warze an seiner rechten Hand und singt leise: »*Glory, glory to old Georgia/Glory, glory –*«

Trotzdem. Sie kann nicht wissen, was hinter seinem ruhigen, runden Gesicht vorgeht. Sie schuldet ihm eine Erklärung. Einen Plan. Er mochte schon immer vorhersagbare Zeitabläufe – dass es im Kindergarten dienstags Musikunterricht gibt und mittwochs Spanisch und donnerstags Zeichnen, und dass sie ihn an allen Tagen außer mittwochs abholt, weil dann Paul kommt, und dass sie am Sonntagabend chinesisches Essen bestellen und dass er am Samstagmorgen eine ganze Stunde lang Zeichentrickfilme sehen darf.

Er weiß gern, was passieren wird.

»Also«, flüstert sie, und seine Finger streichen über ihren Unterkiefer, wo sich ein Muttermal befindet, das er gern überprüft, »alles wird gut. Wir sind hier sicher. Es ist wie in einer Geschichte, in der es eine Schlacht gibt, und danach kommen die Bösen ins Gefängnis. Wir müssen einfach nur ein Weilchen hier sitzen und leise sein, bis der böse Mann verschwunden ist.«

Er nickt. »Wie heißt der böse Mann?«

»Das weiß ich nicht.«

»Hat er keinen Namen?«

»Doch. Jeder hat einen Namen. Ich kenne ihn bloß nicht.«

Er nickt wieder und schaut auf seine Warze. Joan drückt sich gegen den Felsen, zieht die Knie an, hält sein Bein fest. Sie blickt sich um – niemand, der vom Affenhaus herschaut, kann sie hinter der Felsformation sehen. Sie blickt nach oben – Baumwipfel und Himmel. Man kann sie unmöglich entdecken.

Sie betrachtet prüfend den Zaun, der das Gelände umschließt, lässt die Augen von links nach rechts wandern. Sie stellt fest, dass der Efeu am Zaun nicht so dicht ist, wie sie es sich wünschen würde. Er hat Lücken, durch die man hindurchschauen kann, die Rückseiten anderer Gebäude sind zu sehen. Sie versucht, sich den Lageplan ins Gedächtnis zu rufen, und vermutet, dass dahinter das Afrikagehege sein muss, vermutlich die Nashörner. Es kann aber auch eine Anlage sein, die leersteht. Am Zaun des Nachbargeheges wächst dichter, undurchdringlicher Bambus. Durch eine weitere Lücke im Efeu sieht sie die Bahngleise und daneben einen asphaltierten Weg. Es könnte der normale Rundweg durch den Zoo sein, obwohl sie sich nicht daran erinnern kann, dass man von dort aus ins Stachelschweingehege sieht. Vielleicht ein Betriebsweg. Wichtig ist nur, ob man sie von dort entdecken kann.

Vermutlich sind die Lücken im Efeu zu klein.

Joan hört nichts Beunruhigendes – keine Schritte, keine Schüsse. Keine Sirenen. Warum hört sie keine Sirenen mehr?

Ihr fällt der Link ein, den Paul ihr geschickt hat – den hatte sie ganz vergessen, sie darf nicht so unkonzentriert sein –, und sie greift nach dem Handy und fährt mit dem Daumen über den Bildschirm. Sie gelangt auf eine Seite mit Lokalnachrichten, zwei kurze Absätze, sie überfliegt Wendungen wie »Schüsse gefallen« und »einzelner

Täter« und »vermutlich mehrere Verletzte«. Der letzte Satz des kurzen Artikels lautet: »Die Polizei befindet sich vor Ort.«

Dieser Satz sagt gar nichts aus, das macht sie wahnsinnig. Ist die Polizei auf dem Parkplatz oder nur wenige Meter von ihr entfernt? Seilen sie sich aus Hubschraubern ab? Sind es ein Dutzend Polizisten oder hundert?

Lincoln löst sich von ihr, und sie lässt ihn gehen, damit er ein bisschen Bewegung hat. Als er ein paar Schritte gemacht hat, zieht sie ihn am Hemd zurück.

»Bleib bei mir. Wir müssen ganz leise sein, bis die Polizei kommt.«

»Kommt die Polizei uns holen?«

Das hat sie ihm noch gar nicht gesagt.

»Ja. Wir warten, bis die Polizei kommt und den Mann mit der Waffe festnimmt. Und dann sagen uns die Polizisten, dass wir nach Hause gehen können. Aber wir müssen sehr leise sein, damit uns der böse Mann nicht findet. Es ist wie beim Versteckspiel.«

»Ich mag Verstecken spielen nicht.«

»Flüstern«, sagt sie.

»Ich mag Verstecken spielen nicht«, sagt er halbwegs leise.

»Du magst es nicht, wenn du dich allein verstecken musst«, erinnert sie ihn. »Diesmal verstecken wir uns zusammen.«

Er scharrt mit der Schuhspitze in Erde und Gras, wirbelt kleine Staubwolken auf. Eine Weile sagt er gar nichts, betrachtet nur seine Füße. Er streicht mit der Hand über die Felswand.

»Namba namba namba namba namba«, beginnt er zu singen, und nach den ersten fünf Tönen erkennt sie das Kampflied der Michigan State University. Manchmal singt er ohne Worte. Er steckt randvoll mit Tönen und Bewegungen, und irgendwas schwappt immer über, was normalerweise nicht schlimm ist, aber jetzt versetzt es sie in Panik.

Sie lockert ihre Kiefermuskeln. Sie hat nur gemerkt, dass sie die Zähne zusammengebissen hat, weil ihr Kiefer plötzlich wehtat.

»Namba namba namba namba namba«, wiederholt er noch immer und trifft genau die Töne.

»Zu laut«, sagt sie und ist selbst zu laut.

Er nickt, als hätte er damit gerechnet. Er starrt auf etwas hinter ihrer Schulter. Dann balanciert er auf einem Fuß.

»Soll ich dir was sagen?«, flüstert er und neigt den Kopf zum Gebäude. »Da ist ein Biney.«

»Ein Biney?«, wiederholt sie das unbekannte Wort.

Er hebt den Arm und deutet auf einen Wasserhahn, der aus der Wand ragt. »Ja.«

»Das Ding, das wie ein Wasserhahn aussieht?«

»Ja. Das ist kein Wasserhahn. Ein Biney sieht nur so aus.«

»Erzähl mir was darüber.«

»Über Bineys?«

»Ja.«

Sie beißt nicht die Zähne zusammen. Sie atmet nicht schwer. Sie glaubt, dass sie völlig normal klingt. Sie hört sich fast sicher nicht mehr wie ein Anwalt an. Sie bemüht sich mit aller Kraft, ruhig und entspannt zu sprechen, damit sie wie seine Mutter klingt und nicht wie eine Verrückte, die jeden Augenblick losschreien und heulen und sich die Haare raufen kann.

Er kommt näher, setzt sich aber nicht hin. Vielleicht spürt er die Verrückte lauern.

»Das ist so: Ein Biney hat einen Kopf, einen Rüssel und Stoßzähne. Einen langen Körper und Haare als Beine.«

»Was sonst noch?«, flüstert sie.

»Es hat keinen Mund. Es isst mit der Nase und riecht mit den Augen. Es kann auch keine Zunge haben.«

»Und es lebt im Zoo?«

»Ja. Nur im Zoo. Ich habe noch nie von einem wilden Biney gehört.«

»Sind die gefährlich?«, fragt sie und bereut es sofort. Sie will ihn doch ablenken, da muss sie ihn nicht noch daran erinnern, dass es gefährliche Dinge gibt.

Es scheint ihm nichts auszumachen.

»Manche«, sagt er.

»Ist das eines von den gefährlichen?« Sie schaut zu dem Wasserhahn hinüber.

»Nein. Das ist ein Kletter-Biney. Die klettern von Baum zu Baum, und wenn sie nicht klettern können, krabbeln sie. Manche sind auch aus Gras. Oder aus Pflanzen oder Unterwäsche. Oder aus Fleisch.«

Joan zwingt sich, zu lächeln, weil sie das normalerweise tun würde.

Sie mag es so gern, wenn er Dinge erfindet. Er hat mal in einer Hotelhalle zu ihr aufgeschaut und verkündet:

Ich habe zwei kleine Mädchen in der Tasche. Winzige Mädchen. Eine heißt Lucy und die andere Fireman. Ein anderes Mal hat er ihr erzählt, dass alle seine Stofftiere in eine Kirche gehen, in der niemand eine Hose trägt.

Das ist gut, denkt sie. Eine Alternative zur Panik.

»Aber sie sehen wie Wasserhähne aus?«, fragt sie, ganz, ganz leise. Sie hat nicht gewusst, dass sie so leise sprechen kann.

»Es ist ein Raubtier«, flüstert er, als würde das ihre Frage beantworten. »Und auch ein Reptil. Aber sie sind wie Nilpferde – sie können aggressiv werden.«

Joan versucht sich zu erinnern, in welchem ihrer Bücher das Wort »aggressiv« vorkommt – in dem über Alligatoren? Oder über die alten Griechen? –, als ihr Handy am Oberschenkel vibriert. Sie legt schützend die Handfläche darüber, während sie die SMS ihres Mannes liest.

Halte es nicht aus. Muss mich vergewissern. Melde dich.

Sie umklammert das Handy. Paul malt sich natürlich schreckliche Dinge aus. *Wenn du mit dem Schlimmsten rechnest, kannst du nur positiv überrascht werden,* hatte er bei ihrem ersten Date gesagt, und sie hatte erwidert: *Das ist das Dümmste, was ich je gehört habe.* Manchmal machen sie Witze über seinen entschlossenen Pessimismus, aber nicht jetzt. Jetzt ist er gerechtfertigt.

Es geht uns gut, tippt sie. Sind an einer sicheren Stelle. Ich passe auf. Ist die Polizei schon im Zoo?

Keine Ahnung. Am Telefon sagen sie einem nichts. Fahre zum Zoo.

»Das Biney kann sich nicht bewegen«, flüstert Lincoln. »Das Biney da drüben bewegt sich überhaupt nicht.«

»Ich dachte, das wäre ein Kletter-Biney«, sagt sie, während sie tippt.

Ein einzelner Mann, denkt sie. *Gegen die gesamte Polizei.* Sollten nicht Panzerfahrzeuge hier sein und Nachtsichtgeräte und Tränengas oder FBI-Agenten? Es ist mindestens eine Stunde vergangen, seit sie die ersten Schüsse gehört hat.

Warum brauchen sie so lange?, tippt sie.

Keine Ahnung. Ich finde es raus. Liebe dich.

Lincoln redet immer noch.

»Was hast du gesagt, Schatz?«

»Es ist früher geklettert. Das Biney ist geklettert, Mommy. Es ist früher –«

Wenn man ihn ignoriert, wiederholt er einfach alles immer wieder.

»Okay, verstehe«, sagt sie schnell. »Dieses Biney ist früher geklettert.«

Er kaut auf seinem Kragen und starrt auf den Wasserhahn. »Ich glaube, es ist tot.«

Sie schaut ihn an, das leuchtende Handy in der Hand.

»Vielleicht schläft es.«

»Nein. Tot. Bineys sterben sehr schnell.«

Sie schaut auf den Bildschirm und schreibt Paul, dass sie sich später wieder meldet. Sie vergewissert sich zum fünften oder sechsten Mal, dass sie das Handy wirklich lautlos gestellt hat. Sie zwingt sich, es neben sich auf den Boden zu legen, und dann ist sie wieder allein mit ihrem Sohn. Und einem toten Biney.

»Ich glaube, es schläft«, wiederholt sie.

Lincoln kaut wieder auf seinem Hemd, nagt am Kragen. Normalerweise würde sie ihm sagen, er solle damit aufhören, doch diesmal lässt sie ihn.

»Ich hab Durst«, flüstert er.

Joan ist froh über den Themenwechsel. Sie greift in die Handtasche und ist erleichtert, dass sie sich heute nicht auf die Trinkbrunnen verlassen hat.

»Hier ist dein Schlückchen«, sagt sie und reicht ihm die Trinkflasche aus Plastik.

»Mmm«, sagt er, nachdem er einen großen Schluck genommen hat. Ein nasser Schnurrbart schimmert auf seiner Oberlippe. »Noch kalt.«

Er trinkt weiter, Wasser rinnt ihm am Kinn hinunter, schließlich setzt er die Flasche ab und wischt sich den Mund am Hemd ab.

Ein paarmal ist ihr das Wort »Schlückchen« herausgerutscht, wenn sie mit Erwachsenen gesprochen hat. Bei ihnen zu Hause ist es inzwischen so üblich und normal, als stünde es im Wörterbuch, eines der vielen Wörter, die vor Lincoln nicht existierten. Ein Lätzchen ist ein »sauberer Hund«, weil sie mal ein Buch gelesen haben, in dem ein schlampiger Hund mit seinem Essen kleckerte und ein sauberer Hund sein Lätzchen trug. *Kann ich einen sauberen Hund haben?,* fragt Lincoln, wenn sein Hemd schmutzig zu werden droht. Seine Knöchel nennt er Fingerknie. Und als er noch klein war, so klein, dass er noch nicht er selbst war, hatte er ein ganzes Vokabular von Nichtwörtern. Eine Zeit lang nannte er Bälle »Dah« und Rosinen »Zuza«.

Wenn er einen Arm in die Luft reckte und das Handgelenk abknickte, hieß das »Flamingo«.

Er machte ein zischendes Geräusch, wenn er noch ein Ei haben wollte. *Sssssss*, wie das Zischen, wenn das Ei in die Pfanne geschlagen wurde. Er erschuf eine eigene Sprache.

Es gibt so viele Dinge, die vor ihm nicht existiert haben.

Eines weiß Kailynn genau: Ihre Mutter ist an allem schuld. Hätte sie ihr nicht das Handy weggenommen, wäre alles anders. Dann würde Kailynn in diesem Augenblick die Polizei anrufen oder ihren Dad oder sonst jemanden. Die Leute müssen doch verzweifelt darauf warten, dass sie sich meldet. Sie denkt daran, wie Victoria, die mit ihr in die Klasse geht, damals tausend SMS geschickt hat, nachdem sie bei einem Autounfall eine Gehirnerschütterung hatte, und alle haben sich solche Sorgen gemacht, und dabei war das gar nichts verglichen damit, im Zoo in einem Lagerraum gefangen zu sein.

Aber nein, nur weil sie an drei Tagen hintereinander verschlafen und die Fahrgemeinschaft verpasst hat und ihre Mutter sie deshalb zur Schule fahren musste, hat sie jetzt kein Handy. Kann gut sein, dass ihre Mutter ein so schlechtes Gewissen bekommt, dass sie Kailynn ein nagelneues Handy kauft.

Das reicht beinahe aus, um ihre Stimmung zu heben, aber nur beinahe. Die Stahltür ist hart und kalt unter ihrer Hand, und sie mag das glatte Gefühl. Sie spreizt die Finger, als wollte sie einen Handabdruck hinterlassen. Ihre Hand ist klebrig von Ketchup.

Sie ist allein hier. Wenn sie ihr Handy hat, ist sie nie irgendwo allein.

Am dritten Morgen hat sie aus dem Fenster geschaut und gerade noch gesehen, wie das Auto mit der Fahrgemeinschaft rückwärts aus der Einfahrt setzte, und sie lief die Treppe runter, um sie noch zu erwischen. Es war doch nicht ihre Schuld, dass sie so schnell weggefahren sind. Das hätte eigentlich nicht als Verschlafen zählen dürfen. Aber das interessierte ihre Mutter nicht.

Kailynn schiebt den Riegel zurück, öffnet die Tür einen Spaltbreit und späht hinaus. Nichts. Niemand. Sie streicht sich die Haare aus dem Gesicht und beißt in einen Tierkeks. Eine Giraffe. Der Zucker vertreibt den Wattegeschmack aus ihrem Mund, obwohl sie lieber frittierte Zwiebelringe oder Pommes gehabt hätte.

Essen hilft.

Ihr Dad lacht immer über sie, weil sie nicht allein sein will, weil sie ihre Hausaufgaben immer dort macht, wo noch jemand anders ist – bei ihm im Wohnzimmer oder bei ihrer Mutter in der Küche. Er behauptet, sie würde nicht mal gern allein schlafen, und das stimmt wohl, denn sie teilt sich noch das Zimmer mit ihrer Schwester, obwohl sie als die Älteste in den Keller ziehen dürfte. Aber sie hört gerne jemanden atmen, wenn sie einschläft.

Sie wünscht sich, ihre Mutter wäre hier.

Es ist alles in Ordnung. Sie ist hier völlig sicher, und wenn jemand zurückkommt, kann sie die Tür verriegeln, und dann kann niemand rein. Es ist dumm, sich zu fürchten. Ihr Vater würde sich nicht fürchten. Als er ein Junge war, ist er mit einer Pistole in den Wald gegangen und hat Tiere erschossen und sie aufgeschnitten, um zu sehen, was drin war. Er hat mal einen Stuhl angezündet, nur um ihn brennen zu sehen. Er hat nie herumgesessen und sich bloß was gewünscht. Er hat etwas getan.

Sie wünscht sich, sie wäre auch jemand, der etwas tut.

Sie isst noch einen Tierkeks. Diesmal einen Löwen.

Margaret stimmt ihren Spaziergang immer so ab, dass sie um 17.10 Uhr bei den Elefanten ist. Um die Zeit kommen die Tierpfleger in den Fütterungsbereich und rufen den Tieren Kommandos zu, vorwärts- und rückwärtszugehen, sich hinzuknien, die Vorderbeine zu heben. Die Pfleger behaupten, das diene dazu, Gelenke und Füße zu überprüfen, aber Margaret vermutet, dass sie einfach nur ein bisschen angeben.

Sie schaut trotzdem gern zu. Es ist wie eine kostenlose Zirkusvorstellung, von der anscheinend niemand außer ihr im Zoo weiß, und sie kann sich nicht vorstellen, was diese jämmerlichen alten Leute in Jogginganzügen dazu bringt, sich ihre Bewegung im Einkaufszentrum zu verschaffen. Sie selbst kommt jeden Montag, Mittwoch und Donnerstag hierher und geht genau eine Stunde lang so schnell sie kann, wie der Arzt es ihr empfohlen hat. Wenn die Elefanten in ihr Haus geführt werden, geht sie zum Parkplatz zurück.

Margaret ist immer pünktlich, die Pfleger nicht. Manchmal trifft sie nur ein paar verwunderte Elefanten im Gehege an. Sie sind zuverlässiger als die Pfleger. Vermutlich sind die Pfleger solche Millennials, die sich mehr für Yoga und inneren Frieden interessieren als für ihre Arbeit.

Als sie an diesem Tag ein leeres Gehege vorfindet, überrascht sie daher auch nicht das Fehlen von Menschen, sondern das Fehlen der Elefanten. Sie kann sie in der Ferne durch die künstlich erschaffene Savanne wandern sehen. Sie haben ihre Routine durchbrochen. Sie wartet ein paar Minuten im Schatten eines riesigen Metallkastens. Sie trägt noch ihre Kopfhörer – es fehlen ihr nur noch zwei Kapitel des neuen Romans von Patricia Cornwell – und schaut zu dem Schild an dem Kasten hoch, auf dem steht: HABEN SIE SICH SCHON EINMAL GEFRAGT, WIE MAN EINEN ELEFANTEN TRANSPORTIERT?

Schließlich nimmt sie die Kopfhörer ab, steckt den MP3-Player in die Tasche und spürt sofort, dass etwas nicht stimmt. Sie spannt sich ohne erkennbaren Grund an. Sicher sind es nur die Stille und Reglosigkeit, die sie irritieren. Sie sieht auf die Uhr, vielleicht ist sie zu spät dran. Aber nein, es bleiben noch ein paar Minuten, bis der Zoo schließt.

Normalerweise müsste Margaret um diese Zeit andere Besucher sehen, die unterwegs zum Ausgang sind. Doch sie sieht niemanden.

Sie steht unten an einem Weg, der einen ziemlich steilen Hügel hinaufführt, die Anhöhe und der Metallkasten versperren ihr die Sicht. Sie geht hinauf, will ihre Nervosität abschütteln, doch bevor sie oben ist, hört sie zwei laute Geräusche, schnell hintereinander, wie das Krachen von Donner. Und fast gleichzeitig eine schrille, hohe Stimme. Ein einzelner Ton ohne Worte, den man nicht als Schrei bezeichnen kann.

Sie macht noch einen Schritt, kann jetzt den strohgedeckten Pavillon des Restaurants sehen, da hört sie schnelle Schritte auf sich zukommen. Sie weiß nicht genau, warum, aber sie macht hastig kehrt und läuft wieder bergab, wobei das kranke Knie unter ihr einknickt. Sie achtet nicht darauf und flüchtet sich in den großen Metallkasten, in dem es dunkler als erwartet ist.

Margaret drückt sich an die Wand, spürt das kalte Metall an den Armen. Sie kommt sich dumm vor, trotzdem tritt sie tiefer in den Schatten, die Augen auf die Öffnung gerichtet, und starrt auf den Sand im Elefantengehege, der aussieht wie immer. Sie hört wieder Schritte, gedämpfte Stimmen, dann werden die Schritte schneller. Jemand rüttelt an etwas wie Metall oder Glas. Eine Tür schlägt zu. Wieder das krachende Geräusch.

Sie fragt sich, ob Elefanten Klaustrophobie kennen. Der türkise Stein, den sie als Anhänger trägt, liegt kühl auf der Haut, sie berührt ihn mit dem Finger. Sie hat ihn gekauft, weil die Farbe genau zu ihrer Fleecejacke passt. Ein befriedigender Gedanke, noch immer.

Sie weiß nicht, wie viele Minuten vergangen sind. Sie hat sich nicht bewegt, denn was auch geschieht, Margaret hält nichts davon, übereilt zu handeln. Sie betrachtet ein Problem gern von allen Seiten. Das ist ihr zugutegekommen, als sie sich für die honigblonde Tönung entschieden hat, in der das Grau nicht auffällt, und auch, als sie ein neues, aber uninteressantes Stadthaus statt des hübschen Art-déco-Cottages mit dem kaputten Dach gekauft hat, und es hat ihr geholfen, den Mund zu halten, als ihre Tochter beschloss, ihren Enkel zu Hause zu unterrichten, der weiß Gott ein bisschen sozialen Umgang gebrauchen könnte.

Margaret denkt an das Gesicht ihrer Tochter, das immer müde aussieht, weil sie sich weigert, Lippenstift zu benutzen.

Eine Mücke kommt in den Kasten geflogen und verliert sich in der Dunkelheit. Margaret hat seit einer Weile kein Geräusch gehört. Was eben noch so real wirkte, kommt ihr jetzt mehr wie eine Panikattacke vor, und sie spürt die wohlvertraute, irgendwie distanzierte Sorge, sie könnte an einem Frühstadium von Alzheimer oder einem Gehirntumor leiden. Es kann viele Erklärungen dafür geben, warum Leute rennen oder schreien. Vermutlich waren es Teenager. Möglicherweise ist sie schon im Zoo eingeschlossen und wird gleich einem sehr herablassenden Mitarbeiter begegnen, und sie kann es einfach nicht ertragen, sich noch länger in einer riesigen Kiste zu verstecken.

Also tritt sie hinaus und stellt fest, dass die Sonne inzwischen hinter den Bäumen verschwunden ist. Sie geht langsam den Weg hinauf und gibt ihrem Knie die Chance, sich zu lockern: Stillstehen ist am schlimmsten. Sie sieht nichts außer der altbekannten Umgebung – rechts den Spielplatz und beim Primatenhaus die Affen, die an ihren Seilen schwingen.

Sie ist eine nervöse alte Frau geworden.

Sie schaut sich um und geht weiter zu der Sahara-Snack-Hütte oder wie das Ding heißt. Sie hört ihre Gummisohlen auf dem Beton, und die Luft riecht fremd und rauchig. Versehentlich tritt sie gegen ein Babytrinkfläschchen, das auf dem Boden liegt. Sie geht unter dem strohgedeckten Dach des Restaurants hindurch, und als sie aus dem Schatten heraustritt, bemerkt sie eine Bewegung hinter einer Hecke aus Dschungelpflanzen. Die Verkaufsautomaten versperren ihr die Sicht. Vielleicht haben sich die Pflanzen im Wind bewegt, aber es könnte auch ein Mensch auf einem der Wege dahinter sein. Ein Mitarbeiter des Zoos? Dann kann sie auch gleich mit ihm reden.

Sie will am Cola-Automaten vorbeigehen. Dicht davor befindet sich die Tür zum Restaurant.

Margaret bemerkt die Tür erst, als sie schon fast daran vorbei ist.

Als sie sich öffnet.

Und eine Hand hervorschießt und sie nach hinten reißt.

Er hat Mark verloren. Robby weiß nicht, was er machen soll, er steht ganz allein da und starrt irgendwelche Schweine an. Mark würde sicher wissen, was zu tun ist, er kann doch nicht einfach verschwunden sein. Aber Mark ist so leise. Das ist das Problem. Er kann sich davonstehlen, ohne dass man es merkt.

Niemand sagt je, dass Robby zu leise ist.

Er und Mark haben am Teich gestanden, nebeneinander, als die ersten Schüsse durch die Luft zischten – man konnte die Kugeln nicht sehen, aber Stücke von Ziegelsteinen und von Blättern und Ästen aus dem Papageiengehege und auch Federn, leuchtend bunt, und die Luft wurde aufgewirbelt wie mitten in einem Sturm, nur viel schneller, und niemand hat ihm je gesagt, dass Waffen so was können. Es waren Schreie zu hören, und Rufe – »Elizabeth!«, wieder und wieder. Einen Moment lang war er wie eingefroren, und dann liefen er und Mark los, den wenigen Leuten hinterher, die sich noch bewegen konnten – ungefähr ein Dutzend lag auf dem Boden, mit dem Gesicht nach oben oder nach unten, und er war über eine Frau gestiegen, die etwas oder nichts flüsterte, und sie waren bergauf gelaufen und hatten es im Restaurant oben auf dem Hügel versucht, aber kein Glück gehabt, und dann waren sie zu den Dschungelkatzen gerannt, und da war Mark noch neben ihm gewesen. Aber dann hatte Robby über die Schulter geschaut, und Mark war weg. Also war Robby hier in dem schattigen Pavillon vor dem Wildschweingehege stehen geblieben.

Es ist eine ziemlich gute Stelle, weil um ihn herum Wände sind, so dass man ihn von weitem nicht sehen, er aber durch die Schlitze zwischen den Brettern schauen und die Wege beobachten kann. Die Wildschweine schnüffeln mit schmutzigen Hauern im Dreck. Die kümmern sich nicht um Waffen und Kugeln. Da ist er sich sicher.

Robby weiß nicht, ob er sich bewegen oder warten soll. Ob er rufen und hoffen soll, dass ihn nicht die falschen Leute hören.

Warten ist einfacher. Beobachten. Das kann er gut.

Es gibt nicht viel, das er gut kann. Er erinnert sich an eine Geburtstagsparty, die schon ziemlich lang her ist, will eigentlich nicht daran denken – er versucht, sich auf die Wildschweine zu konzentrieren, wie groß ihre Köpfe sind und dass sie keinen Hals haben und, nein, er wird nicht an den Geburtstag denken, aber irgendwie hat das falsche Neuron gefeuert, das fett markiert, statt zu löschen, und ihm steht wieder der Tag vor Augen, an dem er auf Aidans Party war. Seine Mutter hatte ihm gesagt, es würde S'Mores mit geschmolzenen Marshmallows und Schokolade geben, die er so gern mochte, und Aidans Mutter hatte die Tür aufgemacht und ihn umarmt und ihm das Zelt gezeigt, das sie im Wohnzimmer aufgebaut hatte.

Aidans Mutter war hübsch, mit ganz langen dunklen

Haaren, und sie war besonders nett und fand auch, dass die Raiders das gruseligste Logo in der NFL hatten. Es machte Spaß, mit Aidans Mutter zu reden, und es war so schön, dass ihm jemand zuhörte, und die anderen Kinder machten was anderes – irgendein Angelspiel mit einer Schnur und Wäscheklammern? –, und dann musste er auf die Toilette. Als er zurückkam, hörte er Aidans Mom.

»Ich muss euch allen etwas sagen.« Ihre Stimme klang sehr ernst, und er war hingelaufen, weil er keine Anweisungen bezüglich Marshmallows und Schokolade verpassen wollte.

»Ich möchte, dass ihr nett zu Robby seid«, hatte sie gesagt, als er gerade an der Tür war, und er drückte sich gegen die Wand und machte sich unsichtbar. »Er ist besonders. Das ist alles.«

Robby hatte schon gewusst, dass er nicht ganz wie die anderen war. Aber es war etwas anderes, es laut ausgesprochen zu hören. Aidans Mom sagte es so, dass es sich wie ein Kompliment anhörte, aber es war keins, und er wusste das und alle anderen auch. Und jetzt ist er hier, hat nur wilde Schweine als Gesellschaft, und sie sind voller Dreck und Scheiße, widerlich, und heute sollte doch alles anders sein, oder? Endlich. Endlich ist er Teil von etwas. Gehört dazu. Aber vielleicht sind die anderen auch nur geduldig mit ihm gewesen, vielleicht haben sie es die ganze Zeit so geplant. Nein, das ergibt keinen Sinn.

Er wischt sich die Hände an der Hose ab. Öffnet und ballt die Fäuste. Verschwitzte Hände. Das war auch so ein Problem bei Kinderpartys – die ganzen Spiele, bei denen man einander an der Hand halten musste, und dann sagten sie: *Äh, deine Hände,* und selbst ein Erwachsener hatte ihn mal als *den verschwitzten Jungen* bezeichnet. Aber der Wind hilft, er trocknet seine Handflächen, und er kann nicht einfach hier stehen und den Schwanz einziehen. Er muss nachdenken, obwohl er besser fühlen als denken kann, na ja, auch nicht so richtig toll, aber er fühlt eine ganze Menge. Er fühlt zu viel. Mehr, als andere Leute fühlen, und das sagt er ihnen manchmal auch, aber sie verstehen es nicht.

Er sollte lieber aufpassen. Er schaut nach links und rechts, ob sich etwas bewegt. Er muss nach Leuten Ausschau halten. Das Zebra schlägt mit dem Schwanz. Da sind die Schienen der Bahn. Bäume. Eichhörnchen in den Bäumen, die einander jagen. Er versucht, alles genau anzusehen.

Bevor Robby Mark aus den Augen verloren hat, hörte er ihn noch sagen, dass sie sterben werden, wenn sie nicht irgendwie hier rauskommen. Er schaut wieder zu den Wildschweinen. Er denkt an die flüsternde Frau, über die er hinweggestiegen ist. Sie hatte eine khakifarbene Uniform an, und ihr Hemd war fast genau zur Hälfte rotviolett. Er beobachtet die Wildschweine und überlegt, wie es wäre, eins als Haustier zu haben, und er überlegt, wie Eichhörnchen als Haustiere wären und dass sie einander jagen und ob es Spiel oder Ernst ist und was für Gefühle die Eichhörnchen dabei haben.

Denk nach.

Denk nach.

Fällt es allen Leuten so schwer, ihre Gedanken in die

richtige Reihenfolge zu bringen, so dass einer dem anderen folgt, wie aneinandergekoppelte Eisenbahnwaggons? Er schweift immer ab, und die Gefühle kommen wieder hoch. Wo ist Mark? Muss er allein hier stehen bleiben, bis Männer mit Waffen kommen und ihn totschießen, und war es der schlimmste Fehler, den er je gemacht hat, heute in den Zoo zu gehen? Ist er dumm gewesen? Er ist meistens dumm. Manchmal ist er sich da ganz sicher, und seine Mutter kann es nicht leiden, wenn er das sagt, und seine Mutter – er schließt die Augen, versucht, ruhig zu atmen. Warum macht er das? Warum bereut er immer zu spät, wünscht sich, Dinge ungeschehen zu machen, wünscht sich, er könnte neu anfangen, hasst, dass er alles versaut hat, und weiß doch genau, dass er es wieder versauen wird?

Ein Wildschwein pinkelt auf den Boden. Es sind abstoßende Tiere, sie sehen hässlich und dumm aus, und warum haben sie sich überhaupt hier einsperren lassen?

Er nimmt das Gewehr hoch, legt den Lauf auf seine Handfläche, hebt ihn über den Zaun. Er drückt den Abzug. Mit seinen Ohren ist etwas nicht in Ordnung, alles klingt ganz dumpf, seit sie reingekommen sind, und er wünscht sich, sie hätten den Gehörschutz mitgebracht, aber jetzt klingen die Schüsse nicht mehr so laut. Er wählt Tempo statt Genauigkeit, zielt auf Kopf, Bauch und Schwanz; den Schwanz würde er gerne abschießen. Er ist nur ein paar Meter entfernt, keine vierzig oder fünfzig Meter wie auf dem Schießstand, und das Ziel bewegt sich nicht so wie die Menschen, daher überrascht ihn der Schaden, den er anrichtet. Das erste Schwein platzt auf, alles quillt aus seinem Bauch in den Dreck, es dampft, das zweite Schwein ist auch tot, und er geht rückwärts aus dem Pavillon, bevor ihn der Gestank erreicht.

Niemand hat je den Gestank erwähnt.

Er hält die Finger am Abzug seines Bushmaster, ein klassisches Sturmgewehr, und er fühlt sich wieder geerdet. Er hat Gedanken und Gefühle unter Kontrolle. Er weiß nicht, warum ihn Mark ständig belabert, er müsse was am Griffstück verändern und dass ihm ein verlängerter Griffrücken einen besseren Winkel verschaffen würde. Er mag es so, wie es ist. Es liegt gut in der Hand.

Er hört Schritte. Er dreht sich um, Gewehr im Anschlag.

»Hey, du Idiot!«, schreit Mark und duckt sich so tief, dass er beinahe in die Knie sinkt. Er hat die Glock in der Hand und einen Smith & Wesson im Holster.

Robby senkt das Gewehr. »Wo warst du?«

»Auf der Jagd. Ich dachte, du wärst direkt hinter mir. Bist du bereit?«

Robby nickt.

18.00 Uhr

Joan weiß nicht, ob sie die Veränderungen des Himmels jemals so genau wahrgenommen hat. Der feurige Streifen, den sie gesehen hat, nachdem die Sonne verschwunden war, hat sich ausgebreitet und verstärkt. Der ganze Himmel ist jetzt gestreift, er hat die Farbe eines geschälten Pfirsichs. Die Farben werden immer intensiver.

Sie hört ein Geräusch aus dem Affenhaus. Einen lauten Knall, jemand hat eine Tür zugeschlagen oder etwas fallen gelassen. Wieder das Ploppen, das nicht von Luftballons stammt – ein Rhythmus wie Fingernägel, die auf einen Tisch trommeln –, dann zerbricht Glas. Ein schrilles Quieken, nicht menschlich.

Alles ist gedämpft, als hätte man die Lautstärke zu weit gedrosselt, doch jemand bewegt sich im Gebäude. Jemand, der keine Angst hat, dass man ihn hört.

»Pst«, flüstert sie Lincoln zu. »Sag nichts. Sei still wie eine Statue. Er kommt.«

Lincoln fragt nicht, wen sie meint.

»Leg die Arme um mich. Mach die Augen zu und lass dich verschwinden.«

Am liebsten würde sie auch die Augen schließen. Stattdessen atmet sie im selben Rhythmus wie er. Sie spürt, wie sich seine Hände in ihren Haaren verfangen und gegen ihren Hals drücken. Sie spürt seinen ganzen Körper, von den Füßen bis zur Stirn.

Er ist nicht so distanziert wie manche Jungen in dem Alter. Er besteht ganz und gar aus warmer Zuneigung. Er weiß, dass er um 7.30 Uhr in ihr Bett darf – Sieben-drei-null, wie er es nennt –, und hält sich streng an diese Regel. Wenn er früher wach wird, singt er so lange im Bett und schnappt sich dann exakt zur vorgegebenen Zeit seine Stofftiere, stößt die Schlafzimmertür auf und verkündet: *Es ist sieben-drei-null. Ich komm kuscheln.*

Dann hebt sie die Decke hoch und breitet die Arme aus, und manchmal drängt er den Kopf an ihre Schulter oder ihren Hals, kneift fest die Augen zu und sagt: *Ich bin verschwunden,* und jetzt wünscht sie sich, es würde so funktionieren. Dass sie ihn an sich ziehen und verschwinden lassen kann.

Noch ein Schrei aus dem Gebäude, der sie komischerweise an einen Papageien denken lässt, obwohl da drin gar keine Papageien sind.

Lincolns Atem ist feucht und laut. Eine Plastiktüte weht über den Maschendraht, bewegt sich aufgebläht im Wind wie eine Qualle, die mit der Strömung treibt.

Joan atmet ein und aus. Ein und aus.

Sie rechnet mit Schritten – horcht darauf, denn so ist es immer in den Geschichten, doch sie hört keine Fußtritte. Sie war sich sicher, dass er Stiefel trägt, die laut auftreten, aber es ist lange, lange Sekunden ganz still, dann hört sie die Glastür zischen, als sie aufgestoßen wird – sie hat nie zuvor bemerkt, wie komplex das Geräusch ist, ein langes Pfeifen und ein kurzes Stöhnen und Luft, die eingesaugt wird –, und selbst danach, als die Tür offen steht und nicht mehr klagt, sind noch immer keine Schritte zu hören.

Nur das leise Geräusch, als die Tür wieder zugeht, und dann gar nichts mehr, und sie schaut zum Maschendrahtzaun, zu den Kiefern hinüber und sucht nach der dahintreibenden Plastiktüte, sieht aber nur ein Blatt, das reglos in der Luft schwebt, weil es sich in einer Spinnwebe verfangen hat. Sie fragt sich, ob vielleicht überhaupt niemand da war, ob es nur der Wind war oder sie sich die Geräusche nur eingebildet hat.

Dann ertönen die Stimmen, eine leise und eine laute.

»Nichts«, sagt die laute.

»Warst du noch nie auf der Jagd?«, fragt die leisere Stimme, die rau klingt, als hätte er gehustet. »Klappe, du Idiot.«

Zwei. Es sind zwei Männer. Sie müssen jetzt auf der hölzernen Plattform stehen. Mit anderen Worten, sie sind nur drei Meter entfernt, durch ein hüfthohes Geländer von ihr und Lincoln getrennt und durch den Fels, der sich an ihrem Rücken so fest anfühlt.

Joan versucht, sich anhand der wenigen Geräusche vorzustellen, wie die Männer wohl aussehen. Der mit der leisen Stimme lässt sie an den hochgewachsenen Jungen aus dem Mathekurs auf der High School denken. Er war wahnsinnig clever, aber meistens stoned, und hatte lange, unregelmäßig geschnittene Haare. Er sprach nur, wenn er aufgerufen wurde, und wenn die Lehrerin ihn aufrief, dann nur, weil er an die Decke gestarrt oder sich die Schuhe gebunden, irgendwie aggressiv den Unterricht ignoriert hatte, und dann bellte Mrs. Vinson seinen Namen, scharf und verärgert, und stellte ihm irgendeine ausgefallene Frage, die er unmöglich beantworten konnte, nur konnte er es doch, und zwar wirklich jedes Mal. Er blieb ihr keine Antwort schuldig und sprach immer ein bisschen zu leise, so dass man sich anstrengen musste, um ihn zu verstehen, aber man strengte sich immer an, weil man den ständigen unausgesprochenen Wettkampf zwischen ihm und Mrs. Vinson nicht verpassen wollte, die seine Unwissenheit bloßstellen wollte und es doch nie schaffte.

»Wenn keine Leute mehr da sind – «, sagt die Stimme, die gehört werden will.

»Keine Tiere.«

»Es ist ja nicht –«

»Keine Tiere mehr.«

Den Lauten stellt sie sich übergewichtig vor, mit einem Kopf, der zu groß für den Körper ist. Hemd aus der Hose gerutscht, Stummelfinger. Der Typ Mensch, der sich nirgendwo richtig zugehörig fühlt und sich umso mehr bemüht, dazuzugehören, und es dadurch nur noch schlimmer macht.

Sie glaubt nicht, dass es Araber sind – natürlich hat sie daran gedacht. Aber sie klingen nicht wie diese Art von Terroristen. Sie klingen wie junge, widerwärtige weiße Männer, und sie hat keine Ahnung, ob das heißt, dass sie gefährlicher oder weniger gefährlich als fanatische Dschihadisten sind.

Sie hört, wie die zweite Tür aufgeht, die zu den Orang-Utans führt. Ein ganz leiser Ton von Lincoln, der den

Kopf bewegt, und sie spürt, dass er ihren Namen sagen will – oder vielmehr »Mommy«, was praktisch ihr Name geworden ist –, und sie macht »Schsch« und streicht ihm beruhigend über den Kopf, und er sagt nichts, aber sie fragt sich, wie lange er still bleiben wird.

Sein Turnschuh bohrt sich in ihren Oberschenkel.

Das Blatt schwingt unfassbar langsam an der Spinnwebe hin und her, und sie wünscht sich, es würde ganz aufhören, weil ihr die Bewegung nicht gefällt. Sie möchte, dass alles reglos ist.

Sie möchte, dass sich die ganze Szene in ein Gemälde verwandelt, auf dem sich nichts bewegen kann.

»Wolltest du noch nie einen Löwen schießen?«, fragt der Laute, Schwere. »Auf Safari gehen? Ich weiß, dass du das wolltest.«

»Das war kein Löwe.«

»Nein, aber was zum Teufel war es dann? Schwarz und weiß und zottelig und mit Zähnen. Das Viech war doch kein Affe.«

Es war ein Mantelaffe, denkt sie. Sie liebt ihre weißen Bärte und die traurigen Augen und das Fell, das wie ein Vorhang von den Armen hängt. Ihr Platz ist in einer Ecke des Affenhauses, zwischen den Lemuren und den Gibbons, da schwingen sie an ihren Seilschaukeln.

»Halt die Klappe«, sagt der andere, der fast der Junge aus ihrem Mathekurs sein könnte.

»Es ist doch keiner mehr übrig«, sagt der Laute. »Und, mal ehrlich, wie dieses Wildschwein aufgeplatzt ist – du musst doch –«

»Klappe. Da sind noch welche übrig. Komm schon.«

Joan spürt, wie sich ihre Muskeln anspannen, ihr ganzer Körper zu einem harten Panzer wird. Sie hat wieder die Zähne aufeinandergebissen. Lincoln trommelt mit den Fingerspitzen ganz leicht auf ihren Nacken, ansonsten rührt er sich nicht.

»Es ist Betrug, dieses Ding mitzubringen«, sagt der Leise verärgert. »Wo bleibt denn da die Herausforderung? Dreißig Schuss auf einmal, wo bleibt da das Geschick?«

»Neidisch?«, fragt der Laute.

Warum stehen sie noch da herum und reden? Warum sind sie nicht durch die Tür gegangen, die sie vor einer Ewigkeit geöffnet haben?

»Bist du blind, Süßer?«, fragt der Laute plötzlich noch viel lauter. So laut, dass sie zusammenzuckt. »Bist du ein Nacktmull, der im Dreck wühlt? Bist du ein schleimiger Fisch ohne Augen, eine zappelnde Larve?«

»Ich bin nicht blind«, sagte der Leise, und der Ärger ist aus seiner Stimme verschwunden. Sie klingt aber nicht mehr ganz wie seine Stimme. Er redet jetzt langsamer und tiefer. Als würde er eine Rolle spielen. »Ich denke nach.«

»Ist doch dasselbe, Honey Pie.«

Irgendwas an ihnen ist seltsam. An ihren Stimmen. An »Honey Pie«.

»Glaubst du wirklich, es sind noch welche übrig?«, fragt der Laute.

Er klingt wieder normal, keine Spur des gedehnten Tonfalls, in dem er eben noch gesprochen hat. Sie wartet, dass der Leise antwortet, aber das tut er nicht. Die

Stille ist viel schlimmer als das Gerede. Haben sie eine Haarsträhne hinter den Felsen aufblitzen sehen? Heben sie genau jetzt die Waffen, steigen über das Geländer? Oder hat der Leise als Antwort einfach genickt? Stehen sie da, binden sich die Schnürsenkel, rücken die Pferdeschwänze zurecht? Haben sie Pferdeschwänze, und was ist mit Messern, und sind sie clever oder dumm oder verrückt, und haben sie einen Plan eine Strategie sind es Selbstmörder sind es Sadisten was wollen sie?

Woher soll sie das wissen? Sie kann die Männer nicht mal sehen. Der Feind ist hier, und sie hat die Chance, etwas, irgendetwas herauszufinden, das ihr helfen kann, aber sie hat nur Bruchstücke – Affen und Honey Pie und Mathekurs –, und nichts davon passt zusammen.

Sie hört das Holz der Plattform unter Fußtritten knarren.

»Komm jetzt«, sagt der Leise.

»Sir, jawoll, Sir.«

Gelächter. Dann fällt die Tür zu, ein sanfter Rums, als die Luft eingesogen wird, ein leises Echo. Joan merkt, dass sie Lincoln ein beruhigendes *Schschsch* ins Ohr haucht. Sie klingt wie ein Kind, das Wind spielt. Aber sie hört nicht auf, denn im Moment ist er still, und er soll noch nicht sprechen. Sie drückt ihn fester an sich. Wenn sie könnte, würde sie ihn und sich einfrieren, für ein oder zwei Stunden, für einen ganzen Tag, für immer, so lange, bis er den Klang dieser Stimmen vergessen hat.

Lincoln durchfährt ein Zucken, sein Kopf schlägt gegen ihren Kiefer.

»Ich hab die Glucken«, flüstert er.

Joan macht den Mund auf, doch es kommt nur ein leises Quietschen heraus. Sie schluckt und versucht es noch einmal.

»Psst.«

»Ich hab die Glucken«, wiederholt er noch leiser.

»Oh«, bringt sie hervor.

Es ist eines der ersten Wortspiele, das er sich ausgedacht hat – es bedeutet, er hat Schluckauf. Sie hat es als seinen ersten eigenen Witz betrachtet, erinnert sich aber nun, da sie auf sein Gesicht hinunterschaut und sich auf seinen Atem konzentriert, der nach Mandelbutter riecht, dass er, noch bevor er sprechen konnte, so getan hat, als würde er sich vorbeugen und an ihrem Kaffee nippen, damit sie sagte: *Babys trinken doch keinen Kaffee!* Und dann hat er sich vor Lachen geschüttelt.

Und er fand es unglaublich komisch, seine Füße auf ihr Buch zu stellen.

Sie hebt ihn auf ihre Knie. »Versuch mal, die Luft anzuhalten und zu schlucken«, flüstert sie.

»Ich hab die Glucken«, sagt er stirnrunzelnd.

Es dauert einen Moment, bevor Joan begreift: Sie lacht immer, wenn er den Witz mit den Glucken macht. Er weiß, dass sie dann lacht, und diesmal hat sie nicht gelacht, also versucht er es noch einmal.

»Quatschkopf«, flüstert sie und macht ein Geräusch, das hoffentlich wie leises Lachen klingt.

Schüsse krachen. Joan denkt nicht mehr an Luftballons. Sie zuckt zusammen, merkt aber, dass die Schüsse von weiter weg kommen. Ein Dutzend, schnell hintereinander, fast ohne Pause.

Sie denkt an die leise Stimme, die der lauten Stimme Betrug vorwarf. Dreißig auf einmal.

Lincoln muss wieder schlucken. Er erwähnt die Schüsse nicht, und sie tut es auch nicht.

Sie schaut geradeaus. Nur die Bäume bewegen sich.

Dann erwacht ihr Handy zum Leben. Es rattert auf der harten Erde, macht sich bemerkbar, obwohl es lautlos gestellt ist. Sie schaut auf das leuchtende Display und hebt es auf.

Bald ist es ganz dunkel, dann fällt das Display noch mehr auf. Das Handy wird zunehmend zum Problem.

Bin am Zoo, schreibt ihr Mann. Polizei hat alles abgesperrt, aber ein paar Leute warten in der Essex St. Etwa zehn, alle haben noch jemand drinnen. Also seid ihr nicht die Einzigen. Keine Info von Polizei.

Sie überlegt, wie viel sie ihm sagen soll. Sie weiß, dass noch mehr Leute hier drinnen sind. Sie hat sie auf dem Weg liegen sehen. Und die Polizei irrt sich: Es ist mehr als ein Bewaffneter. Sie will es ihm sagen, würde damit aber verraten, wie nah die Männer ihr gekommen sind.

Sie muss ihm antworten.

Ist die Polizei im Zoo?, tippt sie.

Weiß nicht. Kann nicht mal den Eingang sehen. Wir sollen hier warten. Weiß nicht, was ich sonst tun kann?

Der vertraute Ärger blitzt auf – wartet er tatsächlich auf eine Anweisung von ihr? Manchmal kommt es ihr vor, als wäre sie für alles verantwortlich – was Lincoln zum Kindergartenausflug mitbringen soll und ob der Schädlingsbekämpfer kommen muss und wann ihnen die Milch ausgeht –, warum muss sie sich um tausend

Kleinigkeiten kümmern, und warum findet es Paul so in Ordnung, dass sie das tut? Selbst jetzt will er ihr die Verantwortung zuschieben? Ihr ein schlechtes Gewissen machen?

Joan schaut auf seine SMS, die gleichgültige schwarze Schrift ist unerträglich.

Sie sehnt sich nach seiner Handschrift. Jeden Morgen legt er ihr einen Zettel auf die Arbeitsplatte in der Küche: *Ich liebe dich, vor allem deinen Hintern* oder *Du bist mein großes Los*. Er macht ihr Kaffee, der heiß bereitsteht, wenn sie wach wird, obwohl er selbst gar keinen Kaffee trinkt.

Er ist der unbekümmertste Tänzer, den sie je erlebt hat.

Alles ok, schreibt sie. Jedenfalls keine Mäuse-Maskottchen hier.

Das wäre der Super-Gau, antwortet er sofort.

Sie kann beinahe lächeln.

Habe online gelesen, dass sie von einem Täter ausgehen.

Es sind zwei. Habe sie vorbeigehen hören.

Er braucht länger als erwartet für die Antwort. Sicher malt er sich schreckliche Dinge aus, obwohl er weiß, dass sie nicht passiert sind.

Sie sind an dir vorbeigegangen?

Sie haben uns nicht gesehen. Aber sag der Polizei, dass es definitiv zwei sind. Habe nur Stimmen gehört. Nichts gesehen.

Ich sag es ihnen, antwortet er.

Sie weiß, dass er noch mehr schreiben möchte, gibt ihm aber keine Chance. Sie liebt ihn, schreibt sie, und muss jetzt aufpassen, und er liebt sie auch, und dann wird das Handy wieder dunkel. Irgendwie ist sie erleichtert.

»Glucken weg?«, fragt sie.

»Ich glaub schon.«

Joan versucht, in die richtige Stimmung hineinzufinden, um mit Lincoln zu reden – leise, so leise wie möglich –, damit alles normal und gut wirkt. Elternsein bedeutet oft, seinem Kind etwas vorzuspielen. Zum Beispiel Interesse, wenn einem stundenlang die Schlachten kleiner Plastikfiguren erzählt werden, und nun hatten die endlosen Kämpfe doch etwas Positives – zumindest sind sie eine gute Übung gewesen.

Sie kann sehr gut etwas vorspielen. Und wird es gleich wieder tun.

Sie starrt ins Gras, meint, eine Schlange zu sehen, doch es ist nur ein Stock. Wieder heulen Sirenen, aber diesmal nicht aus Richtung Parkplatz. Sie scheinen weiter entfernt zu sein und näher zu kommen. Sie meint, eine Feuerwehrsirene zu erkennen – oder zwei oder drei –, keinen Streifenwagen, obwohl sie nicht weiß, woran sie den Unterschied festmachen könnte.

Als er noch keine ganzen Sätze bilden konnte, rief Lincoln immer mit seinem blinkenden Plastiktelefon die Feuerwache an. *Hallo Feuermann. Großes Feuer in der Stadt. Helm mitbringen. Und Stiefel. Und Mantel. Und Axt. Und Schlauch.*

Joan weiß nicht, warum sie nicht im gegenwärtigen Augenblick bleiben kann, bei diesem gegenwärtigen Kind, warum sie stattdessen ständig alte Versionen von ihm heraufbeschwört, die warm und fließend um sie herumwabern.

»Ich höre Sirenen.«

»Ich auch«, sagt sie.

Lincoln nickt. »Meinst du, es brennt im Zoo? Von den Schüssen?«

»Ich glaube nicht.«

»Die Männer könnten Bomben haben.«

»Das glaube ich nicht.«

»Waren das die bösen Männer? Die da gerade geredet haben? Von den Tieren? Und Larven?«

Sie erinnert sich, dass er im Kindergarten etwas über Larven gelernt hat. Vielleicht, als es um Schmetterlinge ging. Er hört zu und denkt nach und lässt sich die Dinge wieder und wieder durch den Kopf gehen, arbeitet daran, und dann spuckt er das fertige Produkt aus. Sie hat gedacht, er schweige, weil ihn der Schluckauf ablenkte, doch in Wirklichkeit hat er seine Gedanken aufpoliert.

»Das waren die bösen Männer«, bestätigt sie.

»Die haben gelacht.«

Damit hat er bei Geschichten immer Probleme. Er meint, böse Leute dürften nicht lachen. *Wie können böse Leute fröhlich sein?*, fragt er dann.

Sie streicht sanft über seine Fingerknöchel.

»Weißt du noch, dass böse Menschen manchmal fröhlich sind, wenn sie anderen wehtun?« Und noch während sie das fragt, fällt ihr ein, wie er gesagt hat: *Mommy, wir lesen immer über böse Leute, aber ich kenne keine. Alle Leute, die ich kenne, sind nett.*

»Die Männer haben gelacht, weil sie es lustig finden, Leuten wehzutun?«

»Ja.«

Er schüttelt den Kopf.

»Schurken«, sagt er.

Sie schaut ihm ins Gesicht, das ruhig und nachdenklich wirkt. Seine langen Wimpern senken sich, als er blinzelt, und alles an ihm ist weich und rundlich. Der Kinderarzt hat ihn als »objektiv hübsches« Kind bezeichnet.

Nach seiner Geburt hatte sie ihn den George Clooney unter den Babys genannt. Paul hatte gesagt, Muddles sei der George Clooney unter den Dackeln, worauf Joan geantwortet hatte, und er sei natürlich der George Clooney unter den Ehemännern, worauf er meinte, dann habe sie ja ihr Ziel erreicht, sich mit lauter George Clooneys zu umgeben. An dem Tag hatte sie versucht, Kokossuppe zu essen, während Lincoln an ihrer Schulter schlief, und sie hatte ihm etwas Suppe auf den Rücken gekleckert, und er hatte den ganzen Nachmittag nach Zitronengras gerochen.

Der Wind frischt auf. Sie bekommt eine Gänsehaut.

»Ist dir kalt?«, fragt sie Lincoln.

»Nein.«

Was womöglich sogar stimmt. Er ist ein lebender Wärmeofen.

»Sag Bescheid, wenn du frierst.«

»Ist gut.«

Wenn es nur so einfach wäre. Wenn sie nur glauben könnte, dass er ihr immer sagt, was er braucht. Was er denkt. Was er will.

Die Stämme der Kiefern sind unten mit Maschendraht umwickelt. Das tote Stachelschwein muss an der Rinde herumgefressen haben. Der Boden ist mit einer dünnen Schicht Kiefernnadeln bedeckt – das hat sie erst bemerkt, als sie sich hingesetzt haben, und sie spürt jetzt, wie die Spitzen sich in ihre Beine und Handflächen bohren. In der Ferne hört sie Rotorenlärm und sucht den Himmel ab, kann den Hubschrauber aber nicht sehen. Sie hört häufig Hubschrauber, die zu Krankenhäusern fliegen, und das Geräusch der Rotorblätter wirkt immer tröstlich und angsterregend zugleich: Es bedeutet, dass jemand schwer verletzt wurde – ein Lastzug, der auf den Wagen einer Mutter aufgefahren ist? Ein Teenager, der von einer Brücke gesprungen ist? –, aber auch, dass ein Ablauf der Hilfe in Gang gesetzt wurde. Dass die Lösung unterwegs ist.

Der Hubschrauber wird leiser. Sie horcht noch darauf, will ihn nicht ziehen lassen, doch sie muss es tun, weil ein anderes Geräusch ertönt. Und lauter wird.

Ein weinendes Baby.

Ein Baby.

Joan kann es nicht glauben, aber das Weinen wird lauter, und sie weiß, dass es die einzige Erklärung für dieses Geräusch ist. Es klingt nicht wie ein echtes Baby – der Schrei ist quäkend und nasal, eher wie eine Babypuppe, der man auf den Bauch drückt.

Sie weiß, es ist keine Puppe.

Sie sieht eine Bewegung im Dunkel hinter dem Zaun beim Bambusdickicht. Auf den ersten Blick könnte es auch nur ein schwankender Baum sein, doch dann löst sich eine Gestalt aus dem Schatten, es ist eine Frau mit langen, wehenden Haaren. Sie hält die Arme vor der Brust, bewegt sich zögernd vorwärts. Die Frau ist so undeutlich zu erkennen, dass ihre Arme ebenso gut leer sein könnten, oder sie könnte eine geräumige Tasche oder einen unförmigen Pullover tragen.

Doch das Geschrei ist unverkennbar. Die Frau drückt keine Tasche an sich.

»Ich höre ein Baby«, sagt Lincoln.

»Pst, sei leise.«

»Woher kommt das Baby?«

Joan sieht, wie die Frau am Bambusdickicht entlanggeht, und meint, sie murmeln zu hören, aber das kann auch nur die Herbstluft sein. Die Frau will das Baby zum Schweigen bringen, denn sie macht all die kleinen Bewegungen, die dazugehören – wippt beim Gehen leicht auf und ab, wiegt den Oberkörper, streicht mit der Hand über das sicher flaumweiche Köpfchen. Aber das Baby wird nicht still, obwohl es jetzt gedämpfter schreit, und Joan vermutet, dass die Mutter – es muss doch die Mutter sein? – das kleine Gesicht an ihre Schulter drückt.

»Ich kann es sehen«, quietscht Lincoln. »Da ist es.«

Sie presst ihm die Hand auf den Mund. Seine Lippen an ihren Fingern rufen neue Erinnerungen in ihrem Körper wach – wie es war, ihn an die Brust zu drücken, als er noch die Beinchen anzog, ein fester, stämmiger Brocken, ein kleiner Kopf in ihrer Armbeuge, ein winziger Körper, der sich gänzlich an sie schmiegte, und der Versuch, sein Weinen zu beruhigen.

Er zappelt, will ihre Hand wegschieben. Sie lässt los.

»Scht.«

Manchmal saugte sein Mund an ihrem Kinn wie ein Fischmaul. Oder sie balancierte ihn auf dem Unterarm, nahe am Körper, während sie ihn durchs Haus trug, und sein biegsames Rückgrat wackelte hin und her.

»Bitte.«

Ein einzelnes Wort schwebt durch die Luft. Die Frau spricht mit ihrem Baby. Sicher nicht mit irgendjemand anderem, der ihr vielleicht zuhören könnte. Panik und hundert andere Gefühle liegen in dem einen Wort.

»Was machen sie?«, flüstert Lincoln schließlich.

»Sich verstecken«, sagt sie ihm ins Ohr. »Genau wie wir.«

Die Mutter mit dem Baby ist vielleicht zehn oder zwölf Meter von der Stelle entfernt, an der sie und Lincoln kauern. Joan könnte rufen, der Frau sagen, dass die Männer vermutlich noch in der Nähe sind, sie warnen, kein Gebäude zu betreten, weil die Männer darin jagen. Sie könnte ihr Versteck mit ihr teilen, das, wie sie inzwischen glaubt, so sicher und geschützt ist wie nur irgendeins in diesem Zoo und das sie bereits einmal gerettet hat.

Das Baby ist so laut.

Wenn sie sich bemerkbar macht, wird die Frau sicher zu ihr kommen. Sich neben sie setzen und Trost suchen.

Das Baby ist so laut.

Wer könnte ablehnen, wenn eine Frau mit einem Baby um Hilfe bittet?

Wenn Joan Frauen mit kleinen Babys sieht, beneidet sie sie immer ein wenig, sehnt sich nach dem Gewicht in ihren Armen, möchte das Baby der Fremden aufnehmen, seinen Duft einatmen und ihm mit dem Finger über die Handfläche streichen, weil sie das Gefühl des kleinen Körpers an ihrem so geliebt hat, und sie hat schon überlegt, ob sie Paul sagen soll, dass sie noch ein Baby möchte, obwohl sie sich eigentlich einig waren, dass eins reicht. Wenn sie eine Frau mit einem Baby sieht, erwacht ihr Begehren.

Ein Baby, die Haut seidenweich. Ein winziger, fordernder Mund. Tastende Hände.

Joan macht sich nicht bemerkbar. Sie sagt kein Wort.

Stattdessen sieht sie zu, wie die dunkle Gestalt der Frau am Bambus vorbeischlurft und dabei unablässig den Oberkörper wiegt. Das Baby schreit weiter. Und dann sind die Gestalt und das Geräusch verschwunden und sie und Lincoln wieder allein.

18.17 Uhr

»Mommy, ich muss mal.«

Ihr Junge hat eine Blase aus Stahl. Er muss fast nie auf die Toilette.

»Kannst du wie ein Hündchen machen?«, flüstert sie.

»Ich will nicht wie ein Hündchen machen. Es ist zu dunkel.«

Er hat recht, es ist dunkel. Der Himmel ist blauschwarz. Sie kann gerade noch die Umrisse ihrer Hand erkennen.

»Du siehst genug.«

»Ich will aufs Klo«, sagt er zu laut. »Ein richtiges Klo. Mit Spülen.«

»Hör zu«, sagt sie. »Die bösen Männer sind immer noch da draußen. Du musst ganz still sein, sonst finden sie uns. Wenn die Polizei da ist, fahren wir nach Hause. Aber jetzt musst du wie ein Hündchen machen.«

Er überlegt. Als er ans Töpfchen gewöhnt werden sollte, setzte er sich monatelang nur darauf, wenn er dabei einen Fahrradhelm tragen durfte.

»Die könnten mich dabei hören. Die könnten mich erschießen.«

Ihre Nase brennt – wie immer, wenn sie den Tränen nah ist, und der Gedanke versetzt sie noch mehr in Panik. Lincoln darf sie nicht weinen sehen.

»Die hören dich nicht. Und ich bin bei dir.«

Und ich kann Kugeln aufhalten, würde sie gern hinzufügen. *Ich lasse nicht zu, dass dir jemand wehtut, und ich bin stärker und schneller und klüger als alles, was da draußen lauern könnte.* Und die Sache ist die, sie muss es nicht einmal sagen, weil er es ohnehin glaubt. Sie würde es so gern auch glauben.

Seine Unterlippe zittert, und seine Schultern beginnen zu beben. Zum ersten Mal bemerkt sie Angst in seinem Gesicht.

»Mommy, ich will kuscheln.«

Das hat er außerhalb ihres Morgenrituals schon lange nicht mehr gesagt – es ist ein altes Kennwort, wenn er nervös ist, wenn er einen Raum voller fremder Menschen betreten soll. Sie öffnet die Arme, und er umschlingt sie, legt das Gesicht an ihren Hals. Sie hört ihn atmen, und sein Mund ist feucht auf ihrer Haut. Er krallt die Hände in ihre Haare. Als er noch ein Baby war, vergrub er die Finger darin, während sie ihn stillte, und sie hörte irgendwann auf, einen Pferdeschwanz zu tragen, damit seine kleinen Finger nicht vergeblich suchend in der Luft tasteten.

»Du bist mein Junge«, sagt sie.

Ihre Schultern entspannen sich, als sie sein Gewicht aufnimmt. Vielleicht sagt es etwas Schlimmes über sie aus, dass sein Bedürfnis nach Trost sie selber tröstet. Er reibt die Nase an ihrem Unterkiefer und atmet ein bisschen zu schwer. Dann zieht er den Kopf zurück, und sie spürt einen Rotzfaden am Kinn. Er reibt mit der nassen Nase über ihr Schlüsselbein.

Sie wischt den Rotz mit ihrem T-Shirt ab. Es überrascht sie noch immer, dass sie sich niemals ekelt. Nicht vor ihm.

Es ist eine ganz andere Intimität als mit einem Liebhaber. Man mag mit einem anderen Körper vollkommen vertraut sein, man mag spüren, dass der Körper des anderen einem gehört und umgekehrt und dass man ganz selbstverständlich die Hand auf sein Bein legen kann, den Mund auf seinen drücken, so wie er es am liebsten mag, man mag sich im Bett aneinanderschmiegen, Becken an Becken – aber letztlich sind es immer noch zwei verschiedene Körper, und die Lust erwächst aus der Verschiedenheit.

Bei Lincoln verschwimmen die Grenzen. Sie badet ihn und wischt ihm alle Körperflüssigkeiten ab, und er steckt ihr die Finger in den Mund oder stützt sich mit der Hand auf ihrem Kopf ab. Er katalogisiert ihre Sommersprossen und Muttermale so sorgfältig, wie er seine eigenen Kratzer und blauen Flecken registriert. Er weiß noch nicht so ganz, dass er ein eigenständiges Wesen ist. Noch ist ihr Arm ebenso zugänglich wie sein eigener – sind ihre Gliedmaßen auch seine.

Sie sind austauschbar.

»Musst du immer noch?«, fragt sie an seiner Schläfe.

»Ich kann es noch ein bisschen halten.«

»Nein. Ich weiß nicht, wann wir eine Toilette finden. Mach einfach. Das geht schon.«

Er schüttelt den Kopf.

»Ich bin direkt neben dir«, sagt sie. »Ich gehe nicht weg.«

»Hier? Wo wir sitzen?« Er klingt entsetzt.

»Nein. Da drüben. Siehst du die große Pflanze?«

Sie spürt, wie er den Kopf dreht.

»Ich muss die Schuhe ausziehen.« Er lässt sie los. Sie hat ihn überzeugt.

»Scht. Ein bisschen leiser. Und nicht die Schuhe ausziehen.« Das ist viel zu kompliziert. »Sonst werden deine Füße schmutzig.«

Manchmal kann sie ihn nicht beeinflussen. Dann wieder ist er wie ein Zimmer, das sie so gut kennt, dass sie sich auch im Dunkeln zurechtfindet.

»Ich mag keine schmutzigen Füße.«

»Ich weiß.«

Er geht zu der erwähnten Pflanze und zieht die Hose hinunter, ohne seine Schuhe zu berühren. Dann hört sie endlos Urin auf den Boden plätschern und fragt sich flüchtig, ob das Geräusch verdächtig ist. Schließlich ist er fertig und sorgt sich wegen der Tropfen, die auf seinen Schuhen gelandet sind, und sie sagt, es sei nicht schlimm, und gibt ihm ein feuchtes Tuch aus ihrer Handtasche.

»Mommy?«

»Mhm?«

»Ich will nicht mehr hierbleiben.«

»Ich weiß, Schatz. Wisch dir mal die Hände ab.«

Lincoln starrt auf das feuchte Tuch, hält es reglos zwischen den Fingern.

Sie schaut in die Dunkelheit, ihr Blick wird von den wenigen Lichtpunkten angezogen – einer nahen Laterne, einem schwächeren Licht von jenseits der

Bäume, dem Mond. Sie sieht auf ihr Handy. Die Dunkelheit hat alles verändert, das weiß sie. Sie hat sich wegen der Handygeräusche Sorgen gemacht, aber da ist auch noch das Licht. Licht ist jetzt auffällig verdächtig. Aber es muss doch inzwischen Informationen geben. Vielleicht ist es riskanter, nicht nachzuschauen. Sie hält die Hände um den Bildschirm, das aufscheinende Licht ist wunderbar vertraut und viel zu grell zugleich. Dort, in diesem kleinen, ordentlichen Rechteck, steckt die ganze Welt.

Sie beugt sich über das Handy, doch als sie www.wbta.com aufruft, sieht sie nur dieselben kurzen Absätze, die sie vorhin gelesen hat. Sie geht auf eine andere Lokalnachrichtenseite, dort steht gar nichts. Sie checkt vorsichtshalber CNN und sieht tatsächlich ein Foto vom Zooeingang – zu perfekt, eine PR-Aufnahme. In der Ecke eine Schlagzeile: »Schüsse im Zoo von Belleville. Vermutliche Geiselnahme.«

Ein feuchtes Tuch landet auf ihrem Unterschenkel.

»Ich will mir nicht die Hände abwischen«, erklärt Lincoln.

»Scht. Flüstern. Mommy liest gerade was.«

»Ich will mir nicht die Hände abwischen!«, schreit er so laut, dass sie zusammenzuckt.

»Pst!«, zischt sie und lässt das Handy in die Tasche fallen. »Das war zu laut! Die hören dich.«

Er starrt sie an, sie atmet aus. Dann nimmt sie die nicht abgewischte Hand und zieht ihn zu sich heran. Als sie zu sprechen beginnt, ist sie ruhiger.

»Du weißt, wir müssen leise sein«, flüstert sie. »Und

wir machen uns immer die Hände sauber, nachdem wir auf der Toilette waren. Sonst werden wir krank.«

Noch während sie es sagt, fragt sie sich, warum um Himmels willen sie jetzt mit ihm über Hygiene diskutiert.

Eine Geiselnahme.

Geiseln.

»Ich will krank sein. Ich bin gerne krank!«, sagt Lincoln.

Sie nickt langsam. Er wird wieder lauter. Sie sammelt ihre zerfaserten Gedanken und konzentriert sich ganz auf ihn. Sie darf es ihm nicht übelnehmen, wenn er aufsässig wird. Immerhin verstecken sie sich vor Männern mit Gewehren. Aber es ist auch Zeit fürs Abendessen, und Lincolns Stimmung hängt unmittelbar von seinem Blutzucker ab. Sein Hunger wird unweigerlich eskalieren. Wenn sie ihm nichts zu essen gibt, wird er jammern und weinen und möglicherweise schreien.

»Du bist gerne krank?«

»Ja«, sagt er trotzig.

Zu laut zu laut zu laut. Sie schluckt ihre Panik hinunter.

»Scht«, sagt sie leichthin. Zärtlich. Als würde sie ihm einen exakt bemessenen Teelöffel Hustensaft einflößen oder seine zerzausten Haare glatt streichen – Berührung ist alles. »Du weißt doch, Superman wird nicht krank.«

»Von Kryptonit schon.«

Sie spürt den Triumph eines Edmund Hillary, der den Gipfel des Mount Everest erreicht.

»Von grünem Kryptonit«, präzisiert er. »Wie bei *Doom in a Tube* oder *Skrag the Earth Conqueror*.«

»Den mit Skrag mag ich gern.«

Sie bemerkt die Veränderung in seinem Gesicht, noch bevor er das Kinn hebt und die Schultern durchdrückt. Jetzt wird er rebellisch.

»Den mag ich nicht.«

»Ach nein? Ich dachte, den magst du am liebsten.«

»Nein, am wenigsten.«

Sie will ihm keinen Grund geben, störrisch zu werden. »Ach so.«

»Das ist ein schrecklicher Comic.«

»Schon gut. Sei bitte leise.«

»Es ist der blödeste Comic, den ich je gelesen habe.«

Er erfindet Argumente, wenn er in Kampfstimmung ist.

Sie fährt sich mit der Hand übers Gesicht und findet es wohltuend, wie sich ihre Haut dehnt und spannt. Sie drückt auf die Augenlider, spürt die Augäpfel fest unter den Fingerspitzen, und als sie schließlich die Hand wegnimmt und über ihre trockenen Lippen leckt, schmeckt sie Schmutz und Salz, es ist nicht unangenehm.

»Willst du mit deinen Jungs spielen?«

»Nein«, sagt er zu schnell.

Wenn er so schnell antwortet, zählt es nicht. Sie wartet ab. Beobachtet die Gedanken, die über sein Gesicht huschen.

»Ja, bitte.«

Das dunkle, fordernde Etwas in ihm ist verschwunden. So schnell, wie es aufgetaucht ist, das geht immer so. Und es kann ebenso schnell wiederkehren. Aber darum wird sie sich kümmern, wenn es so weit ist.

Joan öffnet die Handtasche und wühlt demonstrativ darin herum, während sie mit der anderen Hand das Display des Handys aktiviert. Das Licht macht sie nervös, und Lincoln soll nicht merken, dass sie abgelenkt ist, aber vielleicht gab es ja Links zu einem ausführlicheren Artikel. Sie muss nur zweimal mit dem Daumen über den Bildschirm streichen, um durch den kurzen Text zu scrollen.

SWAT-Team vor Ort – Polizei hat keine Details bekannt gegeben – Widersprüchliche Zeugenaussagen –

Immer noch keine Story. Mehr Löcher als Substanz.

»Mommy? Meine Jungs?« Lincoln hat ihr die Hand auf die Schulter gelegt.

»Ich habe sie gleich.« Sie überlegt. Glaubt die Polizei immer noch, sie hätten es mit einem einzigen Mann zu tun? Und dass der sich in einem Raum verbarrikadiert hat? Glauben sie wirklich, die Gefahr sei hinter Schloss und Riegel?

»Mommy?«, fragt Lincoln, diesmal lauter. Quengelig.

Sie holt endlich eine Hand voll Plastikfiguren aus der Handtasche und gibt sie ihm ein wenig zögernd – er ist nie leise, wenn er seine Geschichten nachspielt, es gibt immer Schlachten und Streitereien –, aber ihr fällt nichts Besseres ein.

Wenn Lincoln Lärm macht, wird sie ihn zum Schweigen bringen müssen.

Als wenn das so einfach wäre. Als wenn sie ihn zum Schweigen bringen könnte, wann immer sie will.

»Vielleicht denke ich mir eine Geschichte aus«, sagt Lincoln und bemüht sich, die Figuren auf dem unebenen Boden aufzustellen. »Haben wir den Predator dabei?«

»Ich denke schon.«

Sie greift wieder in die Tasche und legt dabei das Handy hinein. Wenn es da drin ist, merkt sie es möglicherweise gar nicht, wenn eine SMS eingeht. Dafür schirmt die Tasche das Licht des Displays ab. Sie schaut sich aufmerksam um – Bäume und Bambus und Schienen und offenes Gelände und keine Bewegung im Schatten. Von fern erklingt ein schriller Laut, es könnte ein weinendes Baby sein. Sie hört es nicht zum ersten Mal. Sie ist sich nicht sicher, ob es real ist.

»Mommy, hast du ihn gefunden?«

Sie tastet mit den Fingern über den Boden der Handtasche, wo die Actionfiguren eine lautlose Orgie feiern. Sie fühlt Schlüssel und mehrere Stifte, etwas Klebriges setzt sich unter ihren Fingernägeln fest, aber sie findet auch kleine, feste Beine und Arme und Helme. Sie holt eine Figur heraus – falsch, das ist Wonder Woman. Sie lässt sie fallen und sucht weiter.

Ah. Der Predator. Sie zieht ihn hervor und zupft ihm eine alte Rosine vom Kopf.

»Hier.« Sie reicht Lincoln die Figur.

Den Predator hat sie gekauft, weil er bei Barnes & Noble für zwei Dollar im Sonderangebot war und Lincoln immer ein Alien haben wollte. Eines Nachmittags haben sie sich durch die Sender gezappt, wobei sie den alten Schwarzenegger-Film entdeckte, eine gekürzte Fassung ohne Kraftausdrücke und Blut, dachte sie jedenfalls, nur durfte man im Fernsehen neuerdings *Zur Hölle mit euch* und *Du hast ja keine Eier* sagen, wie sie feststellte.

»Meinst du, er könnte ein Zombie sein?« Er streicht dem winzigen Alien über den Kopf.

»Sicher doch.«

Womöglich gibt es ja Geiseln. Womöglich haben die Männer, die im Affenhaus um sich geschossen haben, ein paar hilflose Leute zusammengetrieben, und der Albtraum konzentriert sich jetzt wirklich auf einen einzigen Raum. Vielleicht hat sich die Polizei – oder CNN – nur in der Zahl der Killer geirrt. Oder aber die Polizei liegt völlig falsch.

Von den Leuten, die blutend auf dem Beton gelegen haben, waren sicher einige noch am Leben. Die brauchen Sanitäter. Die brauchen die Polizei, und zwar so bald wie möglich. Und wenn die Schützen noch immer im Zoo auf der Jagd sind, darf man keine Zeit verlieren. Oder übervorsichtig sein.

Das könnte sie der Polizei sagen. Paul könnte es ihnen sagen.

Aber wenn sie nun doch Geiseln genommen haben? Wenn sie sich irrt und die Polizei hereinstürmt und noch mehr Leute sterben? Wenn sich die Bewaffneten in einem Raum verbarrikadiert haben und sie und Lincoln hier vollkommen sicher sind?

Und wenn die Killer auf der anderen Seite des Zauns warten und ihr eine Kugel in den Kopf schießen, die sie nicht mal spüren wird, und sie nichts mehr tun kann, um ihn zu beschützen?

»Zombies haben grüne Haut«, sagt Lincoln.

»Ja.«

An dem Abend, an dem sie *Predator* gesehen haben, war er völlig aufgekratzt. *Geht der Predator wieder in den Weltraum zurück?*, fragte er, während er auf dem Teppich herumhüpfte. *Was kann ich als Raumschiff nehmen?*

Ist der Predator ein Junge Ist er der Einzige Hat er Freunde Geht er zum Zahnarzt Spricht er Englisch Kann er auf der Erde leben Kann er Luft atmen Gibt es ihn wirklich?

Bleibst du für immer meine Mommy?, fragte er, kurz nachdem sie gesehen hatten, wie im Film der Himmel von Explosionen erleuchtet war.

Für immer, sagte sie.

Bist du auch noch meine Mommy, wenn ich erwachsen bin?

Aber sicher.

Kann ich noch bei dir wohnen, wenn ich erwachsen bin?

Bloß nicht, flüsterte Paul, als er hinter dem Sofa vorbeiging, sein Atem warm an ihrem Ohr, aber sie sagte *Natürlich.*

Weil ich immer bei dir sein will, sagte Lincoln und legte ihr seine kleine Hand auf den Arm, genau da, wo der Bizeps auf den Unterarm trifft.

Das wird er natürlich nicht wollen. Aber es ist ein schöner Gedanke.

»Mommy, ich muss dir was erzählen«, sagt er jetzt, während der Predator – der Zombie – offenbar in der Erde gräbt. »Nicht alle Zombies sind böse.«

»Nein?«

»Nein. Es gibt Zombies, die heißen Polizei-Zombies, und die müssen die bösen Zombies fangen und in ein großes Loch werfen. Das benutzen Zombies als Gefängnis.«

»Scht«, sagt sie verspätet. »Ein bisschen leiser.«

Er redet weiter, und sie nickt, während sie zum tausendsten – millionsten – Mal Bäume und Dunkelheit mit den Augen absucht. Lincoln ertastet die Figuren eher, als dass er sie sieht, obwohl ein Streifen Mondlicht und eine Lampe, die hinter ihnen auf der Plattform brennt, einen schwachen Schein verbreiten. Sie kann die Umrisse seines Kopfes sehen und die Silhouetten der Bäume und die Dächer der Gebäude. Alles um sie herum hat eine Form. Aber sie müsste trotzdem sehr vorsichtig sein, wenn sie versuchen würde, aus dem Gehege zu klettern – Unebenheiten oder lose Steine sind bei diesem Licht nicht zu erkennen.

Wie mögen die Wege im Zoo jetzt aussehen? Brennen die Lichterketten noch? Wie viele Laternen gibt es an den Wegen, und wie hell sind sie? Die müsste sie natürlich meiden. Falls sie irgendwo hingehen würde.

Falls sie beide irgendwo hingehen würden.

Eigentlich sollte es ganz anders sein. Sie hat genug über Amokläufe gelesen und glaubt zu wissen, wie sie ablaufen. Der Amokschütze kommt und schießt blindwütig um sich, und die Leute fallen um, tot oder verletzt, oder sie stellen sich tot, und es ist die reine Hölle – aber es ist auch nach wenigen Minuten vorbei, und dann kommt die Polizei, und der Schütze tötet sich entweder selbst oder wird erschossen. Ein schreckliches Muster.

Aber ein Muster. Es ist vorhersehbar, das fand sie immer am schlimmsten. Schießereien wie diese passieren so häufig, dass der Nachrichtenticker fertige Schlagzeilen bereithält, und dann folgen immer in derselben Reihenfolge die grimmigen Bilder von den Tätern und Urlaubsfotos von den Opfern und Zitate von Facebook und Erkenntnisse zu den Waffen und Erklärungen der Familien der Opfer. Jetzt wünscht sie sich diese Vorhersehbarkeit, das Muster.

Denn das hier – Nichts, Stille, Leichen, die eine Stunde danach immer noch auf dem Beton liegen – kommt nie vor.

Sie muss eine neue Einschätzung der Situation vornehmen. Sollen sie hier warten? Sich verstecken, egal wie lange es dauert? Es ist nicht die einzige Option.

Der Zoo muss eine Außenmauer oder einen Zaun haben, aber sie kann sich nicht erinnern, wie die Umgrenzung aussieht, obwohl sie so viele Stunden hier verbracht hat und bestimmt oft direkt daran entlanggegangen ist. Ist es ein Maschendrahtzaun? Eine Mauer? Wie hoch? Mit oder ohne Stacheldraht?

Wäre sie allein, würde sie jetzt einen Plan schmieden, in dem die Außenmauer eine Rolle spielt.

Paul hasst das Fliegen. Er hält beim Start immer ihre Hand und versucht, die Anzahl der Flugzeuge zu schätzen, die von diesem bestimmten Flughafen starten, und multipliziert sie mit der Zahl der Flughäfen im gesamten Land, und dann berechnet er anhand dieser Zahlen irgendwelche seltsamen Wahrscheinlichkeiten für einen Absturz. Mathematik beruhigt ihn.

Sie fragt sich, wie groß der Zoo ist. Sie und Lincoln nehmen im Moment etwa 0,3 Quadratmeter ein. Mal angenommen, der Zoo wäre drei Quadratkilometer groß. Wenn sie Lincoln auf dem Arm hinaustrüge, würden sie nie mehr als einen Viertel Quadratmeter auf einmal beanspruchen, weshalb die Wahrscheinlichkeit, dass sich die Killer an derselben Stelle befinden wie sie, ungefähr 1:12 000 betragen würde.

Ihr ist klar, dass diese Berechnungen nicht im Entferntesten stimmen können.

»Ich hatte mal zwei Füße«, sagt Lincoln mit seiner Zombie-Stimme. »Aber wer braucht schon zwei? Einer reicht auch.«

Etwas bewegt sich durch Blätter und Kiefernnadeln. Panik überkommt sie – so viele Momente der Panik, aufgereiht wie Perlen auf einer Kette. Doch diesmal vergeht die Angst schnell. Was immer das ist, es ist winzig. Ein Vogel oder eine Eidechse.

Als sie klein war, liebte sie die Nacht, denn die war weit und offen und das Haus ihrer Mutter so eng, lauter dunkle Ecken voller Dinge, an die sie nicht denken wollte. Die Dunkelheit draußen war anders. Sie ging oft barfuß auf das kleine Fleckchen Beton, das als Terrasse diente, setzte sich in den splittrigen Liegestuhl – ihre Mutter hatte nie die Kissenauflage ersetzt, nachdem sie verschimmelt war –, und lauschte auf die Geräusche. Frösche und Grillen und manchmal ein bellender Hund und das Geräusch vorbeifahrender Autos und die Ketten der Schaukel, die sich im Wind bewegte, und sie staunte immer, was sie alles hören konnte, wenn sie darauf achtete.

Hier ist es genauso. Geräusche, viele Geräusche, die einander überlagern. Aber es bringt sie nicht mehr zum Staunen. Es schnürt ihr die Luft ab.

Sie hört wieder das Baby weinen.

18.28 Uhr

Der Wind hat aufgefrischt, und Joan hört ein neues Geräusch – als würden Murmeln auf den Küchenboden fallen. Vermutlich Eicheln, die auf Beton prasseln. Einen Moment lang hört es sich an wie das Trippeln kleiner Füße.

Sie spürt etwas Hartes unter der Hüfte und zieht einen Stein heraus, der fast so groß ist wie ihre Faust. Sie legt ihn weg. In diesem Augenblick leuchtet ihr Handy in der Tasche auf.

Bist du da?, fragt Paul.

Sie will ihren Mann jetzt bei sich haben. Unbedingt. Natürlich möchte sie das nicht wirklich – sie würde nie wollen, dass er in Gefahr ist –, aber sie denkt an die harten Kurven seines Körpers, die sich fest an ihren drücken, nachdem sie das Licht ausgeschaltet haben, s-förmig aneinandergeschmiegt, Oberschenkel an Oberschenkel und Bauch an Rücken, ihr Bauchnabel an seiner Wirbelsäule.

Sie will ihm nicht antworten müssen. Sie will nichts in Worte fassen müssen.

Ein kurzer Aufschub: Eine Nachrichtenmeldung blitzt auf dem Display auf. Welche Erleichterung, dass das Handy ihr endlich Antworten liefert. Etwas ist geschehen – die Polizei kommt. Die Amokläufer sind tot. Sie liest die Meldung, während ihr die Möglichkeiten durch den Kopf wirbeln, und dann liest sie sie noch einmal, weil sie keinen Sinn ergibt.

Dutzende Tote bei Sturzflut in Texas.

Es ist unvorstellbar, dass anderswo auch Menschen sterben. Es ist unvorstellbar, dass es einen anderen Ort als diesen gibt. Sie starrt noch auf die Wörter, während sie die Nachricht schon wegwischt. Sie schaut zu Lincoln, der dasitzt, einfach nur dasitzt, den Predator in der schlaffen Hand.

Sie muss Paul antworten.

Wir warten, tippt sie, überlege, ob ich was tun soll.

Schon erscheint Pauls Antwort – es liegt keinerlei Zweifel in den klaren Linien der Buchstaben.

BLEIB DA.

Sie fragt sich, ob er sie mit den Großbuchstaben überzeugen will.

Du weißt – fängt sie an, doch ihre Finger halten inne, und sie sieht zu, wie sie gekrümmt in der Luft hängen, die Pose erinnert sie an eine Hula-Tänzerin, und ihr ist plötzlich bewusst, dass sie die Haltung ihrer eigenen Finger bewundert.

Eine Sekunde. Zwei Sekunden. Drei Sekunden.

Sie horcht.

Etwas hat sie innehalten lassen. Sie weiß, dass irgendetwas dort ist, noch bevor sie weiß, dass dieses Etwas ein Geräusch ist.

Sie hört es noch einmal. Ein Geräusch, das auch sie selbst auf den gewundenen Betonwegen gemacht hat – ein Schuh, der über lose Steinchen rutscht. Ein Scharren und Kratzen. Dann, vielleicht, ein Flüstern. Es kommt vom Weg hinter dem Maschendrahtzaun, dem dunklen Bereich jenseits des Geheges.

Joan schaltet das Display aus und zieht Lincoln an sich. Es kommt ihr so vor, als wäre es immer so gewesen: Sie streckt die Arme nach ihm aus, nimmt ihn hoch, drückt ihn an sich, nervös, wenn er zu weit weg ist – *nicht zu weit nicht zu laut nicht zu schnell* –, bis auf die Zeiten natürlich, in denen er die Arme nach ihr ausstreckt, sie an sich drückt, nervös wird, wenn sie zu weit weg ist.

Mama, bitte hoch, hat er gesagt, als er noch nicht richtig sprechen konnte.

Bitte hoch. Bitte hoch. Bitte hoch.

Sie schaut in die jetzt totale Finsternis, kann aber jenseits des Geheges nichts erkennen. Sie weiß, dort drüben sind das Bambusdickicht und die Schienen und die Betonwege, und sie hofft, dass es die Frau mit dem Baby oder jemand anders ist, der ein Versteck sucht, und dieses Mal, beteuert sie Gott, dieses Mal wird sie rufen und helfen und ihr Versteck teilen, solange es nur kein anderes Geräusch ist.

Joan kann nichts sehen. Aber sie kann hören.

Flüstern, unmissverständlich. Flüsternde Männer, wie ein Radiosender, der nur schwach zu hören ist.

Sie haben sich nicht in einem Raum verbarrikadiert.

»Leise«, sagt sie zu Lincoln, obwohl er keinen Ton von sich gibt. »Böse Männer.«

»W – ?«, setzt er an, aber sie macht »Scht!«, und er hört auf sie, und sie spricht ein rasches Dankgebet, und noch während sie betet, fragt sie sich, ob Gott sie dafür straft, dass sie ihr eigenes Kind für wichtiger gehalten hat als das der anderen Frau. Sie würde es sofort wieder tun, kann es nicht bereuen, obwohl das Schuldgefühl schwer wie nasse Wolle auf ihr lastet, und manchmal fragt sie sich, welche Vorstellung sie überhaupt von Gott hat.

Sie kommen über den Asphaltweg, der an den Schienen entlangführt. Joan kann die Schritte hören.

Sie glaubt nicht, dass man sie und Lincoln sehen kann. Die Lampe über der Plattform beleuchtet den Rand des Geheges, aber der felsige Bereich, in dem sie sich verstecken, ist beinahe schwarz. Sie wackelt mit den Fingern und kann die Bewegung kaum erkennen.

Aber das Handy. Wenn sie nun das Licht des Handys gesehen haben.

»Hier«, sagt eine leise Stimme, näher als erwartet, und es ist das entsetzlichste Wort, das sie je gehört hat.

»Da?«, fragt die andere Stimme.

»Nein, da drüben.«

Sie kann die Männer immer noch nicht sehen, aber es klingt, als wären sie nur wenige Meter vom Zaun entfernt. Sie kann jedes Wort verstehen, das sie sagen, aber sie scheinen stillzustehen und zu warten.

Haben sie sie gesehen? Zielen sie schon auf sie?

Eine Motte streicht mit schweren Flügeln über ihre Wange. Über ihr knarrt ein Ast. Der Wind weht ihr die Haare in den Mund, sie spuckt sie nicht aus.

»Ich sehe nichts«, sagt einer.

»Pst.«

Joan denkt an das Handy, das unter ihrem Oberschenkel steckt, auch wenn sie es im Dunkeln nicht sehen kann. Sie ist sich sicher, dass sie das Licht des Displays bemerkt haben, und genauso sicher ist sie, dass sie suchen werden, bis sie es gefunden haben. Es ist ganz allein ihre Schuld. Sie war sich der Gefahr bewusst und hat sie dennoch unterschätzt.

Der Preis für ihren Fehler ist viel zu hoch.

»Mommy«, sagt Lincoln ihr ins Ohr. Es kommt ihr unheimlich laut vor.

Manchmal küssen sie einander aufs Ohr, so laut sie können. Lincoln sagt dann: Ich mache ein *Muahhh* in dein Ohr, und dann knallt er mit den Lippen dicht an der Ohrmuschel, und sie spürt den süßen, schmerzhaften Widerhall seines Kusses und seinen weichen Atem, genau wie jetzt, er atmet feucht aus, der Kuss ergießt sich aus ihm und dringt in ihre Haut, während er sich gleichzeitig in der Luft verliert.

»Du musst verschwinden«, flüstert sie so leise, dass er sie vielleicht gar nicht hören kann, aber er muss es verstanden haben, denn sein Kopf sinkt auf ihre Schulter.

Joan merkt plötzlich, dass sie sich hingekniet hat, einen Fuß auf den Boden gestemmt, bereit, aufzuspringen und loszulaufen. Sie will loslaufen. Aber sie kann nichts sehen und weiß auch nicht, wohin sie laufen soll, selbst wenn sie etwas sehen könnte. Sie müsste mit Lincoln auf dem Arm über das Geländer klettern, und es ist hell erleuchtet.

Sie muss warten.

Sie weiß nicht, ob sie das kann. Sie weiß nicht, ob sie warten kann, bis sie zu ihnen kommen.

»Bist du sicher?«, fragt eine Stimme.

Joan nimmt an, dass es die beiden Männer aus dem Affenhaus sind, aber sie weiß es nicht. Sie kann die Stimmen nicht mehr erkennen. Sie sind zu gedämpft.

»Hier ist jemand«, sagt eine andere Stimme.

»Spielt Verstecken, was?«

Die andere Stimme antwortet nicht. Eine Zeit lang hört Joan nur Wind und Blätter und einen fernen Tierruf. Nichts bewegt sich außer ihrer Hand, die Lincoln wieder und wieder über den Kopf streicht.

Ein Klirren, etwas bewegt sich am Zaun. Vielleicht ein Schuh oder ein Arm, der sich am Maschendraht abstützt, oder ein Stolpern. Sie meint, die Umrisse von Köpfen und Schultern zu erkennen, flach und nichtssagend wie Papierpuppen.

»You were lost but now you're found«, beginnt eine Stimme in einem Singsang. Es klingt unmelodisch, die Stimme hebt und senkt sich. *»You were run wild / thrown out, exiled / but now you're mine.«*

Er singt weiter. Lauter. Sie stellt sich vor, wie er lächelt, und erwartet fast, dass er jeden Moment den Rhythmus mitklatscht.

»You led the way but you knew I'd follow / Your neck was bare / but dip your head / I've got your collar.«

Inzwischen ist die Stimme so klar, dass Joan sie einwandfrei verstehen kann. Sie hält ihn für den Leisen von vorhin. Seine Stimme ist dünner, höher als die andere. Für einen Jagdexperten legt er ziemlich wenig Wert auf verstohlenes Anschleichen.

Oder er ist sich seiner Sache sehr sicher.

»I've got your collar«, wiederholt er und fährt mit der Hand – nein, mit etwas Metallenem – am Zaun entlang, was fast wie Musik klingt.

Sie versucht, ruhig zu atmen, das Keuchen zu unterdrücken, das bebend aus ihren Lungen aufsteigt.

»Diese Squab hat gesagt, ich soll sie bitte in Ruhe lassen«, sagt der eine in dem gedehnten Tonfall, in dem sie vorhin gesprochen haben. Immerhin hat der Singsang aufgehört. Joan begreift jetzt, dass sie weder achtlos noch übertrieben selbstsicher sind. Jedenfalls nicht nur. Nein, sie wollen, dass, wer immer hier ist, sie hört.

Das Geräusch am Zaun geht weiter. Metallisch und stetig. Eine Eichel fällt mit einem leisen Knacken auf den Boden.

»Und was hast du gemacht?«

»Was ich gemacht habe, Honey Pie?« Wieder der schleppende Tonfall. »Ich hab ihr ewige Ruhe verschafft. Ihren Armen und Beinen und ein, zwei Fingern.«

Beide lachen, und etwas an dem wie aufs Stichwort einsetzenden, fast behaglichen Gelächter – wie über einen altbekannten Witz – verrät Joan, dass sie einen Film zitieren.

Sie erkennt die Dialoge nicht, ist sich aber sicher, dass sie recht hat. Ihr Exfreund konnte ganze Passagen aus *Der Weiße Hai* aufsagen, und als ihr Bruder noch bei ihnen wohnte – sie kann sich kaum an eine Zeit erinnern, in der sie nicht allein mit ihrer Mutter war –, flocht er immer Zitate aus *Star Wars* in normale Unterhaltungen ein, und es hörte sich genauso an wie das hier. Ihr Exfreund und ihr Bruder redeten in einer fremden Sprache, verliehen den Wörtern eine Bedeutung, die Joan entging – sie hatten genauso geredet wie diese Männer: mit einem übermütigen und zugleich ehrfürchtigen Unterton in der Stimme.

Also, elfhundert Männer gingen rein, 316 wurden gerettet. Der Rest war für die Haie.

Das sind nicht die Droiden, die ihr sucht.

Der Zaun scheppert, als die Männer daran rütteln. Sie können ihn natürlich nicht umreißen – sie wollen nur Lärm machen.

Sie sind jetzt näher am Bambusdickicht. Joan kann die Bewegung erkennen, ein vages Muster, das sich in der Dunkelheit verändert. Auch dort rütteln sie am Zaun.

»Ich sehe was, was du nicht siehst«, ruft einer.

Aber sie sehen nichts. Das weiß sie jetzt. Sie treiben Spielchen. Sie hoffen, ihre Beute aufzuscheuchen, so wie ihr Vater, als er noch bei ihnen wohnte, mit seinem Labrador die Tauben aufscheuchte. Sie stoben auf, und er schoss auf sie, und der Hund brachte eine zurück, und wenn sie nicht tot war, knipste der Vater ihr den Kopf ab und warf ihn weg, was für die Taube angeblich weniger schmerzhaft war, aber das Blut tropfte aus dem Loch im Hals, und der kleine Kopf mit dem Schnabel lag im Gras. Soweit sie sich erinnert, hat er sie nur einmal mit auf die Jagd genommen.

»Was siehst du?«, fragt einer der Männer mit normaler Stimme.

»Was Dunkles.«

Sie lachen wieder. Sie fragt sich, ob sie betrunken sind.

Lincoln macht ein Geräusch an ihrem Hals, das sich anhört wie Muddles, wenn man ihm auf die Pfote tritt.

Ihre Angst wird kalt und hart, als die Männer lachen, und sie erkennt froh, dass sie wütend ist. Diese dummen Männer wedeln mit ihren Waffen und singen blöde Lieder. Bringen ihren Sohn zum Wimmern. Sie erinnert sich, wie sie während ihres Collegestudiums einmal ein Spukhaus besucht hat. Ein großer Mann – weit über eins achtzig, gebaut wie ein Footballspieler – ging so dicht vor ihr, dass sie ein paarmal gegen seinen Rücken prallte, als er plötzlich stehen blieb. Sie hatte ihren Freund dabei, aber der große Mann bot einen besseren Schutz. Plötzlich sprang ihnen im Stroboskoplicht ein maskierter Zombie mit einer klingenlosen Kettensäge in den Weg, und Joan schrie so laut, dass es schon peinlich war, und der große Mann musste sich auch erschreckt haben, denn er boxte den Zombie in einem grellen Lichtblitz ins Gesicht, und dann lag da kein Zombie auf dem Boden, sondern ein Teenager, der die Maske abnahm und sich stöhnend das Blut vom Mund wischte, und er tat ihr überhaupt nicht leid, im Gegenteil, sie war mit der Reaktion des Footballspielers sehr zufrieden.

Es sind Teenager, denkt sie, diese Typen mit den Waffen. Es sind keine Männer, keine richtigen, noch nicht. Und es sind Idioten. Sie wird nicht zulassen, dass dumme Teenager, die dumme Lieder singen, ihren Sohn töten.

Wenn sie auf Spielchen aus sind, bitte. Sie hat auch einige Filme gesehen, und das alles hier kommt ihr ohnehin vor wie in einem Film. Wenn sie eine Rolle spielt, ist alles leichter. Sie lässt Lincoln mit einem Arm los – die andere Hand hat sie noch in seinen verfilzten Locken – und tastet im Unkraut nach dem Stein, den sie vorhin beiseitegelegt hat. Ihre Finger schließen sich darum. Er hat scharfe Kanten, fühlt sich massiv an, passt bequem wie ein Baseball in ihre Hand. Sie legt ihn neben ihren Oberschenkel und spreizt die Finger auf dem Boden, beschreibt tastende Kreise. Sie findet noch einen Stein, größer als den ersten; sie kann ihn nicht ganz umfassen.

Sie dreht den Oberkörper leicht und schiebt Lincoln etwas nach vorn, damit sie ausholen kann. Sie ist nicht sicher, ob sie sich sehr clever oder ganz idiotisch verhält, aber ihr Griff wird fester, sie spannt die Schulter an, und dann hat sie den Stein über den Zaun des Geheges geworfen, hoffentlich bis zu dem Bahngleis oder dem Unterholz, das es umgibt.

Eins. Zwei. Joan zählt die Sekunden, den Arm noch in der Luft, und dann hört sie, wie der Stein auf Äste oder Laub trifft, und es klingt lauter als erwartet, und sie hat auch nicht ganz so weit geworfen, wie sie gehofft hatte, aber der Stein ist definitiv außerhalb des Geheges in der Nähe der Schienen gelandet. Ziemlich weit hinter den Männern, falls die noch am Zaun stehen.

Sie fragt sich, ob es sich für die beiden so angehört hat, als hätte jemand einen Stein geworfen, um sie wegzulocken.

Anscheinend nicht, denn sie grunzen aufgeregt und stürzen gehorsam auf das Geräusch zu, trampeln über Schösslinge und Brombeerranken, die abseits der Wege wachsen, und ihre Schritte klingen schwerfällig und unsicher und eifrig.

Es wäre zu schön, wenn sie sich die Beine brächen.

Während sie noch durch das Unkraut trampeln, zieht Joan das Handy unter ihrem Bein hervor. Es liegt kalt in ihrer Hand, nur ein Klumpen Plastik. Nein, es ist mehr als das. Das Handy ist der Grund, weshalb sie hier sitzen und sich vor Männern verstecken, die kaum im Dunkeln laufen können.

Noch ein Geräusch – Schüsse. Diesmal klingt es überraschenderweise wie eine Schreibmaschine, als würde jemand langsam und mit festem Druck tippen. Sie zuckt nicht einmal zusammen und hat doch keine Ahnung, weshalb sie so furchtlos ist. Vielleicht hat sie sich irgendwie daran gewöhnt, und sie glaubt auch nicht, dass sie in ihre Richtung schießen, und es tut gut, endlich zu handeln, statt nur Angst zu haben.

Sie atmet langsam und tief ein. Das Zittern hat aufgehört. Sie ist ruhig und fest und bereit wie ein Objekt, das zu einem bestimmten Zweck geschnitzt und blankpoliert wurde. Sie wischt mit dem Daumen über das Handy, damit das Display wieder leuchtet, und schleudert es mit aller Kraft in Richtung Bambusdickicht, an eine Stelle etwas hinter der, wo die Männer gestanden haben, bevor sie ihrem Stein hinterhergerannt sind. Natürlich besteht die Gefahr, dass sie etwas Leuchtendes durch die Luft fliegen sehen, und auch, dass das Handy auf den Beton prallt und zerbricht, dann wissen sie, dass es jemand geworfen hat, und das wäre das Ende. Aber sie wird nicht länger nur hilflos im Gehege kauern und sieht daher zu, wie das Handy schnell und sicher und aerodynamisch, als wäre es genau hierfür geschaffen, durch die Luft fliegt, und hört kein Scheppern, sondern nur einen weichen Aufprall, und fragt sich, ob die Männer ihn auch gehört haben.

»Was?«, sagt einer, und die dummen Füße, die das dumme Unkraut zertrampeln, halten verwirrt inne. Sie haben es gehört, was gut oder schlecht sein kann, aber immerhin hält sie jetzt die Fäden in der Hand – diesmal ist Joan die Puppenspielerin, und die Männer sind die Marionetten, während es vorhin umgekehrt war, und alles ist plötzlich heiß und intensiv.

In ihr ist eine neue Macht.

Sie sieht das Display leuchten, ein heller Punkt hinter den diamantförmigen Öffnungen des Maschendrahts. Sie hat ganz gut gezielt, wenn auch nicht perfekt. Aber es liegt – wie erhofft – mit dem Display nach oben im Bambusdickicht und erleuchtet glatte Stängel und Blätter, die noch zittern.

»Da«, sagt einer, und Joan sieht die Schattenwellen, als die beiden über den Betonweg laufen, durch das Licht, das aus dem Affenhaus fällt und wieder in die Dunkelheit, und dann beugen sie sich über das Handy, das ihre Hände und Gesichter und Arme flüchtig geisterhaft erleuchtet.

Einer hält das Handy dicht vor sein Gesicht. Er ist glatt rasiert und hat helle Haare und ist weiß, wie sie vermutet hat. Sein Gesicht ist schmal und unauffällig, und sie fragt sich, ob er der mit der leisen Stimme ist, ob sein Gesicht ihrem Klang entspricht.

Sie ist noch nicht fertig.

Während er aufs Display schaut, umklammert Joan den zweiten Stein, reißt den Arm nach hinten, zielt weiter hinten auf den Weg, weg von Gehege und Schienen, ins Herz des Zoos. Sie hofft, dass die Gegenstände, die sie geworfen hat, eine gerade Linie beschreiben, die zu den Gehwegen und Toiletten und Bänken und Tischen führt, zurück zu den offensichtlichen Verstecken und Hinweisschildern. Und weg von hier.

Lincoln knurrt leise, aufgeschreckt von der ruckartigen Bewegung ihres Arms, und dann fliegt der Stein, und sie hört, wie er auf etwas Weiches, Festes prallt. Vermutlich Erde.

»Die rennen weg«, sagt der Leise mit der hohen Stimme, der ihr Handy hat.

Er muss es ausgeschaltet oder in die Tasche gesteckt haben, denn Joan sieht kein Licht mehr. Sie hört die beiden weglaufen, weg von ihr und Lincoln, dorthin, wo der Stein gelandet ist. Sie laufen nicht sehr schnell, haben es nicht eilig. Sie haben Spaß.

Was sie gemacht hat, war nun wirklich kein Geniestreich. Vermutlich kennt sie den Trick aus *Agentin mit Herz* oder *Predator* oder irgendeinem anderen Actionfilm. (Was für ein seltsamer Gedanke, dass sie mit Lincoln auf der Couch vor dem Fernseher sitzen könnte, während er an einer Wasserflasche nuckelt und ständig Fragen stellt, weil er keine Sendung länger als eine Minute sehen kann, ohne Fragen zu stellen.) Joan ist sich sicher, dass die Männer ebenfalls haufenweise solche Filme kennen, hofft aber, dass sie zu großspurig und zu dumm sind, um weiter darüber nachzudenken.

Ihre Schritte sind jetzt viel leiser, bewegen sich rhythmisch und leicht über den Beton.

Lincoln ist so still, denkt sie. Ohne den Schmerz in ihrem Arm und das Gewicht an ihrer Hüfte hätte sie beinahe vergessen können, dass er da ist.

»Schatz?«

Er drängt sich nur noch enger an sie, ohne den Kopf zu heben.

Er und Mark laufen dicht nebeneinander her, ihr Atem ein strömender Gleichklang. Obwohl sie denjenigen, der das Handy verloren hat, noch nicht entdeckt haben, fühlt sich bei diesem Tempo alles glatt und perfekt an. Robby war noch nie so schnell wie heute Abend. Noch nie war sein Körper ein derart kraftvolles Werkzeug, zu allem bereit. Vor ihnen steht eine eiserne Bank ohne Rückenlehne, und es wäre einfach, drumherum zu laufen, aber er springt darüber hinweg, stößt sich mit einem Fuß laut auf dem Metall ab. Wenn er läuft, ist er nicht mehr Robby. Manchmal schafft das auch die Waffe in seiner Hand, aber nicht immer. Die Dunkelheit und die Lichtblitze über ihren Köpfen und die großen Blätter, die sich im Wind bewegen – das alles fühlt sich richtig an. Das wünscht er sich immer schon: Richtigkeit.

Vorhin bei den Schweinen hat es sich noch falsch angefühlt, weil er vergessen hatte, dass er nicht mehr Robby ist. Nur Robby kann sich so verloren fühlen, so beinlos und armlos und hirnlos – ein bloßer Stumpf.

»Hier lang«, flüstert Mark und läuft nach links zu den Giraffen. Er wartet nicht, ob Robby ihm folgt. Robby folgt ihm immer.

Mark läuft langsamer. Sein Adamsapfel ragt aus dem mageren Hals, sein Kopf bewegt sich auf und ab, er sieht mehr denn je aus wie eine Wackelkopffigur. Er hat seit der Mittelschule keine fünf Kilo zugenommen – Hölle auf Erden, hat Robbys Mutter es halb belustigt genannt, doch Robby wusste, wenn sie darüber lachen konnte, hatte sie nichts verstanden –, damals hatte er Mark zum ersten Mal zu sich eingeladen, und Mark hatte die DVD im Regal gesehen und sich geschnappt und *The Hidden Ones?!* gebrüllt, als hätte er einen Porno entdeckt, und dann einfach so, ohne zu fragen, nach der Fernbedienung gegriffen. Dann schauten sie sich die erste Szene an, die Robby schon ein Dutzend Mal allein gesehen hatte, in der alles schwarz ist, bevor ganz langsam winzige Lichtpunkte erscheinen.

Es ist, als würde man in den Weltraum schauen, aber dann fährt die Kamera zurück, und man schaut in Wahrheit in einen Spalt in einem Baumstamm. Die Lichtpunkte sind Insekten, wie Maden oder Termiten, aber fluoreszierend, und dann sieht man den ganzen gigantischen Baum und die anderen Bäume und erkennt, dass es ein Dschungel ist, nur sieht er völlig anders aus als alle anderen Dschungel, von denen man je gehört hat. Man sieht keinen Himmel. Die Stämme sind so dick, dass alles im Schatten liegt, und die Blätter so groß wie ein erwachsener Mann. Die gigantischen Blätter klatschen gegen Helme und schlingen sich um Gewehre, und Robby hat immer gedacht, dass man sicher kaum atmen kann, wenn die Bäume einen so bedrängen, obwohl Bäume ja Sauerstoff herstellen, jedenfalls die auf der Erde. Und das ist eigentlich das Coolste an dem ganzen Film: Man weiß nie, ob dies die Erde oder ein anderer Planet ist. Denn die

Männer sind menschlich, aber nachts haben die Blätter ein unheimliches Leuchten, und die Wesen, die von den Männern gejagt werden, sind immer unter ihrem Kopfputz versteckt, lauter Federn und Dreadlocks.

»Wir haben sie verloren, das ist dir klar, oder?«, fragt Mark und muss nach jedem Wort nach Luft schnappen. Er war nie ein großer Sportler. »Wir haben keine Ahnung, wo sie ist.«

Robby ist noch halb im Film und braucht eine Sekunde, um sich wieder mit seinem Körper zu verbinden.

»›Sie‹?«

»Die Frau, die ihr Handy fallen gelassen hat.«

»Woher weißt du, dass es eine Frau ist?«

Mark hält ihm das Handy hin und dreht es so, dass etwas Licht auf die Hülle fällt. Robby sieht die Umrisse eines Fotos.

»Ihr Kind. Muss eine Frau sein.«

Robby ist nicht ganz überzeugt, aber es hat keinen Sinn, zu diskutieren.

»Warum rennen wir dann noch?«, fragt er.

Mark hebt den Arm, und dann hört man das Handy auf den Gehweg knallen, und es ist ein wunderbares Geräusch. In der nächsten Sekunde springen sie über das zerbrochene Display und das Gehäuse und die Innereien hinweg.

»Die Jagd geht weiter«, sagt Mark. »Wir sind die Ordnung. Wir sind die Hoffnung.«

Da begreift Robby, dass Mark es auch spürt. Dass sie alles andere draußen vor dem Tor gelassen haben, auf dem Parkplatz. Hier drinnen gibt es keine Vergangenheit.

Starbucks – acht Monate. Applebee's – vier Monate. Bud's Burgers – fünf Monate, und da war er ohnehin kurz davor zu kündigen, weil es da immer voller echt fettleibiger Freaks war, als würden sie nur fette Leute reinlassen, die Bäuche hingen an denen wie Teig über den Rand einer Kuchenform, und er hätte sich am liebsten ein Messer genommen und alles abgeschnitten, um zu sehen, wie so eine arme Sau ohne den ganzen Schwabbel aussieht.

Dann waren da noch der Buchladen und Chick-fil-A und Sears – zwei Monate – und jetzt der Drogeriemarkt, nicht mal ein Monat.

Sein dämlicher Boss, der sich so toll vorkam, weil er Drugstore-Manager war, hey, du bist vierzig und leitest einen Drugstore, na super, wow, das wird die Welt verändern. Louisa Brunson, die beim Bowling ganz sicher Spaß gehabt hatte, doch als er das nächste Mal anrief, schaltete sie nicht mal den Fernseher aus, während sie mit ihm redete. Ihre Mutter wollte, dass sie sich aufs College konzentrierte, statt sich mit Jungs zu treffen, sagte sie, aber in Wirklichkeit wollte ihre Mutter nur nicht, dass sie sich mit ihm traf. Denn so denken Eltern, vor allem Louisas Mutter mit den Froschaugen, die noch keinen Tag im Leben gearbeitet hat, eine von diesen schrecklichen Frauen, die immer schon schrecklich waren und die ihre Eltern nach der Geburt besser ertränkt hätten wie eine Katze. Und vor Louisa gab es Angela Willard, die zuerst nett war, süß, schüchtern, aber letztlich eine blöde Schlampe, und das hätte er eigentlich von Anfang an wissen müssen.

Schlampe und *süß* und *schüchtern* sind die Wörter, die seine Füße in den Gehweg hämmern.

Seine achtjährige Cousine hat Robby mal gefragt, ob er seiner Mutter Miete zahlt. Er fragt sich, was sie von ihren Eltern gehört haben muss, um so eine Frage zu stellen. Diese Seite der Familie behauptet, sie seien gute Christen, aber sie zerreißen sich das Maul über andere. Es sind böse, kleinliche Leute. So viele bösartige Leute – die Welt ist voll von ihnen –, aber niemand sieht, wie abscheulich die sind, oh nein, denn alle sind viel zu sehr damit beschäftigt, Robby für den Durchgeknallten zu halten, den Faulpelz, und dabei sind sie selber so blind und so jämmerlich und wissen es nicht mal.

Alle werden ausgelöscht. Alles wird ausgelöscht.

Wir sind die Ordnung / wir sind die Hoffnung.

Wir sind die Ordnung / wir sind die Hoffnung.

Der Gesang wird lauter und lauter, während die Kamera zurückfährt, und der Rhythmus klingt wie etwas, was sie beim Militär singen, wenn sie marschieren, die Stimmen heben sich beim letzten *Hoffnung*, aber mehrere Sekunden lang sieht man nur Bäume auf dem Bildschirm, bis eine Gestalt lautlos herbeiläuft. Sie wird von einem dunkelhaarigen Soldaten in eleganter Uniform verfolgt, und die schattenhafte Gestalt tut einem beinahe leid, denn sie ist ganz dünn und praktisch nackt bis auf den gewaltigen Kopfputz. Dann, gerade als der Soldat nach der Hand des Dings greift – ist es eine Hand oder etwas Seltsameres? –, berührt dessen andere Hand das Gesicht des Soldaten, und er erstarrt und biegt den

Rücken nach hinten durch, sein Körper wird zum Bogen, und dann bricht er zusammen.

Weitere Soldaten nähern sich – synchron in einer Reihe –, und die Kreatur krabbelt unter einen Busch. Jetzt sieht man zum ersten Mal Lieutenant Harding, und er hebt wortlos die Hand. Er tritt zu dem Busch und greift hinein. Er zieht die Squab am Fußknöchel heraus, sie tritt um sich und brabbelt. Harding umfasst ihre Handgelenke mit einer behandschuhten Hand, hält die giftigen Hände von seiner Haut weg. Er singt ihr etwas vor, lächelt dabei, *You were lost, but now you're found,* und von dem Moment an, in dem man Hardings Gesicht sieht, während sich seine Finger um ihren Hals schließen – man kann erkennen, dass es eine Sie ist, weil sie Brüste hat, obwohl sie mit einer Art violettem Metall bedeckt sind –, weiß man, dass die Squabs böse und die Soldaten gut sind. Und man ist froh, als der Lieutenant ihr das Genick bricht.

»Zurück zum Teich«, sagt Mark und zieht seine Jeans hoch. »Dann haben wir die Runde gemacht.«

»In Ordnung.«

»Pst.«

Zum Glück begreift Harding, dass seine ursprüngliche Mission, die darin bestand, die Squabs unter Kontrolle zu behalten, gescheitert ist. Kontrolle ist nicht genug. Denn die Squabs wagen sich aus dem Dschungel und in die Stadt, die keinen Namen hat, und Lieutenant Harding begreift, dass die Kreaturen ohne weiteres die gesamte Bevölkerung auslöschen können. Also muss man stattdessen sie auslöschen.

Die Squabs behaupten, sie wollten nichts Böses. Sie schicken eine brabbelnde Abordnung ins Lager der Soldaten, es sind drei, einer tritt vor – Federn und Dreadlocks wehen im Wind –, und sie sagen das einzige Wort, das sie kennen, *Frieden, Frieden, Frieden,* und sie heben die Hände, aber ihre Hände sind Waffen, oder nicht? Sie können mit einer Berührung töten.

Harding trägt eine lange Nadel bei sich und holt sie nachts am Feuer heraus, um damit die Blasen an seinen Füßen aufzustechen, seine Stiefel scheuern. Er schiebt die Nadel in die aufgeblähte Haut, und die Blasen platzen, und der Eiter tropft auf den Boden, und er verzieht keine Miene, als er die Stiefel wieder anzieht. Später sticht er die Nadel wieder und wieder in den Hals eines mageren Squabs, dem die Tränen übers Gesicht laufen, während er schreit. Die Tränen sehen aus wie Eiter, als sie auf den Boden tropfen – gar kein Unterschied.

Die Squabs sehen zerbrechlich aus. Das hasst Robby am meisten. Harding ist klüger und stärker und ohne Schwäche. Das muss man doch bewundern, oder? Einen Typen, der keine Fehler macht? Und wenn er welche macht, merkt es keiner, und das ist doch das wahre Talent, oder?

Sie haben ihn im Drogeriemarkt gefeuert, nachdem er ihnen gesagt hat, dass er verschlafen hat, weil er den Wecker nicht gehört hat. Was sollte er denn machen? Sein Boss – der mit dem Ziegenbärtchen und dem Ego und der engen Jeans und der pseudobritischen Art – sagte, die Wecker seiner Mitarbeiter seien nicht sein Problem. Vielleicht hatte er recht. Vielleicht ist es wirklich

Robbys Problem, wenn er zu spät kommt. Aber was soll er machen? Wie kann er etwas ungeschehen machen, das schon geschehen ist? Soll er eine Zeitmaschine erfinden und in die Vergangenheit zurückreisen und sich selbst wecken? In seinem ganzen Leben hat er nie verstanden, weshalb man ihm Dinge vorwirft, die außerhalb seiner Kontrolle liegen. Warum er ständig deswegen bestraft wird. Er kann doch nichts dafür, dass er einen tiefen Schlaf hat. Er kann es nicht mehr ändern, dass er vergessen hat, auf den Tacho zu schauen, und daher vor einer Schule achtzig gefahren ist. Es ist ihm eben passiert, dass er eine Bestellung falsch aufgeschrieben hat und der Tisch Bacon Burger statt Black Bean Burger bekommt. Es war doch keine Absicht. Selbst wenn die Leute recht haben und er faul oder unhöflich oder egoistisch ist – nun, es ist, wie es ist, richtig? Genetisch. Keine bewusste Entscheidung. Aber das zählt nicht, oder? Es kümmert einfach niemanden, dass er sich bemüht, oder?

Nein, *Robby* ist derjenige, der sich bemüht. *Er* ist nicht Robby. Er ist nicht der beschissene Versager, der heute aus dem Haus gegangen ist.

Bist du blind, Honey Pie?

Die Squabs sind die besten Schurken, die jemals erschaffen wurden. Wenn sie bluten, ist es hellrosa, und man kann unmöglich erkennen, ob es an der seltsamen Beleuchtung liegt oder unmenschlich wirken soll. Das Blut tropft und spritzt aufs Moos, und es sieht aus wie ein Kunstprojekt, das er mal in den Ferien im Bibelunterricht gemacht hat.

Das ist wie die Farbe von diesem antibiotischen Zeugs,

sagte Mark an jenem ersten Nachmittag. *Du weißt schon, Amoxicillin. Mal eingenommen?*

Und Robby dachte, ja, tatsächlich, das Blut hat dieselbe Farbe wie Amoxicillin. Er erinnerte sich an den Geschmack, süß und kreideartig und lecker. Er sagte Mark, er liebe das Zeug.

Du hast das auch gemocht?, fragte Mark, er sei nämlich noch niemandem begegnet, der es nicht widerlich fand. Mark war als Kind mal nachts nach unten geschlichen und hatte eine ganze Flasche davon getrunken.

Es war so lange her, dass Robby genau wie jemand anders gewesen war.

Irgendwann brachte seine Mutter eine Schale Doritos, ohne etwas zu sagen oder Blickkontakt aufzunehmen, und Robby fühlte sich mies, weil sie natürlich wusste, dass er nicht wollte, dass Mark an ihre Existenz erinnert wurde. Er fragte sich, ob es sie kränkte. Er fragte sich, ob sie ihm ein schlechtes Gewissen machen wollte. Und dann merkte er, wie sie ihn über die Schulter anschaute, und sah, dass sie lächelte. Sie war so froh, dass er einen Freund gefunden hatte. So erleichtert.

Manchmal hasst er sie beinahe. Aber dafür hasst er sich dann selbst, immerhin.

»Zeit zum Check-in«, sagt Mark, wird langsamer, schnauft und keucht.

Robby schaut auf die Uhr, die sich immer noch seltsam an seinem Handgelenk anfühlt, aber sie brauchten alle eine Uhr. »Okay.«

»Oder wir lassen es«, sagt Mark.

Sie sind fast wieder am Teich. Er sieht die Lichter

aufblitzen, die ganzen hübschen Halloween-Dekorationen.

»Nein.«

»Wir müssen nur über die Mauer«, sagt Mark zum tausendsten Mal. »Wir gehen einfach weiter auf dem Weg und suchen uns eine dunkle Stelle und landen drüben in der Cherry oder Havers Street. Dann gehen wir zu meinem Wagen und sehen zu, dass wir wegkommen. Und keiner wird was merken.«

Typisch Mark – er will es sich immer einfach machen. Er will nie den Preis bezahlen. Wenn ein Referat ansteht, schreibt er keine einzige Seite, behauptet, er hätte Migräne, und jammert dann über die null Punkte, und Robby ist derjenige, der sich bis vier Uhr morgens im Computerraum den Arsch aufreißt, trotzdem nur ein paar Seiten schafft und auch eine schlechte Note kriegt. Bestanden haben sie dann beide nicht, aber wer ist wohl der Schlauere?

»Und dann machen wir was?«, fragt Robby. »Nach Peru auswandern und für immer am Strand leben?«

»In Peru gibt's keinen Strand, Blödmann. Wir machen irgendwas. Nach Hause fahren und Pizza essen. Hat doch keinen Sinn, Robby. Ihm kann es gleich sein. Er kriegt, was er wollte. Wir haben getan, was ausgemacht war.«

Sie verlassen den Betonweg, treten auf Gras und Kiefernnadeln. Robby sieht, wie sich etwas im Gebüsch bewegt, aber es ist nur eine Ente hinter dem Maschendrahtzaun.

»Nein. Habe ich doch schon gesagt.«

Da Robby nie widerspricht, hat Mark auch keine

Übung darin, ihn zu überzeugen. Er wäre ein mieser Verkäufer – er wiederholt sich einfach nur.

»Noch können wir einfach weg.« Mark tritt näher heran. »Wir können morgen früh aufwachen.«

Als Robby noch klein war, hat er mal einen Zeichentrickfilm über einen Roboter gesehen oder eine Maus, oder vielleicht war es auch ein Hund. Im Zeichentrick sehen alle ziemlich gleich aus. Als der Robotermäusehund auf den Bildschirm kam, rief eine tiefe Stimme: »Und jetzt der Star der Show!«

Manchmal hört Robby diese Stimme im Kopf, wenn er Destin sieht, der das alles in Gang gesetzt hat. Der etwas Besonderes in ihnen gesehen hat. Der Star der Show. Robby wird das hier zu Ende bringen, wie er es Destin versprochen hat.

Denn das Ende ist eigentlich am wichtigsten.

Robby schaut zu den Lichtern, die auf dem Teich schimmern. Er lächelt.

18.40 Uhr

»Ich hab Hunger«, sagt Lincoln.

Joan muss sich anstrengen, um ihn zu verstehen. Er hat schon länger nichts gesagt. Sie haben still dagesessen, Lincoln an ihre Brust gelehnt. Es ist jetzt viel zu dunkel, um mit seinen Jungs zu spielen.

Es ist für alles zu dunkel.

Sie ist geradezu absurd froh, seine Stimme zu hören, sosehr sie sich auch wünscht, er hätte irgendetwas anderes gesagt.

»Mal sehen«, sagt sie, obwohl sie ziemlich sicher ist, dass sie nichts für ihn hat. Sie tastet blind in ihrer Handtasche, fühlt zuerst in den Seitenfächern.

»Wie mag Batman wohl trainieren? Wie macht er sich schneller und stärker?«

Lincoln sagt nichts.

»Ich glaube, er stemmt Gewichte«, sagt sie.

Sie kann Buntstifte ertasten. Sie fragt sich, weshalb sie diese vielen Kassenzettel nicht weggeworfen hat.

»Ich glaube, er macht Hula-Hoop«, fügt sie verzweifelt hinzu. »Und Ballett.«

Sie holt ein zerdrücktes Mini-Snickers heraus, wickelt es aus und gibt es ihm.

»Hier ist was Süßes, Schatz. Ein Snickers.«

Seine Finger berühren ihre, als er es nimmt. »Hast du noch mehr?«

»Ich sehe mal nach.« Sie hat keine mehr. Sie behält trotzdem die Hand in der Tasche und hört, wie sich sein Mund feucht um die Finger schließt – er schiebt das Essen immer weiter als nötig in den Mund –, und dann hört sie ihn kauen.

Nach ein paar Sekunden leckt er sich die Finger ab.

»Hast du noch welche gefunden?«, fragt er ganz still und ruhig.

Sie kann mehr ahnen als sehen, dass er ihr das Gesicht zuwendet. Seine Züge sind nicht zu erkennen, nicht mal Augen oder Zähne, die doch eigentlich weiß in der Dunkelheit blitzen müssten. Joan lehnt sich gegen den Felsen, der kalt und hart ist, ihre Haare verfangen sich an den rauen Stellen.

»Ich habe keine mehr, Schatz.«

»Ich hab immer noch so Hunger. Hast du Kräcker?«

»Nein. Sag mal, hast du noch deine Jungs?«

»Nein.«

»Wo sind die denn?«

Nichts.

»Du willst sie doch nicht verlieren, Schatz. Wir sollten mal nach ihnen suchen.«

Lincoln antwortet nicht. Sie streckt die Hand aus, berührt seinen Oberschenkel und tastet nach seiner Hand. Er zieht sie nicht weg, umschließt ihre aber auch nicht mit den Fingern, wie er es sonst tut.

»Wir tasten einfach mal danach. Das ist wie Ostereiersuchen im Dunkeln. Nur suchen wir Jungs.«

Er mag Ostern.

Er zieht seine Hand weg.

»Ich fange mal an«, flüstert sie und weiß, dass sie zu fröhlich klingt. »Welche hatten wir rausgeholt?«

Sie spricht weiter, um das Schweigen zu füllen.

»Ich weiß, dass ich dir Batman gegeben habe«, sie fährt mit der Hand über die Erde, und das Gras ist so trocken, dass es in ihre Haut sticht. Sie fühlt glattes Plastik und erkennt die Figur am gehörnten Helm. »Da haben wir schon mal Loki. Wen suche ich sonst noch?«

»Thor«, sagt er tonlos. »Predator. Den blonden Jungen.«

Sie hat schon drei gefunden. Es erscheint ihr eminent wichtig, dass er nichts hier im Dreck zurücklässt, und sie tastet schneller. Ein schärferer Stich – Glas? Ein spitzer Stein? –, doch es macht ihr nichts aus.

»Sind sie weg?«, fragt er so leise, dass Joan ihn kaum versteht.

Sie wischt sich die Hände am Rock ab. Dann schließt sie die Handtasche sorgfältig, damit keine Jungs herausfallen. »Meinst du die bösen Männer?«, flüstert sie.

»Ja.«

»Das weiß ich nicht. Deshalb möchte ich hierbleiben und leise sein.«

»Ist die Polizei da?«

»Ich weiß nicht.«

»Bringen die uns um?«

»Wer war der blonde Junge eigentlich in deiner Geschichte?«

»Bringen die uns um?«

Sie kann ihn atmen hören. Sein Atem ist vermutlich lauter als seine Worte. Sie würde so gern sein Gesicht sehen.

»Kann sein«, antwortet sie. »Falls sie uns finden. Aber das werden sie nicht.«

Sie spürt, wie sein ganzer Körper sich warm an sie drückt. Er sagt noch etwas, zu leise – zu leise! –, und sie beugt sich vor, um ihn zu verstehen.

»Was?«

»Wenn sie uns umbringen, kommt unser Körper dann in den Himmel?«

»Die Seele kommt in den Himmel.«

»Ach ja«, haucht er. »Und der Körper bleibt hier unten?«

»Ja. Aber wir werden ihn nicht vermissen. Die Seele ist das Wichtigste.«

»Aber wir können unsere Seele nicht sehen. Oder anfassen.«

»Nein, nicht jetzt.«

Der Wind hat aufgefrischt. Ihr ist kalt, aber noch nicht sehr. Sie fragt Lincoln lieber nicht, ob er friert, das könnte ihn erst auf die Idee bringen.

Er bewegt sich ein wenig, stellt aber keine Fragen mehr. Er summt auch nicht und plappert keine sinnlosen Wörter vor sich hin. Sie lauscht den Blättern und den Grillen und denkt an Paul – den sie jetzt nicht mehr erreichen kann – und fragt sich, ob die Männer eine Runde drehen und wieder hierher zurückkommen werden, und es ist tatsächlich schwerer, in dieser Stille hier zu sitzen, die pulsiert und sich ausdehnt.

»Es dauert nicht mehr lange«, flüstert sie Lincoln zu.

»Ich hab immer noch Hunger.«

Sie fragt sich zum tausendsten Mal, wo die Polizei ist. Sie kann ihn vielleicht noch eine Weile ruhig halten, aber sein Blutzuckerspiegel wird sinken, und dann wird er mit jeder Minute ein bisschen mehr wie ein wildes Tier, und irgendwann ist die Grenze erreicht.

Sie könnte ihn hierlassen und durchs Affenhaus laufen, am Spielplatz und dem Elefantengehege vorbei zur Savannah Snackbar, wo die Verkaufsautomaten stehen. Wenn alles gut geht, könnte sie eine Packung Kräcker ziehen und in zwei oder drei Minuten zurück sein. Er könnte hier warten, und es würde nicht länger dauern, als wenn sie zu Hause auf die Toilette geht oder sich von oben ein Buch holt.

Aber es ist nur ein Traum, das weiß sie genau. Er würde niemals still hier sitzen bleiben und auf sie warten. Nicht mal zwei Minuten. Kaum wäre sie über das Geländer gestiegen, würde er die Arme ausstrecken und darauf bestehen, dass sie ihn mitnimmt. Und wenn sie ihn ignorierte, würde er anfangen zu schreien.

Und was, wenn es gar nicht so einfach ist, wie es sich anhört? Wenn sie da draußen auf sie warten? Wenn sie getötet würde und er hier weinend nach ihr riefe, würden sie ihn auch finden.

Nein, das ist es nicht wert. Irgendwie ist die Vorstellung, dass er allein ist, wenn sie ihn finden und die Waffen auf ihn richten, einen kleinen, verschreckten Jungen, noch unerträglicher. Es verschafft ihr einen perversen Trost, dass sie ihn, wenn es dazu käme, wenigstens im Arm halten und –

Joan schiebt den Gedanken weg. Manchmal sieht sie im Geiste, wie ein schrecklicher Unfall passiert – dass Lincoln rückwärts auf die Straße tritt und von einem Auto überfahren wird –, und übt schon innerlich, wie sie Paul die Nachricht überbringen würde. Einmal musste sie eine Panikattacke unterdrücken, nachdem Pauls Schwester Lincoln im Autositz festgeschnallt hatte und mit ihm weggefahren war, weil sie sich den Unfall auf der Interstate so plastisch vorstellen konnte und wie ihre Schwägerin anrufen und die Nachricht ins Telefon schluchzen würde.

Manchmal geht sie nach Mitternacht in sein Zimmer, um sich zu vergewissern, dass er atmet.

Sie bringt ihn zum Kindergarten und muss an manchen Tagen den Gedanken an schießende Männer verdrängen, die in das Gebäude stürmen, an schreiende Lehrer und die Frage, wie viele Kinder es durchs Fenster hinausschaffen, bevor die Mörder hereindrängen, und ob die Kindergärtnerin ihn als einen der Ersten hinausheben würde, es ist völlig irrational, das hat sie sich immer gesagt, aber hier sind sie nun, also waren ihre Fantasien doch nicht so verrückt.

Die morbiden Ängste haben etwas nachgelassen, als Lincoln älter wurde. Als er ein Baby war, hatte sie eine Phase, in der sie kein Fenster anschauen konnte, ohne sich vorzustellen, er würde hinausfallen.

Jetzt sitzt sie hier auf der Erde, die Welt schattenhaft und von undefinierbaren Geräuschen erfüllt, und kann sich nicht vorstellen, dass er erschossen wird. Das Bild stellt sich nicht ein. Sie lässt es nicht zu.

»Willst du dich hinlegen? Du kannst deinen Kopf auf meinen Schoß legen. Oder ich halte dich, wie früher, als du ein Baby warst.«

Manchmal ist er fasziniert von dem, was passiert ist, als er ein Baby war. Von den Teilen seines Lebens, an die er sich nicht erinnern kann. Er ist fasziniert von dem Gedanken, dass Milch aus ihren Brüsten gekommen ist.

»Nein«, sagt er. »Ich möchte Abendbrot.«

»Wenn du dich ein bisschen ausruhst, geht es dir vielleicht besser.« Joan weiß, dass solche Steuerungsversuche eher das Gegenteil bewirken. Und doch will sie nicht von der kleinen Hoffnung lassen, dass er vielleicht einschläft. Dass sie ihn im Arm halten und sein Gesicht streicheln kann, bis er eindöst, dann könnten sie ewig hierbleiben, und sie wünscht sich ausnahmsweise den Schnuller zurück, denn es war eine Art Pawlow-Reflex, wie sich seine Augen schlossen, sobald er zu saugen begann – *Ein Nulli ist ein Freund, den man im Mund hat,* hat er mal gesagt –, aber er hat ihn am Abend vor seinem vierten Geburtstag bereitwillig abgegeben, und jetzt liegt er im Regal in Lincolns Zimmer in einem kleinen Nulli-Haus, das aus Eisstielen gebastelt ist, in einem eigenen Puppenbett mit Decke.

»Ich hab Hunger«, sagt er wieder. »Ich verhungere.«

»Leg dich eine Minute hin, nur zur Probe.«

»Ich will mich nicht hinlegen. Ich will Abendbrot.«

»Abendbrot gibt es heute etwas später.«

»Aber ich verhungere.«

»Leg dich fünf Minuten hin. Nur fünf Minuten, dann sehen wir weiter.«

»Okay.« Aber sein Gesicht fällt in sich zusammen, die Lippen schieben sich vor und die Augenbrauen nach unten, und sein Atem beginnt zu stottern. »O-kay. O-kay.«

»Lincoln –«, setzt sie an.

Wenn er weint, fängt es immer mit den Wörtern an. Er versucht dann, durch das Weinen hindurchzusprechen, und die Wörter dehnen sich zu Geheul, und dann verschwinden die Wörter, und die Tränen kommen, und wenn sie ihm erst über die Wangen rinnen, beginnt etwas, das monoton und rhythmisch wie der Ozean ist, aber stärker an den Nerven zerrt.

»Scht. Du musst leise sein.«

»O-kay-y«, sagt er in mehreren Silben, mehr Stöhnen als Wort.

Joan starrt in die Dunkelheit. Er ist zu laut zu laut zu laut. Sie streichelt ihm immer wieder über den Kopf und zieht ihn näher an sich heran, um ihn zu beruhigen, aber nichts davon funktioniert.

Sie weiß nicht, wie sie Zeit gewinnen soll. Er darf keinen Laut machen. Dies ist der wichtigste Faktor, der wichtigste Teil des Puzzles. Bald werden die Tränen in Füßestampfen übergehen und in sirenenartiges Geheul und dann in Geräusche, die nicht mehr menschlich, sondern mechanisch klingen – falscher Gang oder kaputter Auspuff – und bei denen man sich nur noch die Ohren zuhalten kann.

»Na schön. Sollen wir uns Abendbrot holen?«

Das Schluchzen hört sofort auf. Sein Atem stolpert noch ein wenig, und er schnieft, aber die Schluchzer sind verstummt.

Er wischt sich die Nase am Ärmel ab. »Können wir in die Cafeteria?«

»Wie wäre es mit was zu knabbern? Käsekräcker? Oder Erdnüsse? Und einen Schokoriegel als Nachtisch?«

Obwohl sie Lincolns Gesicht nicht sehen kann, spürt sie, dass er sie missbilligend anschaut.

»Das ist kein Essen, von dem man groß und stark wird.«

»Stimmt. Aber wir können nur etwas aus dem Automaten ziehen. Was immer du möchtest.«

»Abendbrot aus dem Automaten?« Er klingt jetzt hoffnungsvoll.

»Ja.«

Wie anders wäre das alles, wenn sie allein durch den Zoo geschlendert wäre, als die Schießerei begann. Sie wäre sicher auch weggelaufen. Hätte sich versteckt. Und dann? Sie ist einigermaßen kräftig und schnell und schlau, und wenn sie allein wäre, hätte sie längst beschlossen, nicht auf Rettung zu warten. Es muss eine Stelle geben, an der sie über die Außenmauer klettern kann, selbst wenn sie sich dabei ein bisschen am Stacheldraht verletzt. Sie sieht es vor sich, wie sie aus diesem Gehege schleicht, um Ecken späht und ins offene Gelände flieht, sie wäre leise und schnell, und die Männer würden sie nicht sehen.

Joan hält die Männer nicht für sonderlich kompetent, und wenn sie sich einigermaßen geschickt anstellte, könnte sie ihnen entkommen und den Weg nach draußen finden. Sie würde auch nach anderen Ausschau halten – wenn sie allein wäre, könnte sie selbstlos sein, statt nur sich selbst zu retten. Sie würde die Frau und das Baby suchen und jedem die Hand reichen, der sich irgendwo versteckt, und alle in Sicherheit führen. Sie würde vorangehen. Sich im Schatten halten, sich Zeit lassen und lautlos sein und irgendwo eine Schwachstelle finden, durch die sie entkommen können. Oder einen Polizisten.

Sie sieht sich im Geiste, ein huschender Schatten.

Falls die Männer sie entdeckten, würde sie weglaufen. Sie würde um die nächste Ecke rennen und könnte lange durchhalten – sie läuft möglichst viermal die Woche zehn Kilometer, und sie liebt es, wenn die Luftfeuchtigkeit gering und die Muskulatur gelockert ist und man sich nach einer Weile gewichtslos fühlt, die Schwerkraft abstreift, die Schmerzen in Beinen und Lungen zu Helium werden und man nichts mehr spürt.

Manchmal spürt sie ihre Füße nicht mehr. Manchmal wird ihr ganzer Körper zu Luft. Wenn sie läuft.

»Mommy?«

»Hör zu. Du musst gut aufpassen und genau das tun, was ich dir sage. Und kein Geräusch machen.«

»Sonst bringen sie uns um«, ergänzt er.

Sie überlegt.

»Sonst könnten sie uns umbringen«, bestätigt sie.

Sie meint, Lincoln nicken zu sehen.

Sie steht auf und ergreift seine Hand. Dann hebt sie ihn hoch, und seine Beine schließen sich um ihre Taille, und sie nimmt das Gewicht in sich auf, stemmt die Füße auf den Boden, und alles ist stockdunkel, so dass sie den ersten Schritt, den sie tut, nicht sehen kann. Sie hat einen Arm unter seinen Po geschoben und tastet sich mit der anderen am Felsen entlang.

Lincoln drückt den Kopf gegen ihren Kiefer, seine Hände bewegen sich in ihrem Haar. Den ersten Schritt macht sie so langsam, dass sie jede Muskelbewegung im Fuß spürt. Sie drückt die Ferse auf den Boden, die Sehnen im Knöchel dehnen sich, der Spann streckt sich, als erst der Ballen und dann die Zehen abrollen und das trockene Gras kaum hörbar knistert.

Sie hat das Gefühl, dass sie für jeden Schritt eine halbe Minute braucht, ihre Hand streift am Fels entlang und misst den Fortschritt, während sie sich Zentimeter für Zentimeter vorarbeitet – sie tritt auf einen Ast, er knackt wie ein Knochen unter ihrer Sandale, zu laut, aber vielleicht auch nicht lauter als ein Ast, der einfach von einem Baum fällt? –, und dann hat sie den Felsen umrundet und sieht auf die hölzerne Plattform und die Strahler, die die beiden Türen beleuchten: Eine führt zurück zu den Hauptwegen, die andere zum Orang-Utan-Bereich.

Es ist wie bei einer Gameshow, in der man sich zwischen zwei Türen entscheiden muss. Sie blinzelt im hellen Licht.

Das Licht der Strahler reicht bis zum Geländer und ein wenig darüber hinaus – sie kann Spinnweben sehen, die von den Holzplanken bis auf den Boden hängen, und muss an die Tücher denken, mit denen Feuerwehrleute einen auffangen.

Motten kreisen ekstatisch um die Strahler. Blätter segeln im Zickzack von Bäumen, von denen sie nur die obersten Äste im Mondlicht sehen kann. Kleine Geschöpfe mit Flügeln prallen weich gegen die Glastüren. Um sie herum ist alles schwarz, nur in dieser erleuchteten Blase geht es hektisch zu.

Joan bleibt noch einen Augenblick im Dunkeln stehen, dann rennt sie zum Geländer und hebt Lincoln auf den Sims.

»Halt dich an der Stange fest.« Sie drückt eine Hand gegen seinen Rücken.

Sie muss ihn ganz loslassen, um über das Geländer zu steigen, aber seine Finger umklammern das Holz, und er ist still, und dann hat sie beide Füße hinübergeschwungen und steht auf der Plattform und die Motten umkreisen sie immer noch, selbstvergessen und überschwänglich, und sie greift über das Geländer, dessen scharfe Kanten sich in ihre Hüftknochen pressen, und hebt Lincoln herüber, seine Turnschuhe landen mit einem dumpfen Geräusch auf dem Holz und dann ist er wieder in ihren Armen und sie hastet unter das Vordach, weit weg von der Tür, und atmet tief ein.

18.58 Uhr

Es tut gut, aufrecht zu stehen und die Wirbelsäule an die Mauer zu drücken. Joan fragt sich, wie lange sie wohl im Gehege gehockt hat – sie greift nach ihrer Handtasche, tastet nach dem Seitenfach, ihr Körper sucht automatisch nach dem Handy.

Das Handy.

Als es sich aus ihrer Hand löste, war sie einfach nur erleichtert, und es ist noch nicht wirklich zu ihr durchgedrungen, dass der Gegenstand, den sie weggeworfen hat, weil er die Männer zu ihnen führen könnte, derselbe Gegenstand ist, der sie mit ihrem Mann und der Außenwelt verband.

Was immer außerhalb der Mauern geschieht, geschieht fortan ohne sie.

Es kümmert sie überraschend wenig. Die Außenwelt ist bedeutungslos. Es macht irgendwie alles klarer für sie, dass sie die Mauersteine durch ihr T-Shirt und den Schmerz in ihrer linken Schulter spürt, wo Lincolns Gewicht an ihr zerrt, und dass sie weiß, dass sie nur zu zweit sind und es immer waren. Das Handy hat ihr bloß die Illusion vermittelt, nicht allein zu sein.

So muss es auch diesen armen Leuten in Texas gegangen sein, die nun tot mit dem Gesicht nach unten dahintreiben und vielleicht in denselben Sekunden verzweifelt nach Luft schnappten und nur Wasser einatmeten, in denen sie darauf horchte, wie die Killer am Zaun rüttelten.

Niemand wird kommen. Hier gibt es keine Polizei.

Nun, da sie es weiß, gewinnt alles an Schärfe.

Da wäre natürlich Paul. Er muss furchtbare Angst haben. Aber das kann sie nicht ändern. Paul ist außerhalb ihrer Kontrolle, wie fast alles andere auch. Sie kann lediglich entscheiden, welche Tür sie öffnet und wohin sie ihre Schritte lenkt und wie langsam oder schnell sie sich bewegt. Sie denkt an das, was als Nächstes kommt: Das Gebäude, vor dem sie stehen, scheint ihr der gefährlichste Teil der Strecke – falls ihnen die Männer dort auflauern, gibt es für sie und Lincoln kein Entkommen. Der einzige Ausgang ist die Haupttür des Affenhauses, durch die sie vorhin hineingegangen und zu ihrem Versteck gelangt sind, und es war ein perfektes, sehr sicheres Versteck, und wie dumm und unverantwortlich, es zu verlassen, und sie sollte auf der Stelle kehrtmachen, aber Lincoln zittert beinahe vor Hunger oder wegen etwas anderem, für das sie kein Heilmittel hat – wie lange steht sie eigentlich schon hier und verschwendet Zeit? –, und wenn sie zum Haupteingang wollen, müssen sie durch den schmalen Gang zwischen den verglasten Käfigen, in dem es keine Abzweigungen oder Türen gibt. Dort wären sie gefangen.

Aber sie hat keine Wahl, jedenfalls keine bessere.

»Mommy?«, fragt Lincoln, die Stimme höher als sonst.

Wird er von jetzt an nur noch ein oder zwei Worte

sprechen? Sind die endlosen Fragen und Erfindungen und Geschichten für immer versiegt?

»Alles gut«, sagt sie, drückt ihn an sich und tritt ins Licht, während Motten silbern über ihren Kopf flitzen. Sie macht vier große Schritte, stößt die Glastür auf und schlüpft hindurch. Die hassenswerte Tür fällt mit einem Stöhnen hinter ihr zu, obwohl Joan sie sanft mit der Hand abfedert.

Die Stille umfängt sie wie Feuchtigkeit. Die Luft ist ganz schwer davon. Aus diesem Blickwinkel – sie drückt sich flach an die raue Wand, es ist gut, etwas im Rücken zu haben – kann sie nur die Mauern aus Steinimitat, die Neonleuchten entlang der Sockelleisten und die glatten, schimmernden Böden sehen. Es ist, als stünde sie inmitten einer futuristischen Höhle oder eines unterirdischen Bunkers. Alles wirkt natürlich und vollkommen künstlich zugleich. Joan seufzt, als sie die Wärme spürt. Gewöhnlich kommt ihr das Gebäude kalt vor – sie reibt sich immer die Arme, wenn sie hindurchgeht –, jetzt aber ist es mehrere Grad wärmer als draußen.

Sie lauscht, hört nichts. Keine Heizung, keine schnatternden Affen, keinen Wind, der an den Oberlichtern rüttelt. Sie könnte eine lange Liste aller denkbaren Geräusche aufstellen, die sie nicht hört.

Ihr Junge ist so still.

Sie überlegt, ob sie ihn absetzen soll – vielleicht möchte er sich die Beine vertreten. Sie könnte ihre Arme entlasten. Aber es erscheint ihr sicherer, ihn zu tragen. Er mag sie zwar behindern, doch solange er sie umschlingt, kann nichts sie voneinander trennen.

Sie lauscht und hört nichts.

»Also los«, flüstert sie.

Lincoln antwortet nicht, und sie geht langsam vorwärts und zählt unwillkürlich die Beinahe-Geräusche, die ihre Füße auf den rotbraunen Fliesen machen. Mit zwei – drei – Schritten hat sie sich so weit von der Wand entfernt, dass sie sie nicht mehr berühren kann, und es fällt ihr schwer, das Gleichgewicht zu halten, es ist, als ginge sie über ein schwankendes Bootsdeck. Zu viel Raum um sie herum. Noch ein paar Schritte, und ihre Hand landet auf der porösen Oberfläche der Wand gegenüber, wo der Gang eine Kurve beschreibt – hier hängen Bilder von ausgestorbenen Tieren, Dodos und Wandertauben und Pyrenäensteinböcke und Riesenalke, allesamt keine Primaten, sie versteht die Logik dahinter nicht. Sie hat die Schulter an die Wand gestützt und die Hände unter Lincoln verschränkt und schaut vorsichtig um die Ecke. Sie weicht zurück, noch bevor sie begreift, was sie gesehen hat.

Auf dem Boden sitzt ein Affe.

Langsam bewegt sie sich wieder vorwärts, um die Ecke, schaut in die verglasten Käfige: rechts winzige Totenkopfäffchen, links Mantelaffen. Aber der Käfig der Mantelaffen ist nur noch ein eckiges Loch, durch das man Beton und Seile erkennt. Die Trennscheibe liegt zerschmettert am Boden. Drinnen brennt kein Licht, aber die Neonleuchten im Gang erhellen den felsigen Boden und den künstlichen Bach. Sie wirft nur einen kurzen Blick auf die Landschaft, weil sie sich ganz auf den Affen vor ihr konzentriert.

Es ist ein schwarz-weißer Mantelaffe. Er lässt den Kopf hängen und bewegt die Hände – Pfoten – über den mit Scherben bedeckten Fliesenboden, und nun bemerkt sie, dass ein zweiter Mantelaffe reglos auf dem Boden liegt. Nur die schwarzen Füße und der Rumpf sind zu erkennen.

Sie schaut sich die Füße genau an und bemerkt nicht das geringste Zucken – die Tauben, die ihr Vater getötet hat, zuckten noch lange Sekunden, nachdem ihre Köpfe weg waren –, und sie ist sich ziemlich sicher, dass der Affe tot ist. Der andere Mantelaffe hockt so dicht neben ihm, dass sich sein langes weißes Fell mit dem des Toten vermischt, Joan kann nicht erkennen, wo das eine Tier aufhört und das andere beginnt.

Sie schließt die Arme fester um Lincoln und wünscht sich, sie wüsste mehr über Primaten.

Der lebende Mantelaffe hat nicht zu ihr hergeschaut. Er sitzt vornübergebeugt da, sein Fell ist so glatt und seidig, dass man darüberstreichen möchte, und sie fragt sich, ob Menschen jemals Mäntel aus solchen Fellen gemacht haben.

Er bewegt nur die Finger, krümmt und streckt sie wenige Millimeter über dem Boden. Er scheint keine Daumen zu haben.

Joan erinnert sich, wie in Mississippi einmal ein Opossum vor ihr auf den Gehweg gesprungen ist und sie die Straßenseite gewechselt hat, weil ihr seine Zähne nicht gefielen. Und in Honduras, während des endlosen Auftrags für die Kaffeekooperative, wachte sie eines Morgens auf und fand eine Kuh in ihrem Zimmer vor, die den breiten Kopf über die Matratze neigte und ihre dicke Zunge herausstreckte. Als Joan noch klein war, fing ihr Onkel Eichhörnchenbabys für sie – natürlich nachdem ihr Vater weg war, er hätte die Tiere vermutlich erschossen –, aber es waren eigentlich die Haustiere ihres Onkels, nicht ihre. Sie durfte sie nicht in der Hand halten, weil sie bissen, und seine Daumen waren immer blutig und verkrustet, obwohl die Tiere ihn liebten und auf seiner Schulter saßen und mit den winzigen Krallen an seinen Ohrläppchen zupften.

Der Mantelaffe schwenkt langsam den Kopf hin und her, lässt ihn kreisen, und sie denkt an Stevie Wonder und erschrickt, weil sie fast gelacht hätte. Ihr Mund beginnt sich schon zu einem Lächeln zu verziehen, und sie muss ihren Wangenmuskeln befehlen, ihr zu gehorchen.

Joan fragt sich, ob der lebende Mantelaffe den toten hierhergezogen hat. Haben sie Beerdigungsrituale? Trauern sie? Hat der tote Mantelaffe noch eine Weile gelebt, nachdem er angeschossen wurde? Hat er versucht zu fliehen? Ist ihm der unverletzte Mantelaffe gefolgt? Warum sind nicht alle Affen panisch davongerannt, als die ersten Schüsse fielen – warum ist dieser noch hier? Hat er es nicht mehr hinausgeschafft, oder ist er die ganze Zeit hiergeblieben, um die Leiche zu bewachen?

Sie und der Affe sind beide wie erstarrt, wollen die Gegenwart des anderen nicht zur Kenntnis nehmen. Er streicht sich mit einem Finger nachdenklich über den weißen Bart, hebt aber nicht den Kopf.

Das Glas macht den Unterschied aus. Mit einem Hund

oder einer Katze – einem domestizierten Tier – verhält es sich ganz anders. Ein wildes Tier aber vereint alle möglichen widersprüchlichen Impulse in sich. Man findet es niedlich und zutraulich und kann damit recht haben, aber es kann einen trotzdem erbarmungslos bis aufs Blut verletzen. Angeknabberte Daumen und zärtlich zerkratzte Ohrläppchen. Man kann ein wildes Tier nicht wirklich kennen.

Sie kann nicht ewig hier stehen bleiben. Sie könnte sich umdrehen und in die andere Richtung gehen, vorbei an den Orang-Utans und Riesenottern und anderen Tieren, die sie nicht mehr im Kopf hat, aber es würde viel länger dauern. Und dann müsste sie auch zurück über die beleuchtete Plattform draußen. Und sie möchte viel lieber vorwärtsgehen.

»Mommy?« Lincoln hat noch immer den Kopf an sie gedrückt.

»Mhm?«

»Was macht der Affe da?«

»Nachdenken, nehme ich an.«

»Können denn Affen denken?« Ja, es war gut, das Versteck zu verlassen, denn die veränderte Umgebung – wilde Tiere, die in Gängen lauern – hat ihn zumindest aus seiner Katatonie gerissen.

»Ja.«

»Beißen die?«

Das ist wohl die wichtigere Frage.

»Ich glaube nicht.« Was gelogen ist. »Außer, man erschreckt sie.«

»Wie Hummeln?«

»So in der Art.«

Während sie spricht, hebt der Mantelaffe den Arm über den Kopf, und sie macht unwillkürlich einen Schritt zurück. Er öffnet gähnend das Maul und entblößt lange, vampirscharfe Eckzähne, zupft aber dann nur an seinem Fell.

Joan beschließt, langsam und ruhig voranzugehen, damit er sich nicht bedroht fühlt. Zunächst wirft sie aber einen Blick auf die Scherben unter ihren Füßen, hockt sich hin und schließt die Finger vorsichtig um das größte Stück, das ein beinahe perfektes Dreieck bildet. Ein Stich in der Handfläche, sie hat sich geschnitten, richtet sich aber mit schmerzenden Oberschenkeln auf und umfasst die Scherbe fester. Es ist gut, dass sie zu scharf ist.

Sie starrt auf den Affen, sein geschlossenes Maul voller Zähne. Sie haben mal irgendeine schreckliche Geschichte in den Nachrichten gesehen. Danach erzählte ihr Onkel, dass ihn der Gedanke bedrücke, dass er womöglich nicht auf einen Einbrecher schießen könnte, obwohl der einen Menschen, den er liebte, mit einer Waffe bedrohte. Und ob es ihn zu einem schlechten Menschen mache, wenn er zuließe, dass ein geliebter Mensch – sie – verletzt würde, nur weil er den Gedanken, einen anderen Menschen zu töten, nicht ertragen könne?

Wenn jemand versuchte, Lincoln etwas zu tun, könnte sie Gehirn auf Beton verspritzen.

Wenn dieser Affe sich auf sie stürzt, wird sie auf die Augen zielen. Ihm die Kehle aufschlitzen.

Sie macht einen Schritt nach rechts, presst sich gegen

den Käfig der Totenkopfäffchen. Sie behält den Mantelaffen die ganze Zeit im Auge, und einmal schaut er sie beinahe an, dreht den Kopf, was erkennen lässt, dass er ihre Bewegungen wahrnimmt, richtet aber nie wirklich den Blick auf sie. Sie schiebt sich langsam seitwärts an der Scheibe entlang – ihre Handfläche feucht von Blut –, und dann ist sie endlich an den beiden Mantelaffen vorbei und schaut sich um, und der Affe sitzt immer noch da, sein Fell mit dem des toten Tieres vermischt.

Wieder eine Biegung im Gang. Sie kommt an den Gibbons und den Tamarinen vorbei und bemerkt einen feuchten Fleck auf dem Boden, dunkel wie verschüttete Limonade, und dann tauchen die Lemuren vor ihr auf. Alle anderen Glasscheiben sind unversehrt. Die Lebensräume dahinter sind dunkel, obwohl jeder mit einer runden, mondähnlichen Deckenlampe versehen ist.

Sie erreicht den Eingang schneller als erwartet, drückt sich an die Seite und wirft einen Blick nach draußen. Das Außengehege der Klammeraffen verdeckt zu beiden Seiten die Sicht, sie kann nur den schmalen Weg dazwischen und den Himmel darüber und – kaum erkennbar – den Rand des Spielplatzes und zwei verlassene grüne Bänke sehen.

Sie bückt sich und legt die gezackte Scherbe auf den Boden. Sie will sich nicht noch tiefer schneiden, und Glas hilft nicht gegen Männer mit Schusswaffen.

»Sind wir schon bei den Essensmaschinen?«, fragt Lincoln an ihrer Schulter.

»Fast«, sagt sie und drückt die Tür auf. Die Luft draußen scheint kälter als noch vor wenigen Minuten, fühlt sich aber gut auf der Haut an. Joan ist es lieber, draußen zu sein, wo alles offen ist, wo es keine Wände gibt, obwohl sie vorhin genau das Gegenteil gedacht hat. Als sie nun zum Himmel hinaufschaut – dünne, langgezogene Wattewolken sind aufgetaucht –, lösen seine Höhe und Weite das enge Gefühl in ihrer Brust.

Die Tür fällt zu, und sie zögert, denn sie muss schon wieder durch den Lichtkegel so eines verdammten Strahlers. Dann schiebt sie Lincoln höher auf die Hüfte und sprintet los, durch den Lichtschein hindurch, vorbei an den Klammeraffen und wieder in den sicheren Schatten. Weiter vorn stehen Laternen, aber hier, am Rande des Spielplatzes, gibt es eine dunkle Nische.

Der Mond verschwimmt hinter einer Wolke. *Der Mond war ein Geisterschiff auf wolkiger See,* hieß es in einem Gedicht, das ihr Onkel ihr manchmal vorlas. *Gute Nacht, lieber Mond, gute Nacht, liebes Zimmer, gute Nacht, alle und niemand,* in einem Kinderbuch, und einmal, als sie frisch verheiratet waren, standen sie und Paul auf der Veranda und sahen einen orangefarbenen Mond, der so tief stand und so riesig war, dass er aussah wie etwas Atomares, etwas von Dalí Gemaltes, und sie gingen los, ohne auch nur die Tür hinter sich abzuschließen, und folgten dem Mond kilometerweit durch die ganze Nachbarschaft, kamen ihm näher und näher, hielten einander an der Hand, liefen bisweilen, hatten das Gefühl, wenn sie um die nächste Ecke bögen, wäre er mit Händen zu greifen, und dann stand er plötzlich wieder weit oben am Himmel, in normaler Größe und Farbe, und sie kehrten nach Hause zurück, als hätten sie gemeinsam geträumt.

Ganz in der Nähe gießen Laternen ihre kegelförmigen Lichtteiche auf den Gehweg. Ein Flickenteppich aus Hell und Dunkel. Die Schatten am Rande des Spielplatzes sind tropisch: Büschel von Pampasgras. Zäune aus Holzpfählen und Seilen. Bananenblätter, die sich im Wind bewegen.

Joan lässt den Blick über die Spielgeräte aus Fiberglas und Metall gleiten. Es gibt einen Berg, auf den Lincoln gern klettert, der den Umriss eines riesigen Kaktus hat. Die afrikanischen Trommeln stehen in einer Reihe, leer und schweigsam. Die Holzmasken auf den Pfählen sind schwarz und golden, mit offenen Mündern, ein wenig dämonisch, bei einer hängt die Zunge wie ein Penis aus dem Mund. Sie weiß das alles, weil sie es schon unzählige Male gesehen hat, aber nie im Dunkeln und ohne andere Menschen um sich herum. Hier gibt es keine zusammengebrochenen Körper und Blutlachen. Ohne den trauernden Affen und die zerschmetterte Scheibe, die sie noch unter ihren Sohlen knirschen hört, könnte sie sich die letzten Stunden eingebildet haben.

Sie steht still, horcht, horcht unablässig. Erwartet, dass sich Schatten aus der Finsternis lösen und in Männer verwandeln. In der Nähe klingelt ein Windspiel, als könnte jeden Augenblick eine Fee erscheinen. Der Wind fängt das Echo auf, verteilt es überall, so dass die süße Melodie aus allen Richtungen zugleich ertönt.

Sie stellt fest, dass sie sich beinahe im Klang des Windspiels wiegt, und merkt, dass sie immer noch angespannt ist, die Angst aber in den Hintergrund getreten ist, seit sie die Männer hat singen hören. Sie staunt über ihre Ruhe – nein, das ist nicht ganz richtig, sie ist nicht ruhig, aber konzentriert, und atmet nicht mehr so panisch wie zuvor, als sie das Gefühl hatte, in Stücke zu brechen, und sie denkt, möglicherweise kann man eine solche Angst nicht unendlich lange aufrechterhalten.

Neben ihren Füßen liegt ein großer Stein, der mit beinahe leuchtend grünem Moos bewachsen ist. Ihre Hand blutet kaum noch.

Links von ihr bewegt sich etwas, und sie erstarrt, es ist größer als ein schwankender Zweig oder eine flatternde Motte. Dann erkennt sie einen einsamen Afrikanischen Wildhund, der in seinem traurigen Gehege auf und ab läuft. Der Hund ist zu mager, besteht nur aus Beinen und Rippen – er streift umher, läuft am Zaun entlang. Meist sind sie zu zweit, aber diesmal sieht sie nur den einen Hund. Er wirkt hungrig und verzweifelt, als plane er seine Flucht.

Würde sie ihn freilassen, wenn sie könnte?

Der Mond ist wieder hinter der Wolke hervorgekommen und taucht die Landschaft in geisterhaftes weißes Licht, und sie läuft am Spielplatz vorbei, immer am Rand des Weges, wo es dunkel ist. Es gibt genügend Bäume, unter denen sie sich verbergen, an deren Stamm sie sich drücken kann, und sie bleibt häufig stehen. Sie kommt an einem hohen Zaun vorbei, hinter dem die Nashörner wohnen, und der umherstreifende Hund ist nicht mehr zu sehen. Vor ihnen taucht schon das Elefantengehege auf; dahinter das Strohdach der Savannah Snackbar, wo die Verkaufsautomaten stehen. Sie sind ganz dicht vor dem Ziel.

Joan späht über den Weg. Ein Babyfläschchen liegt inmitten einer Pfütze auf dem Beton. Sie läuft daran vorbei, eilt durch einen Lichtflecken und landet sicher am dunklen Bambuszaun des Elefantengeheges.

Sie gestattet sich keinen zweiten Blick auf das Fläschchen.

Sie gestattet sich keinen Gedanken an die Mutter oder das Baby oder die Frau, die heute ihre Mitgliedskarte gescannt und Lincoln gesagt hat, er habe aber schöne Locken, oder an die Großmutter und die kleinen Mädchen, die auf dem Weg zum Ausgang knapp vor ihnen waren – hat eine der reglosen Gestalten das blaue Kleid der Frau getragen? Steckten die kleinen Beine in rosa Strumpfhosen? –, oder an den Jungen mit der Brille, der Thor aufgehoben hat, als er Lincoln auf den Boden gefallen war.

Sie gestattet sich diese Gedanken nicht.

Sie spürt das kleine Fläschchen hinter sich auslaufen.

19.06 Uhr

Joan kann keine Elefanten im Gehege sehen, nur Gras und Erde, ausgebleicht vom Mondlicht. Das Gehege ist etwa dreihundert bis vierhundert Meter breit. Früher, wenn sie die Elefanten gravitätisch darin entlangschreiten sah, kam es ihr endlos vor, doch nun, da sie seine Umrisse mit den Augen absucht, erscheint es ihr deutlich kleiner. Die Illusion von Afrika hält nur bis zu einer dichten Barriere aus Kiefern, hinter deren Weihnachtsbaumumrissen sie im Mondlicht die Schienen erkennt. In der Ferne schimmern Straßenlaternen durch die Bäume, der leuchtende Schriftzug eines Supermarkts, ein Strom von Autos in einer Straßenkurve.

Die Autos schockieren sie. Sie fahren gelassen dort entlang, mit eingeschalteten Scheinwerfern, ohne Eile. Müsste nicht jemand die Leute fernhalten, die unterwegs sind, um Toilettenpapier zu kaufen oder Martinis zu bestellen? Müsste es nicht orangefarbene Pylonen auf der Straße geben und Polizeiabsperrungen und Sirenen und vielleicht auch Panzerwagen?

Die Autos fahren unbeirrt weiter, und das ist unerträglich.

Joans Augen wandern zurück zu den Schienen, ein silbernes Schimmern hier und da im Mondlicht. Sie konzentriert sich auf das Schimmern. Früher ist ihr Onkel manchmal mit ihr aufs Land gefahren, sie haben Picknicks oder Angelausflüge unternommen, und das war schön, denn wenn es ihrer Mutter überlassen gewesen wäre, hätte Joan nichts anderes als ihr Haus, die Schule und das Einkaufszentrum gesehen. Draußen auf dem Land gab es Kühe und Äcker, und die Erde war mit Glimmer durchsetzt, dessen dicke silberne Schichten man ablösen konnte. Sie hatte gedacht, er sei wertvoll, doch ihr Onkel sagte, nein, er glänze einfach nur, und sie tat so, als wären es Bruchstücke von einem Meteoriten. Der Glimmer war so schön, eine richtige Entdeckung. Einmal füllte sie einen ganzen Gefrierbeutel damit wie eine Wissenschaftlerin, die wertvolle Fundstücke einpackt, und nahm sie mit nach Hause, um sie ihrer Mutter zu zeigen, die nie aufs Land mitkam – sie und Joans Onkel widerlegten alle Theorien über genetisch bedingte Familienähnlichkeiten, sie waren vollkommen unterschiedliche Lebewesen. Ihre Mutter zupfte sich gerade die Augenbrauen, kleine schwarze Apostrophe, die auf dem Waschbecken verstreut waren, und als Joan ihr den Glimmer hinhielt, sagte ihre Mutter: *Du sollst doch keine Steine mit ins Haus bringen.* Joan war noch klein und gab nicht so schnell auf. Sie versuchte, es zu erklären. *Du musst die oberste Schicht ablösen, dann glänzt es, wie ein Schatz, schau, unter dem staubigen Teil,* und ihre Mutter sagte etwas wie *Es ist doch gar nichts wert,* und das wusste Joan natürlich. Aber ihr fehlten die Worte, um ihrer Mutter das Wunder und die Schönheit begreiflich zu machen, und ihre Mutter hörte ohnehin nicht richtig zu und wollte auch nicht in den Beutel schauen. Nicht einen einzigen Blick warf sie hinein. Sie stand nur da, zupfte an sich herum und starrte in den Spiegel, während Stückchen von ihren Augenbrauen niedersegelten.

Joan wendet den Blick von den Schienen und reibt ihre Wange an Lincolns Kopf. Er hat noch nie Glimmer gesehen. Sie würde ihm gern zeigen, wie man die Schichten mit dem Fingernagel ablösen kann.

Sie hört ein Knacken und Krachen, hat sich schon auf ein Knie geduckt, den Körper um Lincoln gekrümmt, bevor ihr klar wird, dass wohl nur ein Zweig oder eine Nuss herabgefallen ist. Sie dreht sich in alle Richtungen, sieht aber nichts als helle Flecke und dunkle Flecke, Schatten und Pflanzen. Sie bleibt unten, still, aufmerksam. Schließlich richtet sie sich wieder auf. Sie kann den Gedanken an das, was hier geschehen könnte, nicht ertragen. Hier, auf diesem Fleckchen Beton. Oder ein paar Meter weiter. Oder da vorn, unter dem massiven Strohdach.

Sie setzt einen Fuß vor den anderen. Ein Blick auf die Schienen, die einen makellosen Kreis beschreiben. Unzählige Male sind sie am Rand des Zoos entlanggefahren, so nah, dass sie hätten hinausspringen können – der Zug ist sehr langsam – und die Hände gegen den Zaun oder die Mauer drücken, so dicht an der Außenwelt.

Sie bewegt sich weiter, noch immer parallel zum Elefantengehege. Allmählich nähert sie sich dem Pavillon, in dem die Snackbar untergebracht ist. Aus dem Lautsprecher erklingt *I Put a Spell on You,* und die Stimme des Sängers lässt sie zusammenschrecken. Sie schaut nach vorn, sucht nach den Lautsprechern, sieht sie aber nicht. Sie sind noch zu weit entfernt.

»Darf ich gehen?«, flüstert Lincoln, und seine Stimme überrascht sie fast so sehr wie die Musik.

»Du möchtest runter?«

Es kommt selten vor, dass er selbst laufen möchte, wenn sie ihn trägt.

»Ja.«

Sie setzt ihn ab und hält seine Hand in ihrer unverletzten. Als sie von seinem Gewicht befreit ist, fühlt sie sich erleichtert und leer zugleich. Sie schließt ihre Finger fester um seine. Er geht zum Bambuszaun, zieht sie mit sich.

»Was ist das?«

Sie folgt der Richtung, in die sein Finger deutet. Kein Zweifel, das Elefantengehege sieht abends überwältigend aus. Die niedrigen Bäume und das wuchernde Gras scheinen über dem sanften Hügel zu schweben, der Sand schimmert golden, es sieht aus wie eine außerirdische Landschaft auf dem Mond oder Mars.

»Die Pflanze da?« Sie bemerkt ein Gebüsch, das aussieht, als hätte es Tentakel.

»Nein. Das Ding auf dem Boden.«

Sie schaut wieder hin, braucht einige Sekunden, um den tintenfleckartigen Umriss auf dem Boden wahrzunehmen, und noch länger, um zu begreifen, was es ist.

Die Männer haben einen Elefanten getötet.

Sein Körper ist breit und dunkel und fest, doch der Rüssel liegt in einer Schlangenlinie am Boden, wie abgetrennt vom übrigen Körper, er scheint noch lebendig, als wolle er sich befreien und langsam durch den Schmutz kriechen. Aber er bewegt sich nicht.

»Was ist das, Mommy?«, bohrt Lincoln.

»Der Elefant«, flüstert sie. Als sich die Wolken über ihr verziehen, meint sie zu sehen, wie sich die feinen Haare auf seiner rauen Haut im Wind bewegen.

»Er liegt da?«

»Ja.«

»Warum hat er sich hingelegt?«

Sie könnte ihm sagen, dass der Elefant schläft. Vermutlich wäre es die gütigere Antwort, aber etwas in ihr wehrt sich dagegen. Irgendwie wäre es beleidigend, ihm ins Gesicht zu lügen, nachdem er diese Stunden mit ihr durchgestanden hat, Wange an Wange, Hand in Hand, und sie will es auch jemandem sagen, und außer ihm ist niemand da.

»Er ist tot.«

»Oh. Haben die Männer ihn getötet?«

»Ja.«

Sie muss die ganze Zeit hinsehen. Der Schwanz krümmt sich jämmerlich auf dem Boden, wie ein Wurm.

»Wie heißt er?«

»Keine Ahnung. Was glaubst du, wie er hieß?«

Er summt nachdenklich vor sich hin.

Sie macht einen Satz nach vorn, zieht ihn mit sich, wird schneller, verärgert, dass sie Energie und Zeit auf den Elefanten verschwendet hat, statt auf die Ecken und Winkel und Verstecke um sie herum zu achten, und Lincoln kommt mit, hat den Kopf aber immer noch dem Elefanten zugewandt. Er gibt den Dingen gern Namen:

Er besitzt eine Familie winziger Stoffhasen, die Kleider tragen. Eines heißt Softball und ein anderes Baseball, und es gibt einen Bruder namens Kleines Häschen Ohne Ohren – die hat Muddles abgeknabbert – und eine Schwester namens Suzie Katze. Früher hatte er auch noch ein Hasenkind namens Suzie Hexe, aber das hat Muddles ganz aufgegessen. Er besitzt eine Million Footballspieler aus Plastik und ein faltbares Spielfeld aus Stoff, und die Spieler bekommen immer wieder neue Namen. Ein Schiedsrichterassistent heißt Kaufisch. Und es gibt einen Receiver namens Susan.

»Hieß?«, fragt Lincoln.

»Was?« Sie hat den Faden verloren.

»Heißt er jetzt nicht mehr? Heißt man nicht mehr, wenn man tot ist?«

»Ich meinte natürlich ›heißt‹. Was glaubst du denn, wie er heißt?«

»Marshmallow.«

Sie umschließt seine Hand fester.

Wenn er mit den Footballfiguren spielt, ermuntern seine Quarterbacks die Mannschaft: *Jetzt alle ran! Schnelles Spiel! Gemeine Tackles? Nein! Nette Tackles? Ja!*

Er ist ein außergewöhnlich reizendes Kind. Es wäre sehr leicht, ihm wehzutun.

Er ist wieder stehen geblieben und hat sich nach dem Elefanten umgedreht. Oder einer Motte oder einem fallenden Blatt, das sein Interesse geweckt hat.

»Lincoln«, flüstert sie und beugt sich zu seinem Ohr. »Wir müssen weitergehen. Wir können uns jetzt keine unwichtigen Dinge anschauen.«

Hier gibt es so viel Raum, so viele Orte, an denen sich jemand verstecken und urplötzlich mit einer Waffe im Anschlag hervortreten kann. Sie schaut überallhin, aber sie weiß, dass sie nicht alles sehen kann.

Wenn sie daran denkt, was sie alles nicht sehen kann, fällt ihr das Atmen schwer.

Geh schneller. Gib acht, aber geh schneller.

Sie haben den Elefanten hinter sich gelassen. Sie sind fast am Restaurant mit den Lautsprechern. Auch im Zaun befindet sich ein Lautsprecher, die Musik wird lauter und überlagert alles andere. Sie bleibt dicht am Bambuszaun, auf dem dunklen Grasstreifen, den das Lampenlicht nicht erreicht. Sie zieht Lincoln an der Hand weiter. Lange hält sie es hier draußen nicht mehr aus. Nicht nur, dass sie nicht alles sehen kann, wegen der dröhnenden Musik – *Werewolves of London* ist es jetzt – kann sie auch nichts hören.

Rechts von ihr ist der strohgedeckte Pavillon des Restaurants, doch zwischen ihr und dem Gebäude erstreckt sich eine erleuchtete Betonfläche, auf der normalerweise Kinder herumlaufen und hinfallen und aus Saftpäckchen trinken. Mehrere Zoowege treffen hier aufeinander, und es ist ein schrecklich offener Raum. Sobald sie den Fuß auf die leere Betonfläche setzt, ist sie vollkommen preisgegeben und wird nichts hören außer dem Wolfsgeheul und dem Hämmern des Keyboards.

Ihr Kopf pocht von der Musik.

Joan beschließt, bis zum Schildkrötengehege zu gehen, wo sich ein gewaltiger Baum über den Betonweg wölbt. Sein Schatten wird ihnen Schutz bieten. Nachdem die Entscheidung gefallen ist, geht sie entschlossen weiter. Sie bewegen sich geduckt am Zaun entlang, doch dann verstummt die Musik für einige Sekunden, bevor das nächste Lied beginnt.

In diesem Moment der Stille hört sie das Baby schreien. Zuerst glaubt sie, es sei ein Affe, doch dann ist da ein Ruckeln in dem Schrei, ein verschluckter Atemzug, und da weiß sie, dass es kein Tier ist. Es ist ein gurgelndes, wütendes Geschrei und ganz nah bei ihr. So nah, dass sie sich in die Zeit zurückversetzt fühlt, als Lincoln noch ganz klein war und sie in den frühen Morgenstunden, wenn es im Haus ganz still war, im Bett lag. Lincolns Bettchen stand im Nebenraum, und damals erwachte sie einen Sekundenbruchteil nach dem geringsten Geräusch und hatte die Füße auf dem Boden, noch bevor ihre Augen offen waren.

Sie schaut zu der Bank, die nur wenige Meter vor ihnen steht, und rechnet damit, die langhaarige Mutter darauf sitzen zu sehen, die das Kind beruhigt, aber die Bank ist leer.

Die Musik setzt wieder ein, ein Discobeat, der alles andere übertönt, und Joan könnte sich einreden, dass sie sich das Geräusch nur eingebildet hat, dass ihr Verstand ihr einen Streich spielt. Doch sie weiß es besser. Sie muss keine neue Entscheidung treffen: Sie bleibt einfach auf dem geplanten Kurs, bis sie bei der Bank ankommt. Es ist nichts zu sehen außer dem Eisengestell und einem metallenen Abfalleimer daneben.

Joan hält inne. Es ist ganz offensichtlich niemand hier, kein Baby, keine Mutter. Lincoln dreht seine Hand ungeduldig in ihrer. Sie spürt, wie er sich nach vorn lehnt, sie mit sich ziehen will.

Niemand hier.

Und doch zieht sie Lincoln näher zu sich heran, drückt seinen Rücken gegen ihre Beine, schiebt sich und ihn vorwärts, bis ihre Hände das kühle, leicht klebrige Metall des Abfalleimers berühren, und hebt den Deckel mit einem Ruck hoch. Sie weiß, was sie finden wird – obwohl sie es nicht wahrhaben will –, und dann sieht sie das schreiende Baby.

Sie kann es kaum hören, weil die Musik zu laut ist, doch sein Mund bewegt sich. Das Mondlicht ist schwach, aber ausreichend. Das Baby liegt auf einer Decke, die den Abfall größtenteils bedeckt. Es ist klein und weich und zappelt. Moses im Körbchen.

Joan legt den Deckel auf den Boden, beugt sich vor und macht beruhigende Geräusche, die sie selbst nicht hören kann. Sie betrachtet die kleinen Finger, die nach ihr greifen. Ein flaumiger Kopf mit dunklen Haaren, kein Neugeborenes, aber erst ein paar Monate alt, lose in eine zweite Decke gewickelt, in irgendeinem Pastellton – grün oder gelb oder weiß? –, aber so weit freigestrampelt, dass sie den Anzug sehen kann, der ebenfalls pastellfarben ist, und die dicken Beinchen, doch vor allem ist sie wie gebannt von seinem Zorn, den zugekniffenen Augen und der gerunzelten Stirn und dem weit offenen Mund, der nicht gegen die Lautsprecher ankommt.

Die Frau – oder eine Frau – hat ihr Kind im Müll zurückgelassen. Im Müll.

Es ist undenkbar.

Lincoln zieht an ihrer Hand, sagt etwas. Sie beugt sich zu ihm.

»Sag es mir ins Ohr.«

»Was ist los, Mommy?«, schreit er, sie kann ihn kaum hören.

Da begreift sie, dass er das Baby nicht sehen kann. Er ist zu klein, um über den Rand des Abfalleimers zu schauen, und hört nur die Musik, und sie steht wie festgefroren da.

»Nichts«, sagt sie, ohne zu wissen, warum sie ihn belügt.

»Was schaust du da an?«

Sie richtet sich wieder auf und betrachtet das Baby. Dann bemerkt sie, dass ihre Hände im Mülleimer sind und nach dem Kind greifen wollen, und weicht zurück.

»Ich dachte, ich hätte was gehört.«

Die Mutter des Kindes muss in Panik geraten sein. Vielleicht hat sie die bewaffneten Männer auf sich zukommen sehen, oder vielleicht war sie einfach nur schwach oder egoistisch, konnte das Kind nicht beruhigen und hat aufgegeben und sich selbst gerettet. Vermutlich hockt sie in einem sicheren Versteck, während ihr Kind zwischen leeren Getränkedosen und Hamburgerverpackungen liegt, und Joan hasst sie aus ganzer Seele. Ihre Hände schweben wieder über dem Eimer, warum berührt sie das Baby nicht?

Lincoln zupft an ihrem Rock.

Sie kann die Augen nicht von dem Kind wenden. Es ist gar kein so schreckliches Versteck, denkt sie, nachdem sie ihre erste, entsetzte Reaktion überwunden hat.

Wenn sie die Tatsache ausblendet, dass die Frau ihr Kind im wahrsten Sinne des Wortes weggeworfen hat, ist es sogar ein ziemlich brillantes Versteck. Unmittelbar neben den Lautsprechern, wodurch das Kind – ein Mädchen oder ein Junge? – so laut schreien kann, wie es will, ohne dass jemand es hört. Und das Kind schreit natürlich. Weil es allein ist und Angst hat und vermutlich hungrig ist und keine weiche Wärme spürt, wo eigentlich der Körper der Mutter sein sollte, und Babys orientieren sich sehr am Geruch, und es wird den fremden, schmutzigen, verrotteten Mülleimer riechen. Doch das Geschrei wird übertönt, und der Abfalleimer ähnelt einer primitiven Wiege, ist ein umschlossener Ort, aus dem das Baby nicht entkommen kann.

Andererseits kann es darin Ratten geben. Kakerlaken, die ihm in Mund und Augen kriechen. Es ist dort nicht sicher. Es liegt in einem Abfalleimer. Lincoln kann allein gehen, und dieses Baby wiegt so gut wie nichts. Sie könnte sogar vorübergehend beide tragen.

Die Discomusik hämmert in ihrem Kopf.

Sie streckt die Hand aus und streicht dem Baby übers Gesicht, das purpurrot angelaufen ist. Die Haut ist so weich wie erwartet. Es hört nicht auf zu weinen. Es dreht den Kopf und schließt den Mund um ihren Daumen, und sie lässt es einen Augenblick lang saugen. Neben seinem Gesicht liegt ein Bonbonpapier, sie schiebt es beiseite. Das Baby strampelt, etwas blitzt unter seinem blassen, weichen Oberschenkel auf. Joan schiebt die Hand darunter und findet einen Schnuller.

Sie wischt den Schnuller an der Innenseite ihres Arms

ab, hält ihn dem Kind hin, und wieder werden Erinnerungen wach – das vollkommene O eines kleinen Mundes und das befriedigende Saugen und Schlürfen, als der Schnuller angenommen wird.

Das Baby saugt zweimal und spuckt ihn aus. Es schreit wieder. Sie kann schon sein Gewicht in ihrer Armbeuge spüren.

Lincoln zupft immer noch an ihr. Sie schaut hinunter, und er zieht sie zu sich heran.

»Du hast doch gesagt«, brüllt er ihr ins Ohr, »dass wir uns keine unwichtigen Dinge anschauen können.«

Sie richtet sich rasch auf, orientiert sich wieder. Ihr wird klar, dass sie hell erleuchtet ist – derselbe Lichtschein, der auf das Baby fällt, liegt auch auf ihren Armen. Und sie hat Lincolns Hand losgelassen. Zum ersten Mal, seit sie aus dem Stachelschweingehege geklettert sind, hat sie ihn losgelassen und nicht auf ihn achtgegeben. Wäre er weggelaufen, hätte sie es gar nicht bemerkt. Wären die Männer mit ihren Waffen gekommen, hätte Joan sie nicht bemerkt.

Sie hat nicht aufgepasst.

Das Baby schreit noch immer.

Sie hockt sich hin und schlingt die Arme um ihren Sohn.

»Ja. Du hast recht.«

Sie muss schnell sein, anders geht es nicht. Sie richtet sich halb auf und streicht dem Baby noch einmal über den Kopf. Sie fährt mit dem Daumen über seinen Mund und lässt es noch einmal saugen – es hat noch keine Zähne –, und dann steckt sie ihm wieder den Schnuller in den Mund. Sie wendet sich rasch ab, will glauben, dass das Baby ihn diesmal behält. Sie bückt sich und hebt den Deckel auf.

Sie legt ihn wieder auf den Eimer – nicht so schnell, wie sie gerne möchte, sie muss die Kanten genau ausrichten – und starrt auf einen Punkt in der Dunkelheit. Einen Moment lang ist das Baby ein undeutliches, blasses Zucken unter ihr, und dann ist das Zucken verschwunden, und sie sieht nur noch die dunkle Kuppel des Deckels.

»Komm«, sagt sie zu Lincoln.

Sie macht geduckt ein paar Schritte, die Musik wird schon leiser, hämmert nicht mehr in ihrem Kopf. Noch ein Schritt und noch ein Schritt, und sie muss einfach nur gehen, mehr nicht, und braucht nichts zu fühlen.

Alles, was sie tun muss, ist, ihn zu schützen.

»Was war da drin?« Lincoln drückt sein Gesicht an sie.

»Nichts.«

Sie weiß, dass er noch reden, noch nicht aufgeben will, aber sie drängt ihn voran, weg von dem Abfalleimer. Die Musik wird intensiver. Eine E-Gitarre schraubt sich in ekstatische Höhen hinauf, und ein Schwarm Blätter, gelb im Dämmerlicht, zerstreut sich im Gras vor ihren Füßen. Als sie den gewaltigen Baum am Schildkrötengehege erreichen, rennen sie los, Hand in Hand über den dunklen Beton, und dann kniet sie sich neben einen niedrigen Zaun. Kurz innehalten und überlegen. Es sind nur wenige Schritte von hier zu den Verkaufsautomaten, die hinter einem Bambuszaun verborgen sind, sie kann die rot-weiße Beleuchtung dahinter schimmern sehen.

Joan tastet in der Handtasche, im Innenfach. Sie drückt ihre Kreditkarte in die Handfläche und umschließt sie mit den Fingern.

Weiter. Noch ein paar Schritte.

»Was für Kräcker haben die?«, fragt Lincoln.

»Bestimmt welche mit Käse.« Sie ist unverhältnismäßig wütend, weil er wieder von den Kräckern anfängt. »Flüstern.«

»Ich will welche mit Käse.«

Sie spürt, wie er langsamer wird, und ihre Arme straffen sich wie eine Angelleine, die sich unter der Oberfläche verfangen hat. Sie streift mit der Hüfte den Bambuszaun, hinter dem sich die Snacks befinden.

Noch zehn, zwölf Schritte, dann kann sie ihm etwas zu essen besorgen.

»Ich will keine mit Erdnussbutter«, sagt er zu laut. »Ich will Käse. Außer, die haben die Kekse mit Erdnussbutter in der Mitte, die Daddy mag.«

»Scht«, zischt sie. Es ist unvorstellbar, dass er wegen der Erdnussbutterfrage das Risiko heraufbeschwört, dass auf sie geschossen wird, und versteht er denn nicht, was sie für ihn getan hat? Natürlich nicht, Gott sei Dank. Aber sie können jetzt nicht über Kräcker diskutieren.

Sie bemüht sich, ruhig zu sprechen. »Vermutlich haben sie die mit Käse.«

»Versprochen?«

Ihr kommen die Tränen – sie hat sich geirrt: Es ist nicht wirklich Wut, die sie unterdrückt hat. Ihre Hand klebt ein bisschen an seiner, als sie ihn zu sich heranzieht, aber sie will nicht an den klebrigen Eimerdeckel denken. Als Lincoln auf sie zutaumelt, stößt er einen wimmernden, knurrenden Laut aus, als hätte sie ihn zu früh am Morgen geweckt. Doch jetzt sind sie am Ende des Zauns.

Joan erstarrt. Dann geht sie einen Schritt rückwärts, hinter den Zaun, drückt Lincoln an ihre Beine. Sie verspürt wieder Panik, das ist gut, die Panik verbrennt alles, reinigt sie von allen anderen Gefühlen.

Zwischen dem Bambuszaun und der Seitenwand der Savannah Snackbar ist es fast taghell. An der Wand sind die beleuchteten Automaten aufgereiht: Cola und Pepsi und Wasser und ganz am Ende die Snacks in kleinen Schachteln. Sie hat sie noch nie im Dunkeln gesehen. Ihre fröhlichen Lichter wirken mechanisch und aggressiv. Die Automaten interessieren sich nicht für ihre Notlage, und Joan hasst sie, weil sie so leuchten.

Sie hält schützend die Hand vor die Augen.

Links neben den Automaten beschreibt der Bambuszaun eine Kurve und stößt schließlich an die Mauer des Restaurants. Dort wachsen dichte Bananenstauden, also gibt es zumindest an dieser Seite einen Sichtschutz.

Doch von hier, wo sie jetzt steht, bis zum Kreditkartenschlitz der Automaten – bitte, Gott, lass den Kartenleser funktionieren, denn manchmal geht er nicht, und sie hat nie Kleingeld dabei –, von hier bis zu den Automaten gibt es keine Deckung. Und über den Automaten hängen Strahler an der Wand.

Sie mustert das Bananendickicht. Die Blätter wölben sich wie Sonnenschirme, darunter wachsen dicke

Stämme aus dem Mulch der Beete. Drei Abfalleimer stehen am Rand, aber die Ecke unmittelbar an der Mauer ist dunkel und leer. Die Bananenpflanzen bieten Schutz. Es hat keinen Sinn, endlos stehen zu bleiben und zu überlegen. Hier sind sie auch nicht sicher. Sie hebt Lincoln hoch und wartet, bis er Arme und Beine um sie geschlungen hat.

»Hier entlang«, sagt sie und springt mit ihm durchs Licht – ihr Schatten zuckt riesig und formlos über den Beton –, vorbei an den Automaten bis zu den Bananenpflanzen. Aus der Nähe sieht sie dekorative Steine, die in die Erde eingelassen sind, ein Mosaik in Schwarz und Weiß. Sie setzt Lincoln zwischen den Blättern ab und presst den Rücken an die Mauer des Restaurants. Der Snackautomat ist so nah, dass sie ihn berühren kann. Sie löst vorsichtig ihre Hand aus Lincolns und schiebt ihn Schritt für Schritt nach hinten bis ins Beet, stützt ihn, als er stolpert.

»Stell dich auf den Stein da«, flüstert sie. »Warte hier, ich hole was zu essen.«

Sie ist zufrieden mit seiner Position. Sie kann ihn kaum sehen, obwohl sie so dicht vor ihm steht.

Joan bleibt im Schatten hinter dem Automaten, greift mit dem Arm herum und schiebt die Karte hinein. Es ist ein bisschen mühsam – ihre Fingerspitzen sind so trocken –, aber dann gleitet die Karte hinein, und der Automat akzeptiert sie, und sie wählt die Käsekräcker und schnappt sich die Packung, bevor sie herunterfällt. Sie zieht sie heraus und lauscht. Dann kauft sie noch eine zweite, was machen schon weitere fünf Sekunden – nur drückt sie diesmal den falschen Knopf, A6 anstelle von B6, und ein Schokoriegel fällt herunter, den sie gerade noch auffangen kann.

Sie taucht zurück in den Schatten, und die Blätter legen sich feucht an ihren Nacken.

19.12 Uhr

Lincolns T-Shirt rutscht hoch, als er sich auf ihren Schoß setzt. Wie knochig seine Wirbelsäule ist und wie schmal seine Hüften sind. Als Baby war er riesig – fünf Kilo – und hatte lange Zeit ein Doppelkinn, doch er war dabei so hübsch, dass fremde Frauen auf der Straße stehen blieben und seine Beinchen tätschelten. Er blieb lange rundlich, hat sich aber irgendwann gestreckt und ist lang und schlank geworden.

Joan packt die Kräcker aus und gibt ihm einen – das Rascheln des Zellophans ist lauter, als ihr lieb ist, aber sie reißt die Packung entschlossen auf –, dann rutscht sie zur Seite, bis sie auf den Steinen und nicht mehr auf dem Mulch sitzt. Die breiten, flachen Bananenblätter legen sich kalt an ihren Kopf und die Schultern. Die Lautsprecher spielen jetzt das Instrumentalstück, das die Ankunft der bösen Hexe in *Der Zauberer von Oz* ankündigt. Die Holzbläser klingen laut und hektisch. Die Musik tut in den Ohren weh, aber sie will, dass sie immer weitergeht. Sie will nichts anderes hören.

Ehe sie sich versieht, hat Lincoln schon zwei Kräcker gegessen. Sie holt seine Trinkflasche heraus, schüttelt sie. Zum Glück ist sie noch halb voll. Joan zieht das Mundstück hoch und stellt die Flasche zwischen seine Knie.

»Danke«, sagt er. Er wippt ein bisschen, fast hüpft er auf und ab. Die Kräcker scheinen Zauberkräfte zu besitzen.

»Hast du einen Schokoriegel? Was für einen? Darf ich?«

Sie bricht ein Stück ab und hält es ihm hin. Es fällt ihr schwer, die Worte zu formen. »Das ist ein Zero. Weiße Schokolade und Karamell.«

»Aber du magst keine weiße Schokolade. Davon musst du brechen.«

Normalerweise stimmt das. Ein Überbleibsel aus ihrer Zeit in Thailand. Bevor sie nach Bangkok gekommen war, hatte sie in Irland mit Nonnen zusammengearbeitet. Es war Fastenzeit, und sie hatte ganz auf Schokolade verzichtet, denn wenn man von Nonnen umgeben ist, färbt die Selbstverleugnung unwillkürlich auf einen ab, und dann war Ostern in Thailand, und sie kaufte sich einen massiven weißen Schokohasen – warum gab es überhaupt Osterhasen in Thailand? – und aß ihn auf einmal auf, und danach musste sie sich übergeben, womit ihre Beziehung zu weißer Schokolade für immer beendet war.

»Ganz früher mochte ich weiße Schokolade.« Die Steinkante drückt scharf in ihre Oberschenkel, und als sie etwas zur Seite rückt, stützt sie sich mit der Hand am Stein ab. Es tut weh, dann spürt sie Feuchtigkeit – der Schnitt in ihrer Handfläche ist wieder aufgegangen.

»Bevor ich geboren wurde?«

»Ja.« Sie öffnet und schließt die Faust, spürt das klebrige Blut. »Lange bevor du geboren wurdest.«

»Damals, als du in andere Länder gefahren bist.«

»Genau.«

Er knabbert vorsichtig an der Schokolade und summt zufrieden, dann verschwindet das ganze Stück in seinem Mund.

»Bevor ich geboren wurde, hast du das ständig gegessen. Als du noch weiße Schokolade mochtest. Aber es gab keine weiße Schokolade, bevor ich geboren wurde, also kann das nicht stimmen.«

»Ach nein?«

Der Cola-Automat scheint defekt. Der Knopf für die Sprite flackert unablässig.

»Bevor ich geboren wurde, gab es überhaupt keine Schokolade. Und keine Häuser. Nur Burgen. Es gab keine Möbel. Keine Teller, keine Hüte, keinen Dreck. Es gab Dinosaurier. Es gab keine Welt. Es gab gar nichts. Aber es gab ein Krankenhaus, und in dem wurde ich geboren.«

Sie schaut ihn an.

Er ist mal im Supermarkt in Tränen ausgebrochen, als eine Stimme aus dem Lautsprecher drang. Er findet die Monster in *Scooby-Doo* furchterregend. Und scheint im Augenblick keinerlei Erinnerung an die letzte Stunde zu haben. Er hat zu seiner Normalform zurückgefunden.

»Das war mir nicht klar«, flüstert sie.

»Ich weiß.«

Sie sind direkt neben dem Gebäude, an einem der Hauptwege durch den Zoo. Eigentlich müssten sie schnellstens von hier verschwinden.

Sie lehnt sich gegen die Mauer und sieht ihm im Licht, das zwischen den Blättern hindurchsickert, beim Essen zu.

»Schmeckt's, mein Schatz?«

»Lecker«, sagt er, den Mund voller feuchter Krümel. Er ist wieder bei den Kräckern angelangt. »Lecker. So gut, dass ich zweimal lecker gesagt habe.«

»Scht. Leise. Nicht aufschlingen. Lieber genießen.«

Noch eine seiner Erfindungen – »aufschlingen« statt »verschlingen«. Er hat sie einmal gefragt, weshalb man *Ach du meine Güte* und nicht *Ach du meine Böse* sagt, wenn man etwas Schlechtes meint.

»Ich genieße sie ja«, flüstert er und beweist es, indem er ein so winziges Stückchen abbeißt, dass man das Loch im Kräcker kaum erkennen kann.

Sie sagt ihm oft, er solle mit Genuss essen, aber jetzt möchte sie es unbedingt. Sie schaut zu, wie er den Industriekäse genießt. Er kaut laut, nicht mit offenem Mund, bewegt aber Kiefer und Lippen mehr als nötig. Er leckt sich das Handgelenk ab, da waren wohl ein paar Krümel gelandet.

Sie will, dass er an nichts anderes als Kräcker denkt.

Lincoln rutscht näher an sie heran, schmiegt sich an sie, und sie denkt an ihren Onkel in seinem alten kupferbraunen Fernsehsessel, wie er immer Platz für ihre kleine Person machte und *Na so was, einer von uns wird immer größer* sagte. Ihr Onkel roch nach gemähtem Gras und angenehmem Schweiß, und nachdem sie sich Hüfte an Hüfte mit ihm in den Fernsehsessel gequetscht hatte, legte er die Wange auf ihren Kopf, und sie spürte seinen

Herzschlag an ihrer Schläfe und war so zufrieden, ihn fest und sicher neben sich zu spüren.

Soweit sie weiß – aus Filmen und Büchern und Mittagessen mit Freundinnen –, sind die meisten Leute nicht zufrieden. Sie wollen einen anderen Job und einen anderen Ehepartner, und in ihrem Alter müsste sie allmählich in eine schwere existenzielle Krise geraten, in der sie all ihre bisherigen Entscheidungen infrage stellt und sich wünscht, sie könnte neu anfangen, und es müsste eigentlich noch schlimmer sein, weil sie eine Frau ist und ein Kind hat *und* arbeitet, und all das wollen und doch ständig auf Hindernisse stoßen müsste, zerrissen zwischen ihren mütterlichen Sehnsüchten und dem gleichzeitigen Wunsch, in dieser Welt einen Platz für sich zu erschaffen.

Aber sie empfindet es nicht so.

Sie hat mal eine Geschichte gelesen, als sie noch klein war und besessen von allem, was mit spontaner Selbstentzündung und Voodoo zu tun hatte, die Geschichte stand wohl in einem ihrer dicken Bücher über Geister. Es ging darin um einen Mann, der vom Teufel eine Uhr geschenkt bekam, mit der man die Zeit anhalten konnte. Der Mann musste nur einen Knopf an der Uhr drücken, und sein Leben würde bleiben, wie es war, und sich nicht mehr verändern. Er würde niemals sterben. Er würde niemals älter werden. Er würde jeden Tag so leben wie den gegenwärtigen. Er musste nur den rechten Zeitpunkt abpassen und den Knopf drücken. Aber er war nie bereit, ihn zu drücken – erst wollte er noch die richtige Frau kennenlernen, und als er dachte, er hätte sie kennengelernt, wollte er Vater werden, und als sein Kind geboren war, war er sich nicht mehr sicher, ob er wirklich die richtige Frau hatte, und dann wollte er mehr Geld verdienen, und irgendwann war er ein alter Mann, und der Teufel kam, um seine Seele zu holen. Der Teufel sagte, er arbeite schon seit einer Ewigkeit mit diesem Trick, und der Witz daran sei, dass niemand je den Knopf gedrückt habe. Niemand sei je bereit zu sagen, dass dieser Moment – genau *dieser* Moment – perfekt sei.

Sie würde die Uhr anhalten. Jederzeit.

Es ist möglich, dass Zufriedenheit ihre eine große Gabe ist. Sie weiß zu schätzen, was sie hat. Ihr Sohn drückt sich warm an sie, und das reicht beinahe aus, um alles andere auszulöschen.

Nur dass ihre Hand wieder nass ist und das Blut von ihren Fingern tropft.

Sie will auf die aufgeschnittene Handfläche drücken, aber jetzt ist es ihr Arm, der blutet, eine wunde Stelle knapp oberhalb des Handgelenks, und als sie darauf starrt, wird ihr klar, dass sie den Arm an dem scharfen Stein hin und her gerieben hat, auf dem sie sitzt, und erst jetzt wird ihr bewusst, dass es wehtut – ein roter Tropfen fällt auf ihren Oberschenkel, zu dicht bei Lincoln, und sie reißt die Hand weg –, aber auch, dass sie gerne weiter ihren Arm an dem Stein reiben würde.

Sie drückt die aufgeschürfte Haut an ihren Rock.

Sie würde gern die Uhr anhalten. In letzter Zeit betrachtet sie sich gelegentlich in ihrem spitzenbesetzten Nachthemd im Spiegel, dem Nachthemd mit dem durchsichtigen Oberteil und den Schlitzen, die bis zur

Hüfte reichen, das sie für Paul anzieht, wenn er donnerstags um die Mittagszeit nach Hause kommt, und denkt: *Eines Tages werde ich das nicht mehr tragen. Eines Tages werde ich schlaffe Haut haben und Dellen in den Oberschenkeln und eine alte Frau sein, die keine sexy Unterwäsche mehr trägt, und eines Tages wird Paul tot sein, und dann habe ich ohnehin niemanden mehr, für den ich das tragen könnte.* Oder sie schlägt für Lincoln Rad und zählt mit – achtzehn, neunzehn, zwanzig –, halb stolz, halb belustigt, und denkt gleichzeitig: *Eines Tages werde ich nicht mehr Rad schlagen können, und ich hoffe, dass er sich wenigstens daran erinnert, dass ich es einmal konnte, und wenn ich morgen bei einem Autounfall sterbe, wird er mich dann so in Erinnerung behalten, und dass wir Zauberworte gesagt haben, damit die Ampel grün wird, und den Esstisch in eine Festung verwandelt haben?*

Sie weiß nicht mehr, wann sie angefangen hat, sich das Ende der Dinge vorzustellen. Möglicherweise war ihr vierzigster Geburtstag der Auslöser oder der Moment, als Lincoln begann, sich von einem Baby in einen Jungen zu verwandeln, und sie erkannte, dass er wieder und wieder verschwinden würde, bis er irgendwann erwachsen und nicht mehr da wäre, und womöglich hat sie diese dunklen Gedanken, eben weil sie möchte, dass das Leben so bleibt, wie es ist, genau so, und sich niemals ändert, und vielleicht liebt sie es umso mehr, gerade weil sie weiß, dass es nicht von Dauer sein kann. Sie fragt sich, ob jeder an Verkehrsunfälle und tote Ehemänner denkt oder ob sie ungewöhnlich morbide ist.

»*Whatever happened to my Transylvania Twist?*«, fragt die Bassstimme im Lautsprecher.

Lincoln hat noch einen Kräcker übrig. Sie sollte aufstehen. Sie sollte ein entlegeneres Versteck suchen.

Nein. Erst sollte sie entscheiden, was sie als Nächstes tut. Sie wird nicht ins Licht treten, bevor sie genau weiß, welchen Weg sie einschlagen werden. Und Lincoln ist so ruhig. Solange er so still bleibt, sind sie beinahe unsichtbar. Aber sobald sie sich in Bewegung setzen, muss sie eine Richtung wählen und entscheiden, ob sie noch einmal an dem Abfalleimer vorbeigehen.

Die aufgeschürfte Haut an ihrem Arm pocht, und sie hat das Gefühl, dass noch ein paar blutige Bewegungen an der Kante den Schmerz vertreiben können.

Der Impuls jagt ihr Angst ein. Sie ist kein Mensch, der solche Gedanken hat.

»Möchtest du noch den Rest vom Schokoriegel?«, fragt sie.

Er holt den letzten Kräcker heraus und streckt ihn ihr im Austausch gegen den Schokoriegel hin.

»Ja, bitte«, flüstert er.

Sie gibt ihm die Schokolade. Etwas krabbelt über ihren Fuß, fedrig und schnell, und sie schaut lieber nicht hin. Das hat sie zu Hause bei ihrer Mutter gelernt: Wenn du es schaffst, nicht hinzusehen, kannst du so tun, als wäre es nicht da.

Dennoch, ihre Fantasie. Sie denkt an schimmernde schwarze Panzer und zuckende Fühler.

Es gibt eine Szene in *Agentin mit Herz*, in der Lee und Amanda sich in einem Sumpf verstecken, zwischen Pflanzen auf der Erde kauern so wie sie jetzt, und Amanda zittert, und Lee legt die Arme um sie. Das ist Joans Geheimnis: Sie hat mehr Folgen von *Agentin mit Herz* angeschaut, als sie zugeben würde. Sie schämt sich ein bisschen deswegen, so wie andere Leute wegen Alkohol oder Pornos. Manchmal schleicht sie sich mittags aus dem Arbeitszimmer und gönnt sich eine Folge. Manchmal steigt sie nachts aus dem Bett, küsst Paul auf die Schulter und veranstaltet einen Marathon bis drei Uhr morgens.

Sie sollte jetzt nicht an Fernsehen denken. Oder vielleicht doch. Es gibt Schlimmeres.

Sie fand Bruce Boxleitner damals attraktiv und tut es noch immer – jedenfalls die 80er-Jahre-Version von ihm, und diese Version kann sie heraufbeschwören, wann immer sie will, weil diese Menschen – nein, nicht Menschen, Figuren – sich überhaupt nicht verändert haben. Für sie waren Lee und Amanda damals sehr erwachsen, und heute ist sie älter als die beiden. Sie sind herrlich in der Zeit eingefroren.

Als Joan ein kleines Mädchen war, saß sie gern auf dem allzu glänzenden Holzboden im Fernsehzimmer, gleich neben dem Couchtisch, der ekelhaft glitschig war, weil ihre Mutter immer zu viel Möbelpolitur verwendete, und der glatte Boden war besonders schlimm, weil die Kakerlaken geräuschlos wie auf Eis darüberglitten, sie hatten immer Kakerlaken im Haus, weil ihre Mutter fürchtete, der Kammerjäger könnte versehentlich den Hund vergiften. Wenn Joan aus der Schule kam, schaltete sie sofort den Fernseher ein – war sie die Einzige, die nach der Schule nicht nach Hause wollte? Die so langsam wie möglich zur Tür hinausging, wenn es nach der letzten Stunde klingelte? Die in Klassenzimmern nach Lehrern Ausschau hielt, die sie in Gespräche verwickeln und auf deren Pult sie sich setzen und deren Aufmerksamkeit sie einatmen konnte? Die Lehrer mochten sie. In der sechsten Klasse hatte es einen Tanz um den Maibaum gegeben, für den nur zwölf Mädchen ausgewählt wurden, und sie war dabei gewesen und hatte nach der Schule lange Proben gehabt – das war himmlisch, sie war immer erst spät nach Hause gekommen.

Aber man durfte nicht ewig in der Schule bleiben. Also schaltete sie zu Hause den Fernseher ein und schaute sich ihre Serien an, bis ihre Mutter kam, die dann den Fernseher übernahm – sie hatte ihre eigenen Serien. Joan wartete, bis ihre Mutter ins Bett gegangen war, schlich sich zurück ins Wohnzimmer und setzte sich dicht vor den Apparat, den Kopf im Nacken, sie hatten nämlich die Fernbedienung verloren – nein, das war nicht der einzige Grund, sie wollte auch lieber im Fernseher als im Wohnzimmer sein. Dann war sie zufrieden. Aber manchmal saß sie da im Schneidersitz in der Dunkelheit, die nackten Füße auf dem glatten, glatten Boden, und eine Kakerlake lief über ihren Knöchel oder Oberschenkel oder die Fingerspitze, und dann rannte sie zum Sofa, wobei sie einen Aufschrei unterdrücken musste. Doch danach kehrte sie wieder zum Fernseher zurück, selbst wenn sie nicht wusste, in welche Richtung die Kakerlake gelaufen war, und sie vorsichtig unter die Sessel spähen musste. Am schrecklichsten war immer der

Moment, in dem sie aus dem Augenwinkel einen dunklen Schatten flitzen sah. Sie kam nie nah genug an sie heran, um sie zu töten, sie konnte höchstens Schuhe nach ihnen werfen und hoffen, dass sie traf, und manchmal sprühte sie sie mit Haarspray ein, bis sie darin ertranken. Sie schaute ihnen gern beim Sterben zu. Und obwohl die Kakerlaken drohten, kehrte sie immer wieder zum Fernseher zurück. Sie konnte einfach nicht wegbleiben.

Die Sprite-Lampe am Automaten pulsiert wie Morsezeichen. Lincoln kaut noch. Die Lautsprecher singen: *»It was a graveyard smash. / It caught on in a flash –«*

Joan schaute jede Folge von *Agentin mit Herz* zunächst ganz, spulte sie dann zurück – sie nahm sie alle auf – und schaute sich die besten Abschnitte immer wieder an. Rücklauf, Pause, Play. Rücklauf, Pause, Play. Sie erinnert sich an eine Folge, in der Lee und Amanda in ein Hotel gehen und er ihre Hand hält, als sie in den Aufzug steigen, und sie dann loslässt, um einen Knopf zu drücken, und Amanda in der Luft nach seiner Hand tastet, und sein Gesichtsausdruck, als er begreift, dass Amanda die Hand nach ihm ausstreckt, ist einfach wunderbar. Joan hat die Szene bestimmt hundertmal gesehen. Das war zu der Zeit, als sie einander schon liebten, es sich aber noch nicht eingestanden hatten, in der jeder einzelne Blick zählte und Joan sich fragte, ob jemand sie je so ansehen würde.

Das Fleckchen Fußboden vor dem Fernseher ist der einzige Teil aus dem Haus ihrer Kindheit, an den sie sich so deutlich erinnert. Die Bücherregale an der Wand, beige gestrichen, jedes Brett mit Spitzendeckchen dekoriert, der Couchtisch rechts von ihr, klebrig glänzend, Seidenblumen in einer Messingschale und verstreute Zeitschriften. Der Fernseher und der Videorecorder, silberne Regler und schwarze Knöpfe, das befriedigende Summen einer Kassette, die zurückspult.

Die anderen Zimmer mochte sie nicht. Die Küche lockte die meisten Kakerlaken an. Einmal griff sie in eine Tüte Kartoffelchips und spürte, wie sich ein harter, glatter Panzer unter ihren Fingern bewegte. Der Flur war lang und mit Teppichboden ausgelegt, und sie rannte ihn so schnell sie konnte entlang – so viel leerer Raum, die Sohlen ihrer Füße rieben heiß über den rauen, blassgrünen Teppich –, ihr Zimmer war ganz am Ende, und sie sprang aus dem Flur auf ihre blaue Bettdecke, wobei sie hoffte, dass sich nichts darunter bewegte.

Es gab keine einzige Nacht, in der sie nicht fünf oder sechs oder zehn Kakerlaken bemerkt hätte. Manchmal lag sie wach und horchte, wie ihre kleinen Beinchen umherkrabbelten. Manchmal konnte sie gar nicht schlafen.

Ihre Mutter sah nie welche. Joan könnte ein Denkmal der Dinge errichten, die ihre Mutter nicht wahrnahm – beispielsweise ihren Enkel, den sie seit seiner Geburt genau zweimal besucht hat –, aber sie zittert immer noch vor Zorn, wenn sie daran denkt, dass ihre Mutter die Kakerlaken nicht gesehen hat.

Joan bat wieder und wieder um Insektengift. Das ist eine Überreaktion, pflegte ihre Mutter zu sagen. Du weißt, der Hund könnte es fressen. Und so viele sind es auch gar nicht.

Sie erinnert sich, wie sie den Teppich im Fernsehzimmer als Bühne für kleine Theaterstücke nutzte und ihre Mutter einlud, sich die Vorstellung anzusehen. *Spiel es mir vor, während ich meine Augen ausruhe,* sagte ihre Mutter, legte sich auf die Couch und hatte die Augen schon geschlossen.

Sie erinnert sich, wie ihre Mutter unbedingt mit ihr zur Maniküre gehen wollte: *Das macht Spaß,* hatte sie gesagt. *Nein,* hatte Joan, die da schon älter und aufsässiger war, gesagt. *Tut es nicht. Ich hasse es, mir die Nägel machen zu lassen. Ich hasse den Geruch, und es tut weh. Ich hab es immer gehasst. Du bist diejenige, die Spaß daran hat.*

Ihre Mutter hatte die Bürste auf die Tischplatte geknallt, dass der Schminkspiegel erbebte, doch am nächsten Tag gingen sie zu Lovely Nails, und gewiss glaubt ihre Mutter bis heute, dass Joan Maniküre liebt.

Ihre Mutter hat nie etwas gesehen.

Ihre Mutter hat sich nicht einmal die Mühe gemacht, hinzuschauen.

Angeblich wird man seinen Eltern gegenüber milder, sobald man selber Kinder hat. Sobald man versteht, was Elternsein wirklich bedeutet. Bei ihr war es genau umgekehrt. In ihren Zwanzigern schloss Joan halbherzig Frieden mit ihren Eltern, doch nach Lincolns Geburt kehrte der Zorn zurück. Sie kann nur versuchen, ihn nicht anzusehen, damit er bloß ein dunkler, lauernder Schatten bleibt.

Lee Stetson sagte Dinge wie *Dieser Bordeaux ist jede Sünde wert* und fuhr einen silbernen Sportwagen und küsste Amanda die Hand, und so hatte Joan sich das

Erwachsensein vorgestellt. Die Menschen waren schön und witzig, dazu Cocktails und exotische Schauplätze und Bildmontagen. Sie hatte eine Mutter, die mit einem Lhasa Apso im Bett schlief, sich nicht an Hundescheiße auf den Laken störte, aber das Gesicht verzog, wenn sie glitzernde Steine anfassen sollte, und einen Vater, der ganze Tage damit zubringen konnte, kleine Tiere zu jagen, aber nie den Weg zurück zu seiner ausgewachsenen Tochter fand.

Die Sprite-Leuchte flackert jetzt schneller, ein hektischer Rhythmus.

Joan bemerkt, dass Lincoln sich nicht bewegt, vermutlich eingeschlafen ist. Seine Finger, die entspannt nach oben deuten, sind mit weißer Schokolade verschmiert. Sein Kopf ist gegen ihren Arm gesunken. Sie betrachtet seine sanft geschwungenen Wangen und die Wimpern und die unverwechselbare kleine Rundung an der Nasenspitze. Er hat gestern in einem Satz das Wort »Arsenal« benutzt. Er hat ganze Welten in seinem Kopf.

Sie sieht ihn.

Sie umfasst mit der Hand, die nicht blutet, sein Handgelenk, bildet damit ein weiches Armband. Sie spürt die Knochen unter seiner Haut.

Sie sieht ihn.

Nur ihn.

Der Trick besteht darin, sich allein auf ihn zu konzentrieren.

»Ich wünschte, Sarge wäre hier«, murmelt er, und sie ist überrascht, weil er doch nicht schläft und weil Sarge gewöhnlich die zweite Wahl nach seinem Lieblingsstofftier, einer schlaksigen Giraffe, ist. Sarge ist ihr Stoffhund und schon über dreißig Jahre alt; im linken Ohr hat er ein Loch, durch das man den Finger stecken kann, und seine Nase ist teilweise abgerieben. Ihr Onkel ließ Sarge immer auf den Küchentisch springen und um einen Bissen von ihrem Ei betteln, und plötzlich vermisst auch sie Sarge, den abgewetzten Schäferhund aus Plüsch. Er kennt jeden Menschen, den sie je geliebt hat.

»Warum möchtest du Sarge bei dir haben?«

»Weil er ein Polizeihund ist.« Lincoln hebt leicht den Kopf. »Er beschützt Sachen.«

Sie will ihm gerade versichern, dass sie ihn beschützen wird, doch da ertönt ein Geräusch, etwas bewegt sich drüben im Licht.

Joan braucht eine Sekunde, um zu begreifen, dass eine Tür aufgegangen ist – die Tür hinter dem Cola-Automaten –, da hört sie schon eine Stimme und sieht ein Gesicht, das von den roten und weißen Wirbeln der Cola-Logos rosa erleuchtet wird.

Ein Gesicht. Lange, dunkle Haare. Dunkle Augen, die sie anschauen.

Joan braucht ein oder zwei Sekunden – die Zeit bewegt sich klebrig und träge wie Kakerlakenbeine in Haarspray –, bis sie erkennt, dass die Stimme einem Mädchen gehört, und sie kann den Schrei gerade noch hinunterschlucken.

Das Mädchen streckt den Arm aus, die Finger gekrümmt, einen Moment lang ist ihr ganzer Körper sichtbar, dann weicht sie wieder hinter den Automaten zurück. Es ist eine junge schwarze Frau, ein Teenager mit vielen geflochtenen Zöpfchen und buntstiftroten Strähnen darin. Ihr Gesicht wirkt klein unter den vielen Haaren.

»Kommen Sie rein«, sagt das Mädchen. »Schnell.«

19.23 Uhr

Joan starrt das Gesicht des Mädchens an und überlegt, ob sie vielleicht mit den Killern befreundet ist, mit der Beute spielen soll. Aber sie wirkt sehr jung und sehr nervös und ganz und gar nicht verdächtig.

»Wenn Sie wollen«, sagt das Mädchen unsicher und verärgert zugleich und schaut hinaus in die Dunkelheit.

Es ist der Ärger, der Joan überzeugt. Sie schlingt einen Arm um Lincoln und drückt ihn hoch, bis er auf eigenen Füßen steht, richtet sich auf die Knie auf und wischt die Bananenblätter aus ihrem Gesicht. Sie schiebt ihren Sohn am Cola-Automaten vorbei, er klammert sich an ihrem T-Shirt fest, alles geht unbeholfen, ihre Oberschenkel tun weh, und dann sind sie im Restaurant und die Glastür fällt viel zu laut hinter ihnen zu.

Joan hockt sich auf die Fußballen, den Arm um Lincolns Taille geschlungen. In der Glastür ist ein langer Riss zu sehen, eine silbrige Linie, geformt wie eine Hühnerkralle.

Das Mädchen duckt sich ebenfalls. Neben ihnen befindet sich die Essenstheke, links steht die Kasse. Rechts von ihnen eine ganze Wand mit Fenstern. Die Deckenbeleuchtung ist ausgeschaltet, aber die Vitrinen sind von innen beleuchtet, so dass der ganze Raum in Neonschein getaucht ist, die hellen Plastiktische und -stühle schimmern blassgrün wie Lebewesen in der Tiefsee.

Das Mädchen hat sich zu ihnen gedreht, greift über sie hinweg, ihre Achselhöhle ist sehr nah. Sie riecht angenehm nach Puder und Brot.

»Die Tür«, sagt sie und schiebt den Riegel vor.

Dann duckt sie sich wieder, huscht an der Theke vorbei, und sie folgen ihr. Auf einigen Tischen sind die Stühle ordentlich umgedreht, andere liegen auf dem Boden verstreut, auch Tische sind umgekippt. Zwischen zwei Pfosten ist ein rotes Seil gespannt, wo man sich in die Warteschlange stellen muss, auch die Pfosten sind umgekippt, und die runden Füße liegen hochkant am Boden.

»Hier entlang«, sagt das Mädchen und winkt sie mit sich. Dabei sind sie so dicht hinter ihr, dass sie ihr fast auf die Füße treten.

»Wer ist das?«, fragt Lincoln, seine Stimme warm und feucht an Joans Wange.

Er klammert sich noch immer an den Saum ihres T-Shirts und zieht daran.

»Ich weiß nicht«, sagt sie, und ihr wird klar, dass sie eine ganze Menge nicht weiß, zum Beispiel, warum sie bereit ist, sich mit einer Fremden in diesem Gebäude einzuschließen. Die Tür ging auf, und ein anderer Mensch war da, ein Geschenk des Himmels – doch warum sollte der Himmel ihnen ausgerechnet einen Teenager schicken? –, und vielleicht ist das alles ein schrecklicher Fehler. Dennoch, sie kann nicht zurück. Sie spürt den Drang, sich vorwärtszubewegen, warum nur?

Ihr Gehirn rotiert, alles geht darin wild durcheinander, aber ihre Füße laufen weiter, an den leeren Vitrinen vorbei, in denen sonst Muffins und Apfelplunder liegen. Wenn Joan von unten durch die Fenster schaut, kann sie die Unterseite des strohgedeckten Dachs erkennen, dahinter ist alles dunkel. Von hier drinnen wirkt die Dunkelheit absolut – sie kann weder das Elefantengehege sehen noch die fernen Kiefern oder die beleuchteten Straßen. Das Strohdach scheint kein Ende zu nehmen, und die Welt dahinter könnte ebensogut Afrika sein.

Sie fragt sich, wie es von der anderen Seite aussehen mag – wenn man von draußen ins Restaurant hineinschaut. Wie deutlich sind sie zu erkennen? Steht jemand dort draußen und sinniert, dass ihre Haut grün wie die einer Tiefseekreatur aussieht?

Sie schaut wieder nach vorn. Die Haare des Mädchens sehen bei dieser Beleuchtung dunkelrot aus. Streifen in Schwarz und Rost.

Die Musik draußen ist nur noch ein monotones Summen.

Auf dem Boden liegt ein toter Marienkäfer. Lincoln sieht ihn nicht, der Panzer knackt unter seinem Schuh.

Das Mädchen geht schneller. Joan bleibt dicht hinter ihr, Lincoln klammert sich an sie, geht aber von allein. Ihre Oberschenkel tun furchtbar weh, weil sie seit einer Ewigkeit geduckt läuft.

Hinter der Theke ist der Küchenbereich, Arbeitsplatten aus Edelstahl und ein gewaltiger Herd mit vielen Knöpfen. Der Fliesenboden ist ein bisschen rutschig, und sie geht vorsichtig und hält Lincolns Hand ganz fest.

»Wir sind fast da«, flüstert das Mädchen.

Am Ende der Küche geht der Fliesenboden in einen kurzen Flur über, an dessen Ende sich eine Tür aus Edelstahl befindet. Das Mädchen stößt sie auf, und sie betreten einen Raum, der an beiden Seiten von Arbeitsplatten gesäumt ist, unter denen sich Kartons stapeln. Natürlich brennt kein Licht, aber das eine quadratische Fenster hoch in der Wand lässt eine Mischung aus Mond- und Laternenlicht herein.

Auf dem Boden sitzt eine ältere Frau mit weißen Haaren und blasser Haut gegen einen Kartonstapel gelehnt. Sie trägt Jeans und ein Sweatshirt und nickt einmal kurz. Ihr Gesicht liegt im Schatten.

»Kommen Sie rein«, sagt sie.

»Hier lang, Lincoln«, sagt Joan und schiebt ihren Sohn hinein, während sie der Frau zunickt.

Bis auf einen schmalen Weg in der Mitte des Raums ist alles mit Kartons vollgestellt. Joan kann Plastikgabeln und -löffel erkennen, Kaffeefilter, aber die meisten Kartons sind zugeklebt. Über den Arbeitsplatten hängt mindestens ein Dutzend Suppenkellen an einem Magnetstreifen. Es gibt einen Messerblock. Weiter hinten eine rote Lache, die sie zusammenzucken lässt, aber dann bemerkt sie die Ketchupflaschen dahinter – sieben oder acht Glasflaschen in einer säuberlichen Reihe. Die Deckel sind abgeschraubt, und an einer Stelle ist der Ketchup herausgeflossen und auf den Boden getropft.

»Ich sollte sie zusammenschütten«, sagt das Mädchen und schiebt den Riegel vor die Stahltür.

Joan dreht sich um. Die Tür ist so blankpoliert, dass

darin ein geisterhaftes Spiegelbild des Mädchens zu sehen ist, das ebenfalls die Arme hebt und senkt. Das Mädchen in der Tür sinkt ebenso geschmeidig in den Schneidersitz wie das echte Mädchen.

Das echte Mädchen trägt ein dunkelrotes Barett, das die gleiche Farbe hat wie ihre Zöpfe, und die Jeans sitzen lose auf ihren Hüften. Sie hat zarte Knochen wie ein Vogel.

»Ich meine den Ketchup.« Sie stützt den Ellbogen auf einen Karton mit der Aufschrift *Kaffeeweißer milchfrei*. »Ich war dabei, die Flaschen zusammenzuschütten, als ich sie hereinkommen hörte, und da habe ich was verschüttet, und es kam mir blöd vor, danach noch sauberzumachen.«

»Ketchup?«, fragt Lincoln, rückt näher und stellt seine Füße zwischen Joans. Sie schiebt einen Karton beiseite, um Platz zu schaffen.

Dann setzt sie sich hin und schaut sich um. Nur eine Tür. Und das einzige Fenster ist sicher zu hoch, um hereinzusehen. Es fällt ihr leichter, sich auf den Raum und seine Vor- und Nachteile zu konzentrieren, als einen Sinn in dem zu finden, was das Mädchen über Nahrungsmittel zu sagen hat.

Bis auf die Stimme des Mädchens ist es still im Raum. Joan kann die Halloween-Musik hier drinnen nicht mehr hören. Sie ist sich nicht sicher, ob ihr die Stille gefällt.

Ihre Fußspitzen berühren beinahe die der alten Frau, die alles stumm beobachtet. Joan zieht die Füße näher an den Körper und setzt Lincoln auf ihren Oberschenkel. Er schiebt seine Beine zwischen ihre Knie.

»Waren Sie hier, als die Männer mit den Waffen ins Restaurant gekommen sind?«, flüstert sie der Frau zu.

»Nein. Ich war bei den Elefanten. Ich hatte Kopfhörer auf, daher habe ich die Schüsse zuerst gar nicht gehört. Aber sie hat mich gefunden. Genau wie Sie.«

»Die wussten das nicht«, sagt das Mädchen in normaler Lautstärke, als säße sie irgendwo auf einem Sofa und quatschte gemütlich bei Pizza und *Let's Dance.* »Diese Männer. Die wussten nicht, dass ich hier bin. Die haben gar nicht richtig nachgesehen. Das ist das Seltsame. Man sollte doch meinen, sie hätten sich mehr Mühe gegeben. Es irgendwie ernster genommen. Hat man für so was nicht normalerweise einen Plan?«

Das Mädchen braucht so viele Wörter.

»Sollten wir nicht lieber leiser reden?«, flüstert Joan.

»Wieso?«, fragt das Mädchen achselzuckend. »Von draußen kann man uns nicht hören. Glauben Sie mir, ich muss es wissen. Wenn die Chefin wem den Arsch aufreißen will, geht sie nämlich hier rein und macht die Tür zu, und da war mal ein Mädchen, das immer den Kaffeekuchen gegessen hat, die war ganz süchtig danach, wir haben uns echt alle gefragt, ich meine – egal – jedenfalls war ich hier drinnen, als die Männer reinkamen. Es waren keine Kunden da, zum Glück, meine ich, weil – als die Männer wieder draußen waren, habe ich die Tür aufgemacht und durchs Fenster gesehen, wie sie weggingen, und da waren ein Mann und eine Frau auf dem Weg, und ich habe Schüsse gehört, und sie sind hingefallen. Aber vielleicht sind sie später wieder aufgestanden.«

Joan muss sich auf jedes einzelne Wort konzentrieren.

Es ist, als wäre sie in ein Land gekommen, dessen Sprache sie gelernt hat, wo die Taxifahrer und Hotelportiers aber dann so schnell sprechen, dass sie sich eingestehen muss, dass ihre Sprachkurse sie nicht darauf vorbereitet haben. Sie kennt zwar viele Vokabeln, versteht aber nur jedes dritte oder vierte Wort.

»Vielleicht«, sagt sie zu dem Mädchen und begegnet dem Blick der weißhaarigen Frau.

Sie schauen einander an, und sie stellt fest, dass die Frau zwar ein Sweatshirt trägt, aber auch silberne Ohrringe und eine passende Kette, und dass sie die Haare sorgfältig frisiert hat – als könnten sie durch keinen Windstoß erschüttert werden. Ihre Nägel sind manikürt. Nicht auffällig – ein Pastellton. Geschmackvoll. Zurückhaltend.

Joan vermutet, dass diese Frau nie das Haus verlassen würde, ohne sich herzurichten.

Sie bereut, dass sie dem Mädchen gefolgt ist. Sie will nicht hier sein.

Das Mädchen legt den Kopf mit den schweren Haaren in den Nacken und schaut nach oben. Sie bewegt den Oberkörper ein wenig, lässt die Haare über ihre Schultern schwingen.

»Haben Sie mal gehört, was man machen soll, wenn jemand einen mit der Waffe bedroht und in ein Auto drängen will?«, fragt sie. »Man soll weglaufen, weil die Chance, dass sie einen mit einem Schuss töten, selbst aus zwei Metern Entfernung nur bei sechzig Prozent liegt. Und wenn man drei Meter weit weg ist, sind es noch dreißig Prozent. Die können zwar auf einen schießen, werden einen aber wahrscheinlich nicht töten. Und wenn man zehn oder zwölf oder fünfzehn Meter weit weg ist, wird es ganz unwahrscheinlich.«

Joan schaut zu Lincoln, der auf ihrem Bein hin und her rutscht. Er scheint ganz mit einem Kartoffelstampfer beschäftigt – sie hat keine Ahnung, wie der in seiner Hand gelandet ist –, aber er hört oft aufmerksamer zu, als man denkt. Und sie möchte jetzt nicht über die Todesrate bei Schusswunden diskutieren.

»Wie alt bist du?«, fragt sie.

»Sechzehn.«

Das Mädchen klingt stolz. Joan hat fast vergessen, wie das ist, wenn man sich über sein Alter freut.

»Was ist passiert?« Je mehr sie über die Täter weiß, desto besser. »Als die Männer hereingekommen sind?«

Das Mädchen lehnt sich weiter nach hinten. Ihr Kiefer mahlt ein wenig, als hätte sie ein Hustenbonbon oder einen Kaugummi im Mund.

»Zuerst habe ich draußen einen Schrei gehört. Aber da schreit ja immer jemand. Die Kinder rennen herum – Sie kennen doch den Elefantenbrunnen, der Wasser spuckt? Und dann werden die Giraffen gefüttert, und manchmal flippen die Kinder aus, wenn sie die Zungen sehen. Und die Musik ist sehr laut, und ich hatte mit der Abrechnung zu tun. Dann hörte das Schreien auf, und es war eine Weile ziemlich ruhig. Haben Sie die Schüsse gehört?«

Die Stimme des Mädchens klingt so laut. Joan würde sie am liebsten schütteln. *Wir werden sterben, wenn du so weiterredest,* möchte sie sagen. Sie versteht die Logik einer schalldichten Tür, aber die Vernunft hat hier gerade einen schweren Stand.

»Wir haben sie von weitem gehört«, sagt sie ruhig. Vernünftig. »Wir waren im Wald im Kinderbereich. Mir war nicht klar, dass es Schüsse sind.«

Lincoln lässt den Kartoffelstampfer fallen und steht auf, um ihn zu holen. Die alte Frau reicht ihm den Stampfer. Er nimmt ihn vorsichtig entgegen.

Das Mädchen nickt enthusiastisch. »Mir auch nicht. Die waren zuerst so weit weg. Wir hatten schon zugemacht – Tür abgeschlossen und alles –, und ich war hier hinten, als ich jemanden an der Tür hörte.«

»Schsch«, sagt Joan unwillkürlich. »Ein bisschen leiser.«

»Die können uns nicht hören!«, wiederholt das Mädchen.

Die weißhaarige Frau streckt die Hand aus und berührt ihren Arm, nicht leicht, sondern mit einem festen Griff der manikürten Hand.

»Leise«, sagt die Frau mit verblüffender Autorität. »Sie hat recht. Sprich leiser.«

Das Mädchen nickt überrascht. Die Frau tätschelt ihren Arm und lässt ihn dann los.

»Sehr gut.«

Joan sieht sie an und revidiert ihre Einschätzung.

»Jedenfalls«, sagt das Mädchen jetzt im Flüsterton, »habe ich den Ketchup zusammengeschüttet – ich bekomme immer welchen an die Hände, und auch wenn ich noch so gut aufpasse, ich habe immer Spritzer auf den Armen und Händen, und das merkt man erst, wenn sie getrocknet sind, und dann hat es geklopft, und erst dachte ich, da muss jemand auf die Toilette.«

Das Mädchen streckt die dünnen Beine vor sich aus und legt sie übereinander, als falte sie Origami. Sie ist ständig in Bewegung.

Lincoln beobachtet das Mädchen mit großen Augen. Der Kartoffelstampfer ist vergessen.

»Nein, wissen Sie, was ich wirklich gedacht habe? Habe ich schon erzählt, dass ich mal bei Hawaiian Ice gearbeitet habe? Die Frau, der der Laden gehört, geht in meine Kirche. Jedenfalls kam da jeden Samstag eine alte Frau bei ihnen rein –«

Das Mädchen hält inne, scheint aber nicht auf eine Antwort zu warten. Die Pausen gehören einfach zu ihrem Rhythmus.

»Sie wollte immer meine Haare anfassen. Manche Frauen tun das – weiße Frauen, ist nicht böse gemeint –, aber sie war ganz wild drauf, wollte einfach keine Ruhe geben, bis sie meine Haare angefasst hatte, und manchmal kam sie zu spät und ich hatte das Verkaufsfenster schon zugemacht, und dann hämmerte sie dagegen, bis ich aufmachte.«

Joan nutzt die Pause, da sie fürchtet, das Mädchen könnte sonst niemals aufhören zu reden.

»Wolltest du nicht von den Männern mit den Waffen erzählen?«

»Ach ja. Also, ich habe die Tür hier einen Spalt aufgemacht« – sie deutet mit dem Kopf darauf – »und hab gesehen, wie die Männer die Eingangstür aufgetreten haben, und ich konnte die Waffe sehen. Ein Gewehr oder so. Sie kamen rein und fingen an, Sachen herumzuschmeißen, und das war dumm, oder? Ich meine, ich hätte es gar nicht gemerkt, wenn sie nicht so einen Krach gemacht hätten. Aber die beiden kamen rein und haben randaliert, und da hab ich einfach die Tür hinter mir abgeschlossen. Das Schloss ist auf der Innenseite. Ich glaube, hier hat mal jemand festgesessen. Man kann sie von außen öffnen, aber man braucht den Schlüssel, und ich habe den einzigen. Also ist es hier drinnen total sicher.«

Das Mädchen schluckt hinunter, was immer sie gekaut hat.

»Sie trägt eine Mütze«, verkündet Lincoln.

»Magst du Mützen?«, fragt das Mädchen und berührt ihr Barett.

Er nickt. Es ist Jahre her, dass er auf der Straße die Fußgänger und Radfahrer beobachtet und mit dem Finger gezeigt und ihre Kopfbedeckungen benannt hat. *Mütze. Helm. Mütze. Mütze. Helm,* rief er.

»Ich habe die Männer gar nicht gesehen«, sagt die ältere Frau und bewegt ihr Bein, wobei sie das Gesicht verzieht. »Ich wäre ihnen geradewegs in die Arme gelaufen, wenn Kailynn mich nicht hier hereingezogen hätte. Wie war es bei Ihnen?«

»Wir waren schon fast am Ausgang, als ich sie gesehen habe. Dann sind wir zum alten Stachelschweingehege gelaufen.«

Die ältere Frau schaut lächelnd auf Lincoln hinunter. Es ist ein freundliches Lächeln, vollkommen losgelöst von dem, was um sie herum vorgeht. »Habt ihr so getan, als wärt ihr Stachelschweine? Mit scharfen Stacheln?« Sie tippt ihm mit dem Finger auf den Kopf und zuckt zurück. »Au!«

Lincoln lacht. Ein schockierender, gurgelnder Laut. Das Licht vom Fenster fällt auf das Gesicht der Frau, sie wirkt fröhlich und konzentriert, und Joan hat auf einmal eine Ahnung.

»Sind Sie Lehrerin?«

Die Frau neigt den Kopf und lächelt ein wenig. »Dritte Klasse. Sechsunddreißig Jahre lang. Seit letztem Jahr im Ruhestand.«

»Welche Schule?«

»Hamilton Elementary.«

Auf einer Cocktailparty oder bei einem Essen würde Joan jetzt sagen: »Oh, ich habe eine Freundin, deren Kinder auf die Hamilton gehen«, und dann würden sie Smalltalk über die Schule machen, aber das wäre jetzt nicht richtig. Sie will nicht so tun, als wäre alles normal. Und sie will auch nicht mehr über diese Menschen erfahren. Es besteht kein Bedarf an Geplauder.

Kailynn, hat die Frau gesagt. Das Mädchen heißt also Kailynn.

»Hast du etwas bemerkt, das auf Geiseln hindeutet?«, fragt Joan.

»Geiseln? Warum sollten sie Leute erschießen, wenn sie Geiseln nehmen wollen?«

Joan schüttelt den Kopf. Nein, es ergibt keinen Sinn. Vielleicht verschwendet sie nur Zeit und Energie, wenn sie versucht, die Puzzleteile zusammenzusetzen.

»Willst du meine Mütze aufsetzen?«, fragt Kailynn.

»Nein, danke«, sagt Lincoln.

Das Mädchen klappt einen Karton links von sich auf. Zellophan knistert, dann holt sie eine kleine Tüte heraus.

»Weißt du, was ich hier habe? Tierkekse.«

Selbst im Dämmerlicht sieht Joan Lincolns Zähne aufblitzen.

19.32 Uhr Lincoln hat seine Tierkekse fast aufgegessen. Joan nimmt es als gutes Zeichen, dass er Appetit hat – ihr schnürt es die Kehle zu, wenn sie nur an Essen denkt.

Womöglich geht es nicht nur ihr so. Die Lehrerin hat schließlich Kailynns wiederholtem Angebot nachgegeben, aber keine Anstalten gemacht, den Keks zu essen, den sie aus der Tüte genommen hat. Sie hält ihn zwischen Daumen und Zeigefinger und klopft mit einem lackierten Nagel dagegen.

Kailynn scheint nicht unter Appetitmangel zu leiden. Sie hat gerade die nächste Tüte geöffnet. Dabei wiegt sie sich hin und her, dass ihre Haare mitschwingen.

Das Mädchen macht Joan langsam wahnsinnig.

»Wissen Sie, was ich wirklich gerne hätte?«, fragt sie kauend. »Frittierte Zwiebelringe. Vielleicht mit Süßkartoffelpüree und Maiskolben, aber nicht diese gefrorenen. Haben Sie eine Fritteuse?«

Joan schüttelt den Kopf. Die Lehrerin ebenfalls.

»Ich habe meine Eltern angefleht«, sagt Kailynn, »damit sie eine kaufen, weil ich normalerweise koche, und dann sollte ich auch aussuchen dürfen, wie ich es mache, oder? Aus der Pfanne schmeckt es einfach nicht so wie aus der Fritteuse. Na, nach diesem Massaker hier wird sich Mom wahrscheinlich so elend fühlen, dass sie mir eine kauft.«

Niemand antwortet darauf.

Kailynn wischt sich die Hände an den Jeans ab und schaut zu Lincoln. »Wie heißt du denn?«

»Lincoln«, sagt er, noch immer kauend.

»So wie Abraham Lincoln?«

»Ja.«

Es überrascht Joan nicht, dass das Mädchen nur Lincoln nach seinem Namen fragt. Niemand interessiert sich heutzutage dafür, wie sie heißt.

»Weißt du, wer Abraham Lincoln ist?«, fragt Kailynn.

»Ja. Der Präsident. Er wurde bei einem Attentat ermordet.«

Joan muss unwillkürlich lächeln, auch wenn es unangebracht sein mag, sich zu freuen, weil ein Vierjähriger das Wort »Attentat« kennt. Es ist ein Überbleibsel aus der Phase, in der er sich für Präsidenten begeisterte und es toll fand, dass Reagan Jelly Beans mochte und Nixon gern zum Bowling ging und Obama sich für Baseball interessiert. Er mochte die Perücke von George Washington und Franklin Roosevelts Rollstuhl. Wenn sie Arzt spielten, untersuchte Joan ihn und diagnostizierte eine Mittelohrentzündung oder Bauchschmerzen bei ihm. Und er Kinderlähmung bei ihr.

Ein Fußballspiel auf der Veranda: Er wollte Gerald Ford sein, und sie sollte Ronald Reagan spielen. *Gerald Ford hat das Spiel im Griff,* brüllte er, einen Fuß am Ball. *Gerald Ford schießt und … trifft! Ronald Reagan schießt ins Abseits*!

»Er bewahrte Papiere in seinem Hut auf«, sagt Lincoln.

»Wie hast du uns bemerkt, Kailynn?«, fragt Joan.

Sie hat sich doch so bemüht, kein Geräusch zu machen, nicht mal auf ein welkes Blatt zu treten. Sie erinnert sich an das dunkle Koala Café, an dem sie auf dem Weg zum Ausgang vorbeigekommen sind, wo die Stühle auf den Tischen standen und kein Lebenszeichen zu sehen war, aber auch dort konnten sich die Angestellten versteckt haben. Vielleicht waren sie in der Küche oder kauerten hinter der Kasse, nur wenige Schritte von der Stelle entfernt, an der Joan die Hand an die Tür gelegt hat. Vielleicht ist sie an einem Dutzend Menschen vorbeigekommen, die sich an sicheren Orten versteckt hatten, die durch dunkle Fenster schauten und sie wortlos vorbeigehen ließen.

Kleine Finger, die sich ausstrecken, rudernde Ärmchen.

Sie könnte es den anderen sagen. Der Gedanke ist da. Sie könnte ihnen von dem Baby erzählen, es sogar holen und damit für ihre Sünden büßen, wird es aber nicht tun, denn wenn sie erschossen würde, was würde dann aus Lincoln? Und wenn der Raum doch nicht ganz schalldicht ist und das weinende Baby für alle den Tod bedeutet? Aber das ist nicht der Grund, weshalb sie schweigt.

Sie schweigt, weil sie sich nicht vorstellen kann, es ihnen zu sagen. Sie kann sich nicht vorstellen, es irgendjemandem zu sagen.

Kailynn ist schon mitten in ihrer Antwort.

»Und dann habe ich den Snackautomaten gehört. Man hört durch die Wand, wenn er vibriert. In der Pause hole ich mir manchmal einen Schokoriegel, daher kenne ich das Geräusch. Also habe ich rausgeschaut und Sie gesehen, als Sie wieder zwischen die Pflanzen gegangen sind. Ich habe ein bisschen gewartet, wollte Sie holen, wenn Sie wieder an der Tür vorbeikommen, aber Sie sind nicht gekommen. Also habe ich die Tür aufgemacht und Sie geholt. Da draußen ist es nicht sicher.«

So ganz versteht Joan das Mädchen noch immer nicht. Mit ihren Tierkeksen und dem endlosen, gedankenlosen Geplapper wirkt sie so gar nicht wie eine Heldin. Aber sie hat ihr Leben riskiert, um Joan und Lincoln in Sicherheit zu bringen – das lässt sich nicht bestreiten.

Vielleicht ist das Mädchen weder heldenhaft noch gedankenlos. Vielleicht ist sie einfach selbstsicher, wie es nur eine Sechzehnjährige sein kann. Sie schwingt wieder die Haare hin und her, wirft sie von einer Schulter auf die andere. Hin und her, hin und her.

Joan wendet sich ab. Sie fühlt sich besser, wenn sie das Mädchen nicht sieht. Die Lehrerin macht es richtig: Sie sitzt mit geschlossenen Augen da. Still und für sich. Sie hält den unberührten Keks in der Hand und dreht ihn wie einen Talisman zwischen den Fingern.

Dann öffnet sie die Augen, als spüre sie, dass sie beobachtet wird.

»Alles wird gut«, sagt sie in einem Ton, der ruhig und ein wenig herablassend klingt, und Joan fragt sich, warum sie gerade jetzt spricht und weshalb sie gerade diese Worte gewählt hat.

»Ach, wirklich?«, entgegnet Joan, und es klingt unangemessen scharf.

»Gott hat uns nicht hierhergeführt, nur um uns sterben zu lassen«, sagt die Lehrerin.

Joan zwingt sich zu lächeln. Sie glaubt keineswegs, dass Gott sie alle hergeführt hat. Was soll das denn heißen? Hat er die Mörder auch hergeführt? Und die Toten auf dem Beton – wurden die auch hergeführt?

»Bis jetzt haben wir Glück gehabt«, sagt die Lehrerin und reibt sich das Knie. »Jemand beschützt uns.«

»Ein schöner Gedanke«, sagt Joan, und nun ist sie es, die herablassend klingt und auch so empfindet und die allzu perfekte Frisur der Frau nicht leiden kann und ihre naiven Antworten, aber es ist nicht die Schuld der Frau, dass sie solche dummen Dinge glaubt.

Joan versucht es noch einmal.

»Es ist schön, dass Sie das sagen.« Diesmal klingt es besser. Sie rechnet es der Frau hoch an, dass sie nur nickt und wieder die Augen schließt.

Lincoln lässt die leere Tüte auf den Boden fallen und steht auf. Er fühlt sich offensichtlich wohl, denn er bewegt sich ein bisschen, beugt die Knie und drückt sie wieder durch, behält die Füße aber auf dem Boden. Dann hüpft er zur gegenüberliegenden Wand, wo er vermutlich gleich über den Deckel des Kartons mit den Papptellern stolpern wird, der auf dem Boden liegt. Aber es ist ein gutes Zeichen, dass er Joan losgelassen hat.

»Du fällst gleich über den Karton«, sagt sie.

»Tu ich nicht.«

Sie beobachtet ihn, und das Mädchen neben ihr lässt die Haare schwingen.

»Wissen Sie, was mein Dad immer gemacht hat? Wir haben Verstecken gespielt –«

»Könntest du mal den Mund halten?«, unterbricht Joan sie. »Herrgott! Nur für ein paar Minuten?«

Joan bereut die Worte, sowie sie sie ausgesprochen hat, und bemerkt Lincolns Gesichtsausdruck, der alles nur noch schlimmer macht.

»Mommy«, sagt er mit riesengroßen Augen.

Joan atmet tief ein. Sie weiß nicht, ob sie ihn schon jemals enttäuscht von ihr gesehen hat. Die Lehrerin starrt sie ebenfalls missbilligend an. Kailynns Gesichtsausdruck ist am schlimmsten. Sie ist verletzt.

»Ich weiß, ich rede zu viel. Tut mir leid.«

»Nein, mir tut es leid. Ich hätte das nicht sagen sollen. Komm, erzähl mir von deinem Dad.«

Sie erwartet eigentlich nicht, dass das Mädchen weiterspricht. Irgendwie hofft sie unterschwellig, dass Kailynn einer dieser übersensiblen Teenager ist, die schmollen und sich zurückziehen. Aber nein, dieses Mädchen lässt sich nicht so leicht unterkriegen.

»Na ja«, beginnt Kailynn vorsichtig und hoffnungsvoll, »wir haben immer Verstecken gespielt, meine Schwester und ich, mit meinem Dad. Wir haben uns versteckt, und mein Dad hat uns gesucht, aber er kam immer mit großen, unheimlichen Schritten und hat ganz schwer geatmet, und wir haben richtig gezittert, wenn wir ihn kommen hörten. Und dann wurde alles still, und wir wussten, jetzt ist er ganz in der Nähe, und dann war er auch schon da – seine Hand packte einen unter dem Bett oder riss das Laken weg, unter dem man sich versteckt hatte, und dann haben wir einfach nur geschrien und geschrien. Er hat uns so gerne erschreckt. Dann hat er immer gelacht.«

Joan denkt, dass der Vater offenbar ein Arschloch ist, das nur nebenbei.

»Einmal habe ich mich im Schrank versteckt, und er hat die Tür aufgerissen, und ich bin so erschrocken, dass ich gegen ein Regal gefallen bin und mir den Arm aufgeschnitten habe, und es hat total geblutet, ich konnte nicht aufhören zu weinen.«

»Hat er gelacht?«, fragt Joan unwillkürlich.

»Nein. Er hat mich hochgehoben, und ich konnte sehen, wie schrecklich er sich fühlte – er hat immer wieder gesagt, dass es ihm leidtut –, und er hat ein Küchentuch auf den Schnitt gedrückt und mich auf den Schoß genommen, ich habe immer noch geweint, und er hat gesagt, ich soll tapfer sein, und ich habe gesagt, ich kann nicht, weil ich so blute. Da hat er ein Messer genommen und sich selbst in den Arm geschnitten, er hat seinen Arm einfach so vor meinen Augen aufgeschnitten. Und dann hat er auch geblutet und hat seinen Arm ausgestreckt und gesagt: ›Atme mit mir, Kleines, ein und aus. Wir beide zusammen.‹ Das habe ich gemacht. Und dann haben wir Pflaster draufgeklebt.«

Joan kann es sich genau vorstellen. Genauer, als ihr lieb ist. Sie kann die Tränen auf Kailynns Gesicht sehen, sie hatte damals sicher Rattenschwänze, vielleicht mit bunten Haarspangen, und sie sieht einen kleinen blutigen Arm und einen Vater, der sich selbst auch zum Bluten bringt.

Sie lächelt das Mädchen an. Ein Mädchen, das gesehen hat, wie Männer Waffen schwingen und Menschen tot zu Boden fallen. Ein Mädchen, das ein sicheres Versteck verlassen hat, um Leuten zu helfen, die sie gar nicht kennt.

»Manchmal hilft Atmen«, sagt sie.

Kailynn neigt den Kopf nach vorn, lässt die Haare hin und her schwingen, und in diesem Augenblick geht die Bewegung Joan nicht auf die Nerven. Es ist eine kindliche Angewohnheit, denkt sie. Vielleicht ist es tröstlich, die eigenen Haare zu spüren.

»Ich wünschte, er wäre hier«, sagt Kailynn leise.

Joan beugt sich zu ihr. Seit sie zusammen in diesem Raum sitzen, ist dies das erste Anzeichen dafür, dass das Mädchen begreift, wo sie hier ist, in welcher Wirklichkeit, und die Last der Situation spürt.

»Ja«, sagt Joan.

»Möchten Sie auch, dass Ihr Dad hier ist?«

Joan erwägt verschiedene mögliche Antworten auf diese Frage. »Nun ja, mein Dad hatte viele große Waffen.«

Kailynn kichert leise. Joan spürt, wie sich etwas in ihr löst, und ist sich nicht sicher, ob das gut oder schlecht ist.

»Warum bist du denn diejenige, die bei euch kocht?«, fragt sie.

»Mom und Dad arbeiten lange, und ich koche gern.«

»Meine Tochter hat Torten gebacken, als sie noch klein war«, sagt die Lehrerin mit geschlossenen Augen. »Fünf- oder sechsstöckig. Wie in einer Konditorei.«

Joan betrachtet die Frau, die so entspannt wirkt, als

könnte sie jeden Augenblick einschlafen. Ihre Haare sind glatt, kein bisschen zerzaust, und der Anhänger an der eleganten Kette hängt perfekt mittig ausgerichtet an ihrem Hals. Sie ist so ruhig. Vielleicht betet sie. Und Joan gesteht sich ein, dass es einen gewissen Reiz hat, zu glauben, dass jemand über einen wacht. Dass Gott mit einem ist. Sie würde es gern glauben. Sie dreht und wendet die Idee im Kopf, während Lincoln wie ein unkoordinierter Derwisch auf und ab und hin und her springt und dann über den Karton stolpert, vor dem sie ihn gewarnt hat. Er fällt hin.

Licht durchflutet den Raum. Joan ist verwirrt, blinzelt einen Moment und bemerkt dann den Lichtschalter, der sich knapp über Lincolns verfilzten Locken befindet. Sie reißt Lincoln von der Wand weg und schlägt mit der Hand auf den Schalter.

Sie sitzen alle reglos im Dunkeln.

Joan hört sich atmen. Sie schließt den Mund, doch das Geräusch klingt schlimmer, wenn sie durch die Nase atmet. Sie zieht Lincoln auf ihren Schoß, tastet nach seiner Hand, seine Finger schließen sich um ihre.

Er bleibt reglos auf ihrem Schoß sitzen. Sie sitzen da und warten.

»Es war nur eine Sekunde«, sagt Kailynn, die noch nie so lange geschwiegen hat, seit sie den Raum betreten haben. Joan ist froh, ihre Stimme zu hören.

»Es macht nichts. Alles in Ordnung«, sagt die Lehrerin.

»Mommy?«, fragt Lincoln mit unsicherer Stimme. Sie hat nichts gesagt, ihn keinen Vorwurf spüren lassen.

Trotzdem hat er etwas aufgefangen, ob nun von ihr oder den anderen. Sie hat einmal gehört, dass Kinder wie Hunde sind und Angst riechen können.

»Alles gut«, sagt sie. »Alles okay. Es geht uns gut.«

Ein hell erleuchtetes Fenster, aus, an, aus. Wie ein verdammtes Leuchtfeuer, das alle anlockt.

»Alles okay«, wiederholt sie und drückt seine Hand.

Seine Finger sind klein.

Er ist so klein.

Seine weichen Knöchel – nichts an ihm ist rau oder schwielig, nicht mal die Fersen oder Ellbogen, und manchmal fährt sie nach dem Baden mit der Fingerspitze darüber, nur um zu sehen, ob er härter geworden ist, und sie hofft, dass es nicht der Fall ist, und hat deswegen ein schlechtes Gewissen, weil er natürlich härter werden muss. Das Gefühl seiner Fingerknöchel und der glatten Nägel, die wie Muschelschalen in ihrer Handfläche liegen, bricht etwas in ihr auf, das schon vor Stunden zerschmettert wurde und das sie mit solcher Mühe bis jetzt zusammengehalten hat.

Sie hat sich geweigert, es zu denken: Er könnte sterben.

Sie kann das nicht denken und trotzdem funktionieren, und sie musste funktionieren, und sie wollte nie eine jener Frauen sein, die ihre Kinder keinen rohen Keksteig essen und nicht allein bis zur nächsten Straßenecke gehen lassen, und man muss seine Ängste im Zaum halten, sonst kann man sein Kind niemals aus der Haustür lassen. Und hier sind sie nun, und der Tod streckt ihnen seine blutige Schnauze ins Gesicht, und sie hat nicht darüber nachgedacht, nicht so richtig, weil sie eine vage Vorstellung von dem hat, was sie dann freisetzen würde, von dem großen, klaffenden Abgrund, der sich dann auftäte. Denn so ist es, wenn man ein Kind hat, nicht wahr, man setzt sich unvorstellbarem Schmerz aus und versucht, die furchtbaren Möglichkeiten zu verdrängen.

Sie konzentriert sich auf seine Hand – denkt an sein Bösewicht-Gelächter, *wuahaha,* und wie er lächelt, wenn er aus dem Mittagsschlaf aufwacht und sieht, dass sie sich über ihn beugt –, und das Entsetzen verebbt.

Während sie vermutlich alle nach etwas suchen, was sie sagen könnten, um die Stille zu vertreiben, beginnt draußen Gewehrfeuer zu knattern und zu zischen, so weit entfernt, dass man an ein Feuerwerk glauben könnte.

Ein Chor aus Krachen und kleinen Explosionen. Eine undeutliche Stimme, so laut, dass Joan an ein Megaphon denken muss. Und während sie noch darüber nachdenkt, hört sie ein Scheppern, das sie nicht identifizieren kann. Es klingt wie ein Stapel Backbleche, die auf den Boden fallen. Die Kakophonie wird lauter. Sie weiß, was die Schüsse und der Lärm und das Geschrei bedeuten müssen.

Endlich passiert etwas. Jemand kommt, um sie zu retten. Sie sollte doch erleichtert oder aufgeregt sein, aber sie spürt gar nichts.

»Endlich.« Kailynn macht eine Kopfbewegung zum Fenster. »Die Polizei.«

»Ja.«

»Sie sind bald hier.«

»Ja«, wiederholt Joan und schlägt die Beine übereinander. Sie will aufstehen. Sich bewegen.

Ihre Hand landet in etwas Klebrigem. Sie hebt sie hoch, hat vorhin irgendwo Küchentücher gesehen, doch Kailynn hält ihren Ellbogen fest.

»Sie haben sich am Arm verletzt«, sagt sie. Von dort, wo sie sitzt, sieht sie vermutlich nur die aufgeschürfte Haut an Joans Handgelenk, nicht den Schnitt in der Handfläche.

»Ist nicht so schlimm.«

»Sie wollen doch nicht, dass es sich entzündet«, sagt Kailynn. »Wir haben hier nichts zum Drauftun. Aber Sie könnten wenigstens was drumwickeln.«

Bevor Joan widersprechen kann, ist das Mädchen hochgeschnellt und hat eine Schublade in der Arbeitsplatte aufgezogen. Mit einem dünnen weißen Geschirrtuch in der Hand lässt sie sich wieder fallen und wickelt es um Joans Handgelenk.

»Es ist sauber.«

Sie macht das erstaunlich geschickt, darum wehrt sich Joan auch nicht dagegen. Sie schaut zu, wie das Mädchen das Geschirrtuch mit einem Ruck verknotet.

»So.« Kailynn lehnt sich auf den Ellbogen zurück, dass ihre Haare über die Fliesen streichen. »Besser?«

»Ja«, sagt Joan. Und die Wunde fühlt sich nun, da der Stoff dagegendrückt, wirklich besser an.

Sie betrachtet noch ihr Handgelenk, als Schüsse durch den Raum hallen, so laut, dass es sich vollkommen neu und fremd anhört. Joan zuckt hoch, schlägt mit dem Kopf gegen die Kante der Arbeitsplatte und schlingt die

Arme so fest um Lincoln, dass er zu strampeln beginnt. Die Schüsse ertönen überall um sie herum – sie scheppern wie Becken in ihrem Kopf.

Sie hört Kailynn schreien, und Lincoln brüllt ihr etwas ins Ohr, das sie nicht verstehen kann.

Der Lärm tut körperlich weh, und sie muss einen Moment gegen den Drang ankämpfen, sich die Ohren zuzuhalten. Stattdessen kehrt sie der Tür den Rücken, hält Lincoln die Ohren zu und umfängt ihn mit ihrem ganzen Körper.

Sie hat nur einen klaren Gedanken: Jemand ist im Restaurant. Jemand ist auf der anderen Seite der Stahltür und will herein. Sie spürt den Lärm bis in die Zähne. Bei jedem Schuss rechnet sie damit, dass die Kugel die Tür durchschlägt.

Die Schüsse verstummen. Es muss ein Dutzend gewesen sein. Dann geht es weiter.

Kailynn hat sich aufgerappelt und in die äußerste Ecke geflüchtet, Kartons kippen um, Kaffeefilter und Pappbecher fallen heraus. Die Lehrerin steht fast aufrecht da und hat die Hände gegen die Arbeitsplatte gedrückt.

Die Schüsse verstummen wieder, die Stille ist erschreckender als der Lärm.

»Die können hier nicht rein«, sagt Kailynn. Sie weint, obwohl das nur an ihrem nassen Gesicht zu erkennen ist. Ihre Stimme ist stark. »Niemals.«

Joan ist sich nicht so sicher. Die Tür besteht aus Stahl. Sie besitzt keine Zauberkräfte. Es gibt eine Grenze dessen, was sie aushalten kann. Joan berührt ihr Gesicht, fragt sich, ob sie auch weint, aber nein. Weinen ist Zeitverschwendung. Sie hat im Laufe des Abends gelernt, nicht die Zähne zusammenzubeißen. Ruhig ein- und auszuatmen.

Atmen hilft wirklich.

Das Echo der Schüsse hallt noch in ihren Ohren.

»Das Fenster«, flüstert sie und steht auf, hebt Lincoln auf die Arbeitsplatte. Sie klettert hinter ihn und drückt gegen das Fenster, das sich zum Glück mühelos öffnen lässt. Nur eine Bewegung des Handgelenks, schon dreht sich der Griff: Sie kann die Scheibe nach außen drücken, aber sie geht nicht weit genug auf. Der Spalt ist groß genug für Lincoln, aber zu eng für sie. Es wird nicht mehr geschossen – vielleicht überlegen sich die Männer eine Strategie? Warum sagen sie nichts? Müssten sie nicht irgendwelche Reime vortragen? Stehen sie vor der Tür, oder wartet einer unter diesem Fenster? –, und dann ertönt ein neues Geräusch, ein schweres Poltern an der Tür, und sie bedeutet Lincoln, sich nicht zu rühren, während sie sich aufrichtet.

Durchs Fenster fällt helles Licht, eher Straßenlaterne als Mond. Sie sieht Marienkäfer, winzige schwarze Punkte, die sich an der Decke sammeln.

Joan winkt die anderen zu sich, bewegt lautlos den Mund. Sie wird nicht versuchen, den Lärm zu übertönen.

Kailynn kommt herüber, setzt einen Fuß auf die Arbeitsplatte, klettert. Die Lehrerin schüttelt den Kopf.

Das Wummern – ist das ein Rammbock? – vibriert in Joans Schädel.

Sie hält Lincoln mit einer Hand fest und winkt heftig

mit der anderen, doch die Lehrerin schüttelt immer noch den Kopf.

»Ich kann nicht –«, setzt sie an, ihre weiteren Worte gehen unter.

Noch ein Aufprall gegen die Tür, diesmal klingt er anders. Es scheppert und kracht.

Einen Augenblick ist alles still – wunderbar still –, und dann bewegt sich die Tür. Sie öffnet sich, nur wenige Zentimeter. Eine kaum merkliche Bewegung, so dass Joan sich einen Moment lang einreden kann, sie habe nichts gesehen. Aber dann geht die Tür weiter auf, ganz langsam, und sie schaut auf ihren Sohn hinunter und bemerkt einen Krümel auf seiner Wange. Kailynn drückt sich an ihren Rücken, warm und bebend, und die Lehrerin, die der Tür am nächsten ist, weicht zurück, und das Licht fängt sich schimmernd in ihren Haaren. Der Augenblick dehnt sich aus, wird langsamer und langsamer und langsamer, und dann fliegt die Tür ganz auf und schlägt gegen das Regal dahinter.

Auf der Schwelle steht ein Mann.

Joan denkt unwillkürlich, dass sie recht hatte: Mann ist kaum das richtige Wort. Womöglich muss er sich noch nicht mal rasieren. Er trägt keine Stiefel, wie sie gedacht hatte, sondern Tennisschuhe.

Eine Sekunde.

Zwei Sekunden.

Sie schiebt sich vor Lincoln, ihre Beine baumeln von der Arbeitsplatte. Sie glaubt, dass sie ihn ganz verdeckt, vielleicht wird der Schütze ihren Jungen gar nicht bemerken – könnte sie ihn vielleicht sogar durchs Fenster hinausheben, ohne dass es auffällt? Irgendwo hinter ihr steht ein Messerblock, aber da will sie jetzt nicht hinsehen.

Stattdessen schaut sie den Mann an. Es ist schwer, die Waffe mit dem langen Lauf zu ignorieren, die er auf die Lehrerin gerichtet hält –, aber es gelingt ihr irgendwie.

In der anderen Hand hält er eine Axt. Doch die wirft er jetzt hinter sich. Seine Jacke ist ihm zu groß, die Jeans sitzt zu eng, der Bauch hängt ein wenig über den Bund. Er sieht untersetzt aus, aber auch weich. Joan tastet hinter sich auf der Arbeitsplatte nach den Messern und überlegt, wie sie, falls sie eins in die Hand bekommt, ihn erreichen soll, bevor er auf sie schießt, und ob sie ihn, wenn er auf sie schießt, noch erstechen kann, bevor sie stirbt. Sie hat mal gehört, dass es ein paar Sekunden dauert, bis der Körper begreift, dass er stirbt, und wie viel Kraft braucht sie wohl, um ihm das Messer ins Herz zu stoßen? Oder wäre der Hals besser, der ist weicher, und es sind keine Rippen im Weg. Während sie das denkt und mit den Fingern hinter sich tastet, versucht sie, sein Gesicht zu erkennen.

Drei Sekunden.

Vier Sekunden.

Er hat den Kopf gesenkt, sie sieht nur seine dichten, dunklen Augenbrauen. Die Schatten machen sie wahnsinnig, hindern sie daran, Einzelheiten zu erkennen. Sie will, dass er sie ansieht. Er hält die Waffe in Brusthöhe auf die Lehrerin gerichtet, schaut aber zu Boden.

Endlich fühlt sie den Messerblock unter den Fingern und tastet nach einem Griff. Soll sie das Messer herausziehen oder lieber Lincoln durchs Fenster heben? Aber damit würde sie sicher die Aufmerksamkeit des Bewaffneten erregen – und dann ist es zu spät, denn er schaut hoch.

Er starrt die Lehrerin an. Ohne sich umzudrehen, greift er hinter sich, schlägt mit der Hand gegen die Wand und drückt den Lichtschalter. Im Raum wird es hell, Joan muss blinzeln.

Er hat die Augen nicht von der Lehrerin gewendet. Sie starrt zurück, blinzelt ebenfalls, ihre Brust hebt und senkt sich.

Fünf Sekunden.

Sechs Sekunden.

Er senkt die Waffe.

»Mrs. Powell?«, sagt er.

Die Lehrerin beobachtet ihn nur, bewegt sich nicht und sagt kein Wort. Ihre Hose ist bis zum Knie hochgerutscht und entblößt einen blassen Unterschenkel. Sie ist rücklings über die Arbeitsplatte gelehnt, ein Streifen nackter Bauch schaut unter ihrem Sweatshirt hervor.

Lincoln bewegt sich, drückt seinen Fuß in Joans Seite.

Sag was, beschwört sie die Lehrerin. *Tu was. Wer immer du bist, sag ihm, du bist Mrs. Powell.*

Die Lehrerin richtet sich auf. »Ja«, sagt sie gelassen wie bei einem Anwesenheitsappell und zieht das Sweatshirt herunter.

Die Lehrerin ist die Einzige, die sich bewegt. Joan umfasst den Griff des Messers, hat es aber noch nicht aus dem Block gezogen. Sie schaut zu Kailynn und sieht, dass die Wangen des Mädchens nass schimmern. Ihre

Beine scheinen zu zittern, ob nun aus Angst oder weil sie schon so lange in der Hocke sitzt.

Ein Marienkäfer fällt von der Decke.

»Ja«, wiederholt die Lehrerin so ruhig wie zuvor. »Ich bin Margaret Powell.«

Der Mann nimmt die linke Hand von der Waffe, öffnet und schließt die Finger. Wieder und wieder. Greift ins Leere.

»Ich bin Rob«, sagt er so laut, dass Joan seine Stimme erkennt. Er hat den Mantelaffen getötet. »Robby –«

Er hält inne, runzelt die Stirn, ärgert sich vielleicht, weil er seinen Namen genannt hat. Joan fürchtet, er könnte die Scharte auswetzen wollen, indem er sie alle erschießt, doch er schaut nur auf seine Füße, senkt die Waffe und spricht weiter.

»Ich hatte Sie in der dritten Klasse. Robby Montgomery.«

Die Lehrerin ist wieder still. Zu still. Sie könnte jetzt versuchen, ihn einzuwickeln, aber offenkundig ist sie keine Strategin. Vielleicht ist sie starr vor Angst oder will nicht zugeben, dass sie sich nicht an ihn erinnert. Sie schaut ihn nur an, die Haare, die ihm über den Kragen fallen, die weite Jacke und die Waffen: das Gewehr in seiner Hand, die Pistole unter der Jacke und etwas Großes, das er sich auf den Rücken geschnallt hat.

Die Lehrerin umklammert noch immer den Saum ihres Sweatshirts.

»Robby«, sagt Mrs. Powell.

Er nickt.

»Robby Montgomery.«

Er schaut in die Runde, aber nur flüchtig. Wirft einen Blick auf Kailynn, die auf der Arbeitsplatte kauert. Dann auf Joan, und als er den Kopf reckt, weiß sie, dass er Lincoln hinter ihrer Schulter sehen kann.

Er tritt zurück, drückt sich gegen den Türrahmen.

»Hier lang«, sagt er, und seine Stimme füllt den Raum. »Rauskommen.«

Er schaut wieder die Lehrerin an, und Joan weiß nicht, ob er sie alle meint und was er beabsichtigt, ob er die Lehrerin verschonen und die anderen erschießen oder die Lehrerin nach draußen führen will, um sie als Erste zu erschießen und dann die anderen zu holen.

Doch als Mrs. Powell zur Tür geht, winkt Robby Montgomery sie alle heran. Joan rutscht von der Arbeitsplatte und hebt Lincoln hoch, sie bewegt sich langsam, während sie überlegt, ob sie ein Messer mitnehmen soll. Dann dreht sie sich um – noch immer unsicher –, und die Chance ist vorbei. Sie hört, wie Kailynns Füße den Boden berühren, und setzt Lincoln auf ihre Hüfte.

Joan steigt über die verstreuten Pappbecher. Als sie aufblickt, sieht sie, dass Robby Montgomery die Lehrerin berührt. Er legt ihr die Hand auf den Arm, als sie durch die Tür tritt.

»Sie erinnern sich nicht an mich, oder?«

Mrs. Powell schaut auf seine Hand, und er lässt ihren Arm los. Wie üblich lässt sich die Lehrerin Zeit. Nachdem er die Hand weggenommen hat, legt sie zwei Finger auf sein Handgelenk.

»Du hast neben dem kleinen Jungen gesessen, der sich

Kleber ins Ohr getan hat. Harrison … Harrison Soundso. Und du hast mir gern dabei geholfen, das Schwarze Brett zu verzieren. Beim Tackern warst du immer dabei. Du mochtest auch das Gerät, mit dem man die Heftklammern entfernt – du hast gesagt, es sähe aus wie …«

»Vampirzähne«, sagt er lächelnd.

»Mommy?«, fragt Lincoln leise, sein warmer Atem riecht nach Käse. Er hat beim Wort Vampir aufgehorcht. Joan sieht, wie der Schütze lächelt, und es ist ein seltsamer Anblick, und sie denkt, dass Lincoln vielleicht recht hat – dass böse Leute nicht froh sein dürfen.

Dann macht Robby Montgomery eine ruckartige Kopfbewegung zu ihnen hin, und sie setzen sich in Marsch. Joan geht hinter Mrs. Powell durch die Tür und versucht, dabei weder Robby Montgomery noch seine Waffe zu berühren. Kailynn folgt ihr und hält sich an Joans Arm fest, knapp über dem Verband.

Sie sind wieder im Flur, vor ihnen schimmert der Edelstahl der Küche.

»Hören Sie«, sagt Robby Montgomery. »Sie müssen woandershin. Hier können Sie nicht bleiben. Die Polizei kommt durch den Haupteingang – aber gehen Sie nicht dahin. Die schießen noch.«

»Wer sind ›die‹?«, fragt Mrs. Powell.

»Die Polizei«, sagt er in selbstverständlichem Ton. »Und Destin. Außer natürlich, er ist tot, aber er ist gut ausgerüstet, und die Polizei würde nicht mehr schießen, wenn er tot wäre.«

»Wer ist Destin?«, fragt Mrs. Powell. Sie klingt ein wenig pedantisch – als hätte er ein Mädchen zum Abschlussball eingeladen, das ihr missfällt –, und es ist beinahe komisch.

»Destin ist der Star der Show«, sagt Robby Montgomery mit fremd klingender Stimme, übertrieben dramatisch wie ein Fernsehmoderator.

Joan weicht etwas zurück. Sie mag seine falschen Stimmen nicht.

Mrs. Powell runzelt die Stirn, und Robby Montgomery scheint es zu bemerken. Als er weiterredet, spricht er wieder normal.

»Wenn Sie einen Panzer auf Beinen sehen, ist das Destin. Er hat sich das richtig gute Zeug besorgt – Level-IV-Panzerweste, die Gewehrschüsse abhält, einen Blackhawk-Helm, das volle Programm. Dem sollten Sie lieber nicht über den Weg laufen. Und Mark müsste eigentlich auch hier sein, aber er hat mich schon wieder sitzen lassen. Ihr Glück. Na los, Sie müssen weg hier.«

»Mommy?«, fragt Lincoln.

»Noch nicht«, flüstert sie so leise, dass sie sich selbst kaum hört.

Er lässt sie gehen.

Er lässt sie gehen.

Der Gedanke ist so überwältigend, dass sie zunächst an gar nichts anderes denken kann. Und als sie es tut, fällt es ihr schwer, den Sinn seiner Worte zu erfassen. Drei Männer sind beteiligt, einschließlich dieses Jungen, und er wirft mit den Namen um sich, als wäre es vollkommen egal. Eigentlich sollte er ihnen das alles nicht verraten, und sie fragt sich, ob er wirklich begreift, was hier passiert. Was passiert ist und passieren wird. Oder er weiß, was passieren wird, und macht sich deshalb nichts daraus, wenn jemand ihre Namen kennt.

Der letzte Gedanke ist so einschneidend, dass sie sich umdreht und zurückschaut zu den Pappbechern auf dem Boden, die aussehen wie die Zinnen einer Sandburg. Zurück zu den Messern, die jetzt viel zu weit weg sind. Der dritte Mann, Destin, klingt nicht ganz menschlich. Sie stellt sich ein Monster aus einem Film mit Arnold Schwarzenegger vor. Monster lassen sich von alten Lehrerinnen nicht beeindrucken.

»Die Polizei –«, sagt sie, doch Robby Montgomery fällt ihr ins Wort, ohne sie eines Blickes zu würdigen. Er will sich anscheinend nur mit Mrs. Powell unterhalten.

»Da lang«, sagt er und deutet mit seinem Gewehr zur Seitentür des Restaurants. »Da raus und runter zu den Seelöwen. Sie wissen, wo die sind?«

Sie trotten alle zur Seitentür – zuerst Kailynn, dann Joan und Lincoln, zuletzt Mrs. Powell mit Robby Montgomery. Die Tür hängt jetzt schief in den Scharnieren – er muss sie aufgebrochen haben. Das konnten sie in ihrem schalldichten Raum wohl nicht hören.

Nach dem Dämmerlicht drinnen wirkt der bunte Cola-Automat geradezu psychedelisch. Hinter den Bäumen ertönen noch immer Schüsse und Gebrüll. Die Bananenblätter flattern, und Joan geht den Weg hinunter.

»Schneller«, ruft Robby Montgomery, und sie gehorcht.

Margaret Powell weiß, dass sie in den nächsten Minuten sterben kann, in den Rücken geschossen von einem ihrer Schüler. Es überrascht sie gar nicht mal so sehr.

Kailynn und die andere Frau gehen viel schneller als sie und entfernen sich zusehends, doch Robby ist nur wenige Schritte hinter ihr. Sie dreht sich möglichst unauffällig um. Er scheint einen Soldaten in Vietnam zu spielen, späht geduckt nach links und rechts in die Bäume, unter anderen Umständen wäre es lächerlich. Sie ist sich immer noch nicht sicher, ob er sie beschützt oder zur Schlachtbank führt, und sie ist sich auch nicht sicher, ob er das selbst weiß. Er ist ganz offensichtlich ein Psychopath. Oder kurz davor. Aber selbst Hitler war nett zu Hunden, oder?

Ihr Knie pocht. Manchmal ist Sitzen schlimmer als Stehen.

Sie sind längst aus dem Schatten des Strohdachs herausgetreten. Am Zoo-Eingang wird noch geschossen, mit längeren Pausen, und Robby folgt ihr weiterhin. Sie hat nicht erwartet, dass er ihr derart auf den Fersen bleiben würde. Sie geht langsamer, dreht sich wieder um und versucht diesmal auch nicht, es zu verbergen.

»Kommst du mit?«

Er schüttelt den Kopf, geht aber auf sie zu. Er ist groß, hat noch ein bisschen Babyspeck. Die Waffe hängt locker in seiner Hand, er schwingt sie hin und her wie einen Metalldetektor oder ein anderes harmloses Gerät, mit dem man niemanden töten kann.

Je mehr sie redet, desto besser, vermutet sie. Je öfter er ihre Stimme hört, desto eher betrachtet er sie als wirklichen Menschen. Als Menschen, der ihn an der Hand genommen und ihm geholfen hat, die Schuhe zu binden. (Sie kann sich nicht erinnern, ob sie das getan hat, aber sie hat es bei fast allen Schülern irgendwann gemacht.)

»Sie sind zu langsam«, sagt er. »Sie müssen schneller gehen.«

Daraufhin bleibt sie ganz stehen und sieht ihn an. »Ich bin achtundsechzig Jahre alt. Ich habe ein krankes Knie. Ich kann nicht schneller gehen.«

Die Frau, die den Jungen auf der Hüfte trägt, hält inne und schaut über die Schulter zurück. Margaret wünscht, die Mutter würde nicht auf sie warten.

»Geh doch neben mir, Robby«, sagt sie mit ihrer Lehrerinnenstimme, die bei allen Kindern funktioniert hat. Damit vermittelt sie ihm, dass sie gern seine Gesellschaft möchte: die beste Methode bei verstörten Kindern, schlimmen Kindern, denen, die von den anderen Lehrerinnen angeschrien oder zur Direktorin geschickt werden. Das sind die Kinder, die sich am dringendsten Aufmerksamkeit wünschen, und so gewinnt man sie für sich.

Natürlich möchte Margaret seine Gesellschaft nicht. In Wahrheit gefällt es ihr nicht, dass er hinter ihr hergeht. Sie will ihn sehen können. Noch ein Trick: Man weist den Unruhestiftern immer Plätze in der ersten Reihe zu.

Sie ist nicht überrascht, dass er in ihrer Klasse war. Sie hat sich etwas Ähnliches schon unzählige Male vorgestellt – dass ein Gangster ihr eine Waffe vor die Nase hält und ihre Handtasche verlangt und dann plötzlich sagt: »Hey, sind Sie das, Mrs. Powell?« Sie hat im Laufe der Jahre Tausende Schüler gehabt und alle in dieser Stadt, so dass sie ihnen ständig begegnet: in Einkaufszentren, Restaurants und auf Parkplätzen. Lauter Achtjährige, die sich in Männer im Anzug und Frauen mit hochhackigen Stiefeln verwandelt haben.

»Mrs. Powell!«, rufen sie immer lächelnd, und sie hat keine Ahnung, wer sie sind, denn sie sind natürlich erwachsen geworden, aber daran, wie sie ihren Namen sagen, erkennt sie ehemalige Schüler.

An manche kann sie sich erinnern. Manchmal weiß sie sogar noch, wo sie gesessen und was sie ihr zu Weihnachten geschenkt haben. Sie umarmen sie und erzählen, dass sie jetzt Anwälte oder Ärzte oder Autoverkäufer sind oder drei Töchter oder einen Sohn auf dem College haben. Sie wollen ihr zeigen, was aus ihnen geworden ist.

Und es gibt jene, denen sie nie begegnet, von denen sie aber weiß, was aus ihnen geworden ist. Demetrius Johnson landete als Erster in der Todeszelle. Er hatte einen Jungen getötet, weil sie sich um einen Fernseher gestritten hatten, und als er noch in ihre Klasse ging, hatte er mal ein kleines Mädchen so heftig getreten, dass ihr Bein blutete. Aber er war auch sehr gut darin, Puzzles zu legen, es war eine echte Begabung, die ihm hätte helfen können. Dann gab es Jake Harriman, einen sehr liebenswerten Jungen, der nie Schwierigkeiten machte, aber eine schlimme Familie hatte und oft mit blauen Flecken in die Schule kam. Sie erzählte der Direktorin davon, und die Sozialbehörde machte Hausbesuche, aber es geschah nichts, und zwei Jahrzehnte später sah sie sein Gesicht in den Nachrichten, nachdem er eine Frau auf dem Supermarkt-Parkplatz getötet und ihr Auto gestohlen hatte. Todeszelle. Horace Lee Block war laut und konnte nicht stillsitzen und hatte schon damals eine gemeine Art gehabt, und sie hatte sich mit Gewalt von ihm lösen müssen, wenn er sie umarmte. Todeszelle.

Sie sieht ihre Namen in der Zeitung und die Fotos in den Nachrichten, auf denen sie nicht wiederzuerkennen sind. Nach ihrer Statistik hat sie vier Mörder, sechs Vergewaltiger und neun bewaffnete Räuber unterrichtet. Sie will diese Statistik nicht führen, sie ist einfach so entstanden. Drei ihrer Jungen und Mädchen wurden ermordet, darunter ein Mädchen, das von seinem eigenen Ehemann angezündet wurde. Sie erinnert sich an einen langen Zopf mit einem dieser Haargummis, die mit Plastikkugeln geschmückt sind. Wenn sie Polizeifotos von Ungeheuern mit toten Augen sah und sich an magere kleine Jungen mit grauen Ellbogen erinnerte, hätte sie das Unterrichten am liebsten aufgegeben, denn das Schlimmste ist, dass es sie kaum je schockiert. Der Weg dieser Kinder ist vorgezeichnet, noch bevor sie ihnen begegnet. Sie kommen zornig und mürrisch zu ihr, voller

Schimpfwörter und gewalttätig, und auch ihre Eltern sind meist schon zornig und mürrisch, voller Schimpfwörter und gewalttätig. Kommen sie verzweifelt und leer zu ihr, sind die Eltern auch verzweifelt und leer. Sie erkennt, welche Richtung sie einschlagen, und kann nichts dagegen tun. Sie hat es gelegentlich versucht, aber es ist, als würde sie gegen Windmühlen kämpfen.

Sie verlassen ihr Klassenzimmer und schauen nie zurück. Sie sind einfach fort.

Aber Robby. Es ergibt keinen Sinn, obwohl sie Mühe hat, sich genauer an ihn zu erinnern. Sie weiß noch, dass er ständig redete. Der arme Kerl, er war immer so laut, als fehlte ihm der Lautstärkeregler für seine Stimme, und während die anderen Kinder unauffällig tuschelten, wurde er jedes Mal erwischt. Er hatte Probleme im sozialen Umgang, nicht mit der Disziplin. Sie erinnert sich an einen untersetzten Jungen, der zu laut über die Witze der anderen Kinder lachte und »Ja, Ma'am« sagte, wann immer er ermahnt wurde, und eigentlich immer bemüht war, sich an die Regeln zu halten. Nein, er war bemüht zu gefallen. Die Wirkung war die gleiche, aber die Gründe waren andere.

Sie spürt ihn, als er sie einholt: Er ist warm. Er riecht ein bisschen nach Zwiebeln.

»Warum müssen wir uns beeilen?«, fragt sie ihn sanft. Sie kann sich erinnern, dass er ihr beim Schwarzen Brett geholfen hat, aber nicht an irgendein Gespräch mit ihm.

»Wegen Mark. Zum Teil jedenfalls. Er taucht sicher gleich hier auf.«

»Ist er dein Freund?«

»Ja.«

»Wenn er dein Freund ist, kannst du ihn dann nicht bitten, uns nicht zu erschießen?«, fragt sie vorsichtig.

Sie schaut nach vorn statt zu ihm, und er lässt sich Zeit mit der Antwort. Sie gehen unter der Eiche mit der gewaltigen Krone hindurch, und dort steht ein Wegweiser voller Pfeile, der in der Dunkelheit nicht zu lesen ist, aber sie weiß, dass sie in Richtung Ausgang gehen.

»Er hat seine eigenen Ideen«, sagt er schließlich und hebt die Waffe. Sie will schreien, die anderen warnen, aber er hebt sie noch höher, feuert einige Schüsse in die Baumwipfel, und es ist, als wären ihre Ohren aufgerissen worden. Sie berührt sie, tastet nach Blut.

Sie kann ihn kaum hören, obwohl er brüllt.

»Bleibt, wo ich euch sehen kann!«, schreit er, und ihr wird klar, dass Kailynn und die Frau mit dem Jungen um eine Wegbiegung zu verschwinden drohten. Jetzt verschwinden sie nicht mehr – sie sind zu Statuen geworden.

»Nicht stehen bleiben«, brüllt Robby und klingt noch frustrierter als zuvor. »Ihr müsst weitergehen. Aber nicht wegrennen.«

Er hat die Waffe wieder auf den Boden gerichtet. Die anderen setzen sich in Bewegung, schauen sich immer wieder um. Margaret spürt den Puls in ihrem Knie.

»Du hast ihnen gesagt, sie sollen schnell gehen.«

Er antwortet nicht. Sie erstarrt, als er die Hand nach ihr ausstreckt, aber er berührt nur ihren Ellbogen und schiebt sie sanft voran. Er tut ihr nicht weh.

»Wir müssen alle schnell gehen«, sagt er.

Er will ganz offensichtlich, dass sie den Mund hält, doch sie erkennt, dass es eigentlich keine Rolle spielt, was er will. Sie fürchtet sich nicht mehr vor dem, was er ihr antun könnte: Der Tod ist nicht so schreckenerregend, wie sie gedacht hat. Und nicht deshalb, weil sie sich den Himmel mit goldenen Straßen ausmalen oder von einer tränenreichen Wiedervereinigung mit ihren Eltern träumen wurde, die sie in jeder Form gern wiedersehen würde, ob körperlich oder als Seele oder als Engel. Aber an all das denkt sie nicht.

Man hat ihr ein Leben lang erzählt, es gäbe einen Gott. Das stimmt sicher auch. Sie hat versucht, sich daran zu erinnern, mit ihm zu sprechen. Aber als die Kante der Arbeitsplatte in ihren Rücken schnitt und sie in das schwarze Mündungsloch des Gewehrs schaute, dachte sie nicht an Gott. Sie dachte an ihre Tochter, die erwachsen ist und sehr deutlich erklärt hat, dass sie Margaret nicht braucht, und daran, dass ihre eigenen Eltern tot sind und dass ihr Exmann eine Frau geheiratet hat, die jünger und dicker ist als sie, und dass ihr eigentlich nichts mehr zu tun bleibt. Sie ist nicht erpicht aufs Sterben, aber der Gedanke versetzt sie nicht in Panik.

Also hinkt sie weiter und fragt: »Hast du heute jemanden umgebracht?«

Er zuckt mit den Schultern. Die kindlichste Antwort, die sie sich vorstellen kann.

»Heißt das, du bist dir nicht sicher?«

Noch ein Schulterzucken. Je mehr Zeit sie mit ihm verbringt, desto deutlicher sieht sie den Drittklässler in ihm.

»Tut es dir leid?«

Er duckt sich unter einem Ast hindurch.

»Nein, Ma'am.«

Wieso hast du mich dann nicht getötet?, würde sie gern fragen. *Wenn es dir so leichtfällt.*

Sie haben den Fuß des Hügels erreicht und gehen unter dem Holzbogen hindurch, über dem AFRIKA-WEGE steht, und haben Afrika damit ganz hinter sich gelassen. Seine Hand umfasst noch immer locker ihren Ellbogen. Für jemanden, den sie als Plaudertasche in Erinnerung hat, ist er ziemlich schweigsam. Vielleicht hat das Böse ihn verändert. Vielleicht steckt doch kein Drittklässler mehr in ihm.

Kailynn und die andere Frau verschwinden wieder um eine Wegbiegung, und diesmal brüllt er sie nicht an. Sie ist mit Robby allein und hat die Hoffnung auf ein Gespräch schon aufgegeben, da fängt er wieder an zu reden.

»Sie kennen das doch, wenn man eine Blase ansticht«, sagt er und drückt ihren Ellbogen. »Genau so ist es. Finden Sie nicht auch, dass es irgendwie gut ist, wenn etwas aufplatzt? So wie Pickel und Blasen, alles, was angeschwollen ist und nicht da sein sollte. Etwas in einem will, dass es platzt. Vielleicht bedeutet das was. Man könnte denken, man wäre massiv, stabil, aber es reicht ein kleiner Pieks, und wir sind alle nur Haut und Eiter und Entzündung, und ich glaube, wir wissen das auch. Wir denken uns bloß alles Mögliche aus. Alles, was wir so wichtig finden, ist doch völlig egal. Nichts davon ist real. Und vielleicht ist es besser, wenn man die Blase platzen lässt. Haben Sie das nicht auch schon mal gedacht? Dass man besser alles auslaufen lässt? Sonst sind wir nämlich nur geschwollene Blasen, die von Blut und Eiter triefen, aber wir tun so, als wären wir gottverdammte Einhörner – 'tschuldigung –, Einhörner oder Feen oder so was, als wären wir schön und magisch, aber wir sind nur Säcke voller Nichts.«

Er atmet hörbar ein. Margaret ist sich nicht sicher, ob ihm sein Monolog peinlich ist oder ob er dringend Sauerstoff braucht. Ihr knickt fast der Fuß um, als sie auf ein Stück unebenen Beton tritt.

Sie denkt nach, findet aber keine hilfreiche Antwort. Sie will ihn nicht ermuntern, Menschen als mit Eiter gefüllte Säcke zu betrachten. Sie dreht ihr Armband – es ist von Kate Spade, zwanzig Dollar im Ausverkauf.

»Du meinst, das alles hier sei nicht real?«

»Ich glaube, dass wir unser Leben leben, indem wir dumme Dinge tun und dumme Dinge glauben«, sagt er leiser.

Er will sie überzeugen, merkt sie. Er legt ihr seine Argumente dar.

»Du hast also Menschen umgebracht, weil du glaubst, das wäre besser für sie?«

»Ich weiß nicht, ob ich sie umgebracht habe. Es geht nicht darum, ob es besser für sie ist. Ich bin doch nicht Jesus, der Seelen rettet oder so. Aber sie sind auch nicht schlimmer dran. Das geht gar nicht.«

Sie schluckt, schmeckt Säure im Mund. Sie hatte von Anfang an recht: Er ist ein Psychopath und zwingt sie jetzt, so schnell zu gehen, dass sie beinahe stolpert. Die Musik kann sie nicht mehr hören, aber die Geräusche vom Eingang werden lauter – Stimmen, Männerstimmen, ziemlich viele, und ein metallisches Scheppern.

»Essen Sie mittags immer noch Apfelsinen?«, fragt er.

Sie ist so überrascht, dass sie gar nicht über die Antwort nachdenkt.

»Manchmal.«

»Sie schneiden sie mit der Schale auf, statt sie zu schälen.«

Sie weiß nicht, wieso er sich daran erinnert.

»Ja.«

Er bleibt stehen und kratzt etwas von seiner Schuhsohle. Sie will nicht daran denken, was unter seinem Schuh kleben könnte.

»Haben Sie damals eigentlich gelernt, mit der Axt umzugehen?«

Sie überlegt. Also war er in dem Jahr an der Schule, an dem innerhalb von sechs Monaten zwei Bäume in ihrem Garten umfielen und die Landschaftsgärtner geradezu absurd viel Geld dafür verlangten, sie zu zerhacken. Beim zweiten Baum kaufte sie eine Axt, fest entschlossen, das Holz selbst zu hacken. Alle kleinen Jungen in ihrer Klasse waren von der Idee begeistert.

»Nein. Ich habe mir die Hände am Griff aufgescheuert. Also habe ich doch jemanden dafür bezahlt.«

»Ich habe mir immer vorgestellt, wie Sie im Overall draußen im Garten arbeiten. Mit Ihrer Axt. Und danach auf der Veranda schaukeln und Limonade trinken. Haben Sie eine Veranda?«

»Nein, ich hatte eine Terrasse hinter dem Haus.«

»Wohnen Sie auf dem Land?«

»Nein.«

»Das wollte ich immer.«

»Auf dem Land leben?«

»Ja. Wo man durch den Wald laufen kann.«

Ein Lichtschein lässt sie vom Beton aufblicken. Sie kann den Teich durch die Bäume sehen, er ist hell beleuchtet. Knapp vor ihr durchschneiden die Schienen den Beton. Kailynn und die Frau mit dem Jungen sind dort stehen geblieben.

Robby lässt sie los und deutet auf den Teich.

»Ich gehe zurück. Ihr geht an den Seelöwen und Vögeln vorbei. Sucht euch ein Versteck. Wartet, bis es vorbei ist.«

Er hat sich schon umgedreht und geht davon. Aus irgendeinem Grund erinnert sie sich an einen längst vergangenen Tag, an dem Robby wahrscheinlich nicht in ihrer Klasse war und an dem es eine Naturkundestunde über Wurzeln und Moos gab. Sie hatte große grüne Moosbrocken im Park gesammelt und in der Klasse herumgehen lassen, um zu zeigen, dass sie keine richtigen Wurzeln hatten, aber die Kinder wollten nicht über Wurzeln reden. Sie legten sich das Moos lieber auf den Kopf und taten so, als wären es Haare, und drückten es ans Gesicht, als würden sie auf einem Mooskissen im Wald schlafen, und da gab sie den Naturkundeunterricht auf und sah einfach zu, wie sie mit den Pflanzen umgingen.

»Komm doch mit uns«, sagt sie zu ihm.

Er bleibt stehen, dreht sich mit offenem Mund zu ihr um.

»Wieso?«

Wenn sie ehrlich wäre, würde sie sagen, weil er eine Waffe hat. Falls sie seinen Freunden begegnen, wäre die Waffe nützlich. Wenn sie ehrlich wäre, würde sie ihm auch sagen, dass sie sicher ist, dass sie ihn retten kann. Es durchfährt sie wie ein Ruck, scharf wie verschlissener Knorpel, der über Knochen schabt. Sie sieht es deutlich vor sich: wie sie ihn mit erhobenen Händen zur Polizei führt und im Gefängnis besucht und ihm Kuchen mitbringt, falls es erlaubt ist, und ihm Briefe schreibt und ihn fragt, ob er lieber Schoko oder Kokos möchte. Sie könnte ihn retten, sie alle retten, und sie malt sich unwillkürlich die Schlagzeilen aus: wie sie ihn überredet hat, die Waffen niederzulegen, wie sie zu ihm durchgedrungen ist, nachdem alle anderen gescheitert waren.

Er sieht sie noch immer an, wartet. Sie muss die Gedanken an zweite Chancen und Kuchen und Moos irgendwie zusammenfügen.

»Wir könnten ihnen – der Polizei, meine ich – erklären, dass du uns geholfen hast. Wir könnten ihnen –«

Er lächelt sie an; sie kann im Dunkeln seine Zähne sehen.

»Schon gut, Mrs. Powell«, unterbricht er sie.

»Was ist gut?«

Er hat sich wieder umgedreht.

»Sie brauchen ihnen gar nichts zu erklären«, sagt er mit so lauter Stimme wie eh und je, sie hört jedes Wort sehr deutlich.

Er geht den Hügel hinauf und dreht sich nicht um. Dann ist er fort.

19.49 Uhr Die Wolken sind wieder dichter, sie verdecken den Mond. Der Teich breitet sich vor ihr aus, und Joan kann die Dekorationen sehen, die am Zaun hängen und sogar im Wasser selbst dahintreiben. Ein buntes Seeungeheuer blinkt mitten im Teich, auch an den Rändern sind beleuchtete Figuren zu erkennen. Von jenseits des Wassers, vom Eingang des Zoos, kommt noch immer Lärm.

Wenn sie sich umdreht, sieht sie die Lehrerin und Robby Montgomery, die vertraut nebeneinander hergehen, und sie keucht beinahe, weil es so anstrengend ist, stillzustehen. Dies ist nicht der richtige Moment, um stillzustehen. Sie muss sich bewegen – sie muss Lincoln weiter von der Waffe und Robby Montgomery wegbringen, und wenn sie sich bewegt, muss sie auch nicht so viel nachdenken, alles erscheint einfacher, solange sie sich vorwärtstreibt, bis ihre Muskeln vor Schmerzen schreien.

Sie muss sich auch deshalb bewegen, weil wenige Meter vor ihr, gleich hinter den Schienen, etwas auf dem Boden liegt. Sie bemüht sich, nicht hinzusehen.

Doch obwohl sie einfach nur wegwill, bleibt sie unentschlossen vor den Schienen stehen. Robby Montgomery hat ihnen befohlen, in Sichtweite zu bleiben. Er hat sie bedroht. Rechts von ihr säumt ein kleines Wäldchen den Weg, der zu den Flamingos und Seelöwen führt. Sein Schatten ist verführerisch. Sie spielt mit dem Gedanken, einfach loszurennen, es darauf ankommen zu lassen, verwirft ihn aber schnell wieder, weil Lincolns Gewicht immer schwerer auf ihr lastet und sie weiß, dass Robby Montgomery oder seine Kugeln sie im Nu eingeholt hätten.

Und dann ist da noch Destin, wer immer das auch sein mag, der von Kopf bis Fuß gepanzert hier herumläuft und eigene Pläne hat.

»Was macht sie dahinten?«, flüstert Kailynn, so nah, dass ihre Haare Joans Schulter berühren.

»Zeit verschwenden.« Sie hat leichte Schuldgefühle, als sie das sagt, weil sie ja insgeheim gehofft hat, dass die Lehrerin den Killer einwickeln und ihm ein schlechtes Gewissen machen und ihn dazu bringen wird, ihnen zu helfen, doch nun stößt sie der Anblick der beiden, die dicht nebeneinander hergehen, einfach nur ab.

Sie macht einen Schritt nach links, weg vom Wasser, Kailynn hält sich an ihr fest, und anstatt sich loszumachen, legt ihr Joan den Arm um die Schultern und zieht sie mit sich, weil sie weiß, dass Kailynn Trost braucht, und auch, weil das Mädchen und Lincoln nicht sehen sollen, was jenseits der Schienen auf dem Boden liegt.

Schließlich holt Mrs. Powell sie ein. Mit ihrem Bein stimmt etwas nicht – sie hinkt. Ihre Schritte klingen unbeholfen und unregelmäßig.

»Er ist weg«, sagt die Lehrerin, als sie bei ihnen ist. »Wir sollen uns verstecken.«

Joan schaut nach hinten. »Ist er wirklich weg?«

»Er wollte nicht mitkommen.«

Joan beschließt, das nicht zu kommentieren. Sie kann es sich nicht leisten, noch mehr Zeit oder Worte an unnötige Ablenkungen zu verschwenden. »Sind Sie sicher, dass er sich nicht irgendwo versteckt? Haben Sie ihn den Hügel hinaufgehen sehen?«

»Ja.«

»Dann los«, sagt Joan und setzt einen Fuß aufs Gleis. Sie ist entschlossen, nirgendwo anders hinzuschauen. Die hölzernen Schwellen sind so gleichmäßig verlegt. So wunderbar monoton. Sie kann ihnen ewig folgen.

Mrs. Powell legt ihr die Hand auf die Schulter. Ihr Griff ist fest.

»Er hat gesagt, wir sollen zu den Seelöwen gehen«, sagt die Lehrerin und hält Joan am Arm zurück.

Bei dieser Geste brechen Joans ganzer Ekel und Zorn und selbst der Ärger über das schwache Bein der Lehrerin aus ihr hervor.

»Ich gehe nicht dahin, wo er mich hinschickt!«, fährt sie die Lehrerin an und versucht ihre Stimme zu dämpfen. »Seien Sie nicht dumm. Wir gehen in die entgegengesetzte Richtung, so weit wie möglich weg von ihm und den anderen.«

»Aber warum nicht zu den Seelöwen? Vielleicht weiß er ja etwas. Er hätte uns längst getötet, wenn er darauf aus wäre. Ich kenne diesen Jungen – ich glaube, er –«

»Sie kennen ihn nicht.«

»Ich erinnere mich –«

»Sie haben ihn nicht mit seinem Freund gehört«, unterbricht Joan sie. »Sie haben nicht gehört, wie er wirklich ist. Er langweilt sich. Es ist nur ein Spiel für ihn. Vielleicht will er uns laufen lassen und dann suchen, um die Sache interessanter zu gestalten. Eins können Sie mir glauben, er ist nicht um unsere Sicherheit besorgt.«

Sie drückt Lincoln fester an sich und schaut wieder auf die Schienen, die glatten Eisenbänder, die sie an Schmiede und Werkzeuge und alles denken lassen, was stark und unbeugsam ist. Der Schotter rutscht unter ihren Füßen. Er sieht aus wie die Steinchen, die Hänsel im Wald fallen gelassen hat.

Und dann redet Kailynn, und das ist das Problem, wenn man mit anderen Leuten zusammen ist: Irgendjemand redet immer. Irgendjemand macht es immer kompliziert. Joan muss wieder anhalten. Sie ist erst drei Schwellen weit gekommen, nur wenige Schritte.

»Warum gehen wir nicht zu den Polizisten?«, fragt Kailynn, sie ist Joan gefolgt und hält sie an ihrem Shirt fest.

Der Klang von Schüssen ist eigentlich Erklärung genug, aber Joan wendet den Kopf in Richtung Eingang, obwohl sie sich geschworen hat, es nicht zu tun. Sie wirft einen Blick über den Teich, Lichter zucken orange und rot über das Seeungeheuer.

Und dann schaut sie unweigerlich zu Boden und sieht die Gestalten, die auf dem Beton liegen. Es sind jetzt mehr als bloße Umrisse, sie kann nicht mehr wegschauen, drückt Lincolns Stirn fest an ihre Wange. Er darf das nicht sehen. Aber sie sieht alles, jede Linie und jede Kurve der beiden hingestreckten Körper. Es liegt eine Art Gerechtigkeit darin, sich diesen Anblick einzuprägen. Sie ist es ihnen schuldig oder vielleicht auch Gott.

Joan sieht die Sohlen der hochhackigen Sandalen, die das Mädchen trägt. Sie liegt auf dem Bauch, der zu kurze Rock schmiegt sich an die Oberschenkel, leuchtend orange mit schwarzer Spitze. Der Junge liegt über ihr, die Arme ausgebreitet, bedeckt fast ihren ganzen Körper, und sicher hat er geglaubt, er könnte sie retten, sicher war es sein letzter Gedanke. Mehr Blut, als Joan erwartet hat, in Spritzern, Flecken und Lachen auf dem Beton. Sie weiß, dass es Blut ist, weil es dunkel und nass wie der Teich aussieht.

Ihr Bruder hat ihr einmal erzählt, dass während seines medizinischen Trainings die Ausbilder lebenden Ziegen die Beine abschnitten und er die Aufgabe hatte, eine beinlose Ziege vom vorgeblichen Schlachtfeld zum vorgeblichen Sanitätsposten zu bringen, ohne dass die Ziege verblutete. Es war nicht seine Aufgabe, zu verhindern, dass die Ziegen starben, sie starben ohnehin, er musste es nur schaffen, dass sie langsamer bluteten, und er hat erzählt, wie sich Blutlachen um seine Füße bildeten, während er an den Aderpressen arbeitete.

Die Hand des Jungen liegt auf dem Kopf des Mädchens, auf ihrem Haar. Sein Mund steht offen.

Joan zwingt sich, wegzuschauen, sie weiß, das Bild hat sich ihr unauslöschlich eingeprägt – was nur gerecht ist –, und starrt über den Teich, der sich schimmernd vor ihnen ausbreitet, zu dem langgestreckten, mit Holz verkleideten Eingangsgebäude und den altmodischen Kassenhäuschen, kann aber nichts davon wirklich erkennen.

Obwohl Strahler den Eingangsbereich beleuchten, ist wegen der Entfernung und des Rauchs alles verschwommen. Die rotblauen Lichter der Polizeiautos zucken durch den Dunst. Sie kann weit oben die Stangen sehen, auf denen gewöhnlich Papageien hocken, aber sie bilden nur ein abstraktes Muster. Alles ist abstrakt. Um das eiserne Doppeltor – steht es offen? – drängt sich eine Schar dunkler Gestalten, es sind so viele, vermutlich Polizisten oder was für Sicherheitskräfte auch immer bei so etwas eingesetzt werden.

Am Gebäude bewegt sich etwas, vielleicht öffnet sich eine Tür. In die Schar kommt Bewegung, einige Polizisten gehen voran, eine dunkle Masse.

Überall Rauch und Lärm und Silhouetten. Sie horcht auf die Schüsse und schaut noch einmal auf die Leichen hinunter.

»Geht, wohin ihr wollt«, sagt sie zu Kailynn und der Lehrerin.

Sie läuft los, tritt immer auf die hölzernen Schwellen, wird schneller, meidet den Schotter. Es ist eine Bewegung, die sie genau kennt, sie hat sie immer schon gemacht. Sie schiebt Lincoln höher auf ihre Hüfte und zieht leicht an seinem Knöchel, damit er die Beine fester um sie schlingt, und er gehorcht ihr wortlos, auch er kennt das schon. Ein scharfer Schmerz schießt durch ihre Schulter, als sie den Arm einen Moment falsch bewegt, doch ansonsten spielt ihr Körper mit.

Sie ist so abrupt losgerannt, dass Kailynn sie losgelassen hat. Aber sie kann die anderen – oder eine von ihnen – hinter sich hören, der Schotter knirscht. Sie krümmt die Zehen, um die Sandalen festzuhalten. Die Sohlen schlappen hörbar auf den Schwellen, hoffentlich fallen die Schuhe nicht auseinander.

Sie hat den anderen nicht erklärt, was sie vorhat, weil es Zeitverschwendung wäre und es sie außerdem nicht kümmert, was sie denken: Wenn sie den Schienen folgen, gelangen sie zum äußeren Rand des Zoogeländes, und selbst wenn Robby Montgomery nur ein Spiel mit ihnen getrieben hat, selbst wenn Destin mit seiner Panzerweste sie verfolgt – wenn sie erst einmal dort sind, werden sie es irgendwie nach draußen schaffen. Vielleicht warten dort schon Polizisten auf sie, die nicht mit einer Schießerei beschäftigt sind. Im schlimmsten Fall landen sie in einem großen Waldgelände, wo sie sich mit Lincoln verstecken und abwarten kann, bis die Polizei alle Täter ausgeschaltet hat.

Eine Kette weißer Lichter säumt die Schienen. Dunkle Stellen und grelles Licht wechseln sich ab. Einige sichere Schritte, dann sind sie wieder den Blicken ausgesetzt.

Im Moment kann sie nichts daran ändern: Rechts ist der eingezäunte Teich, links fließt ein munter glucksendes Bächlein.

»Wir sind auf den Eisenbahnschienen«, verkündet Lincoln, und sie verliert kurz die Balance, als er sich vorbeugt und zu Boden schaut. »Wir können überfahren werden.«

Der Klang seiner Stimme macht sie nervös. Wieder ein Geräusch, das die Männer anlocken kann, und zwei

Fragen gehen ihr pausenlos im Kopf herum: *Können sie uns sehen? Können sie uns hören?*

Sie wird nicht zulassen, dass man sie noch einmal entdeckt.

»Leg die Arme um meinen Hals«, keucht sie. »Abends fahren hier keine Züge.«

Er akzeptiert das und legt die Arme, wohin sie gehören, und sein Kopf stößt beim Gehen rhythmisch gegen ihre Schulter.

Joan hört ihre eigenen Schritte und die hinter ihr, und dann erst wird ihr klar, dass sie nichts anderes hört. Es wird nicht mehr geschossen. Der Abend ist still, aber es ist keine tröstliche Stille.

Die Stille tut gut. Darauf hat Robby gewartet.

Er stellt sich Destin vor, und selbst in seinem Kopf ist Destin gewaltig, er passt nicht in den Rahmen. Er hat Arme wie Popeye, ohne Handgelenke. Robby stellt sich Destin auf seinem Pferd vor – seinem Pferd! – und denkt daran, wie Destin mit ihm durch die Hügel geritten ist und Robby nur so getan hat, als hätte er Spaß daran. Die Vorstellung ist besser als die Wirklichkeit. Und er denkt an das Gila-Monster, das Destin auf seinen Bizeps tätowiert hat, total cool, und wie Destin ihn mal als Teamplayer bezeichnet hat. Zu Mark sagt er so was nie.

Grillen oder so was Ähnliches zirpen in den Hecken, und als Robby vorbeigeht, werden auch sie still. Gut.

Es gibt eine Gameshow, bei der eine Pappfigur auf einen Berg klettert, so wie Robby jetzt auf diesen Hügel klettert, und wenn der dämliche Kandidat eine Frage falsch beantwortet, fällt der Pappkamerad um und verschwindet. Er klettert einfach höher und höher, ohne zu wissen, wann er vom Brett gestoßen wird.

Links, links, links, rechts, links.

Er kann irgendwo vor sich Mark den Weg entlangrennen hören. Er ist sich so gut wie sicher, dass es Mark ist – die Polizisten müssten ja von hinten kommen. Er schaut über die Schulter und meint sie durch den Rauch zum Teich laufen zu sehen.

Robby wendet sich wieder nach vorn. Er will sich beeilen, kann aber nicht, weil er aus Pappe ist.

Und dann rennt Mark auf ihn zu, sprintet mit rudernden Armen, vollkommen ineffizient. Er bremst kaum ab, als er Robby sieht. Sie stoßen gegeneinander, Schulter an Schulter, Mark prallt von ihm ab wie eine Flipperkugel.

»Ich glaube, sie haben Destin umgebracht«, sagt Mark und läuft weiter. »Kann nicht anders sein.«

»Hm, ja«, sagt Robby. Eine Kakerlake läuft neben seinem Fuß über den Weg, und diese Kakerlake, die ist richtig effizient.

»Du weißt, dass sie kommen!«, sagt Mark.

Er ist stehen geblieben, als er gemerkt hat, dass Robby ihm nicht folgt.

»Ich weiß, dass sie kommen«, sagt Robby und ist stolz, dass Mark ausnahmsweise lauter ist als er. Mark ist derjenige, der sich zusammenreißen muss.

»Was machst du denn?«

Robby ist sich nicht sicher. Er ist sich bei nichts mehr sicher, was sich gar nicht so schlecht anfühlt. Alles ist verschwommener als zuvor. Er ist in Seidenpapier gewickelt, wie die Pralinentüten, die seine Mutter ihm geschickt hat, als er ein Semester an der Uni probiert hat, er ist wie die toten Squabs, die Harding in rötlichbraunes Moos wickelt, bevor er sie begräbt. Mrs. Powell hat ihn zur Hälfte wieder in sich selbst verwandelt, und jetzt hängt er in der Mitte fest. Er hat sie in dem Lagerraum gesehen und sofort erkannt, weil sie sich gar nicht verändert hat, trotz der vierzehn Jahre, die vergangen sind, höchstens ihre Haare sind heller, und er konnte nicht glauben, dass sie nicht streng seinen Namen rief, wie sie es immer tat, wenn er aus der Mittagessen-Warteschlange ausscherte, und dann wurde ihm klar, dass sie nicht wusste, wer er ist, aber er musste trotzdem ihren Namen sagen.

»Robby! Komm schon!«, schreit Mark.

In einer Sekunde wird er sich bewegen. Mark flippt sonst aus. Doch erst mal muss er Mrs. Powell irgendwo verstauen, wo sie ihn in Ruhe lässt. Er hat gehofft, sie würde verstehen, dass er hier etwas zuwege bringt, dass er tatsächlich jemand ist, der sich Gedanken macht, aber vergeblich. Sie hat es nicht begriffen. Oder vielleicht doch. Vielleicht hat sie ihn deshalb gebeten, bei ihr zu bleiben. Vielleicht ist er am Ende zu ihr durchgedrungen, und vielleicht wird sie danach an ihn denken. Sich an ihn erinnern.

Sie hat ihm eine Apfelsine geschenkt. Damals. Sie hat ihm eine Apfelsine geschenkt.

War das damals wirklich er?

Er hat seit Jahren nicht daran gedacht, hatte aber sofort wieder den Geschmack der Apfelsine auf der Zunge, als er Mrs. Powell sah. Er hat damals direkt vor ihrem Pult gesessen, und sie mussten irgendwelche schriftlichen Übungen machen, als er die Frucht plötzlich riechen konnte. Er war immer hungrig, so viel ihm seine Mutter auch zu essen gab, und er stand auf und suchte nach einem Grund, um zu ihrem Pult zu gehen. Seine Füße bewegten sich, und dann war er da, genau vor Mrs. Powell, obwohl ihm noch gar keine gute Frage eingefallen war. Er sah zu, wie sie ihre Apfelsine in Halbkreise schnitt, und sie blickte auf und sagte, sie hätte keine Zeit zum Frühstücken gehabt. *Ich mag Apfelsinen,* sagte er. *Ich mag, wie sie riechen.*

Statt ihn zurück zu seinem Pult zu schicken, hatte sie gelacht und ihm ein Stück Apfelsine hingehalten, und er hatte es mit einem Bissen verschlungen, von der Schale abgerissen. Niemand sonst bekam ein Stück Apfelsine, nur er.

Er konnte sie nicht töten, und das war vielleicht in Ordnung, aber er konnte auch die anderen nicht vor ihren Augen töten. Nicht mal nach dieser unglaublichen Sache mit der Axt, die an der Wand hing, als wäre sie nur dafür gemacht, einen Türrahmen zu durchschlagen. Das war wie im Film. Aber er konnte sie nicht töten, er hat es vermasselt, wie er immer alles vermasselt. Wie konnte er sich so sicher sein und einen so genauen Plan haben und dann genau das Falsche tun, ohne es überhaupt zu merken?

Aber es macht ihm gar nicht so viel aus, stellt er fest. Er ist in Seidenpapier gewickelt.

»Ich gehe«, sagt Mark und rennt los, dämlich und unkoordiniert wie immer. »Ich stehe nicht hier rum und warte, bis sie mich finden.«

»Destin ist tot«, sagt Robby, obwohl es eher wie eine Frage klingt.

»Ja, verdammt«, brüllt Mark.

Robby setzt sich auch in Bewegung. In Wahrheit will

er nämlich nicht allein sein, wenn es passiert. Und es ist egal, wo sie dann sind. Die Polizei wird sie auf jeden Fall finden.

Es kommt ihm vor, als wäre er diesen Hügel ewig rauf und runter gerannt. Ein Kakerlakenpanzer knackt unter seinem Stiefel – die war nicht schnell genug.

Destin hat sie immer mit bloßen Füßen zertreten.

Destin sagte, das beste Heilmittel bei Kontakt mit Giftefeu sei, die oberste Hautschicht mit einem Rasiermesser abzuschneiden und dann Chlorbleiche draufzuschütten, und Robby hat ihm mal dabei zugesehen, und Destin hat gelächelt, als er das Bleichmittel draufschüttete.

Vielleicht gibt es doch was nach diesem Leben, weil es unmöglich scheint, dass ein Mann wie Destin einfach zu nichts werden kann.

Wenn er mehr Zeit gehabt hätte, hätte er noch so viel von Destin lernen können. Sie haben sich erst vor zehn Monaten kennengelernt, falls ein Online-Treffen als Kennenlernen zählt. Robby hatte mit Mark über die beste Dschungelwaffe gestritten. Er hatte an ein M14 gedacht, wenn man gute Schützen hatte, oder vielleicht eine Stoner, halb- oder vollautomatisch, und Mark meinte, ein AK-103, und sie hatten gegoogelt, um die Frage zu klären. Sie hatten sich in ein paar Foren reingeklickt und festgestellt, dass sich die Leute da über alles, von selbst gebauten Handgranaten bis zum Einwecken von Hirschfleisch, unterhielten. Später hatten sie einen Thread über eine Familie gelesen, die nach drei Tagen in der Wildnis von Wyoming von einem Hilfssheriff gerettet worden war, und ein Typ hatte kommentiert, man solle nie ohne Eisenkette und Greifzug irgendwohin fahren, und sie hatten keine Ahnung, was zum Teufel das heißen sollte.

Also hatten sie den Typen gefragt, und der Typ war Destin gewesen, und er hatte es ihnen erklärt. Destin wusste einfach alles: wie man ein Halstuch als Filter und Handfessel und Aderpresse verwenden konnte und dass man eine Ersatzwaffe zwischen den Schultern tragen sollte, falls man die Hände hinter den Kopf nehmen musste. Einfach alles. Robby ist schon immer von Leuten beeindruckt gewesen, die alles wissen. Und es stellte sich heraus, dass Destin nur etwa fünfzig Kilometer entfernt wohnte. Also trafen sie sich nach vielen E-Mails eines Tages auf ein Bier.

Sie redeten viel und trafen sich wieder zum Bier, und sie hatten ein solches Glück, dass ein Typ wie er mit ihnen abhängen wollte. Dann fragte Destin eines Tages: *Wollt ihr ewig leben?*

Klar, sagte Mark.

Und Destin sagte: *Dann weiß ich, wie.*

Er erzählte ihnen, dass Columbine für die Polizei alles verändert hatte. Bevor die beiden Typen die Schule zusammengeschossen hatten, war die Polizei bei öffentlichem Schusswaffengebrauch immer von einer möglichen Geiselsituation ausgegangen und hatte auf das SWAT-Team gewartet, das verhandeln sollte. Nach Columbine hatten sie neue Regeln aufgestellt: Die Bullen begriffen, dass ein Schütze darauf aus sein konnte, einfach um sich zu feuern und möglichst viele Leute in kürzester Zeit zu töten. Also warteten sie nicht mehr ab, sondern gingen sofort rein, ein neues Verhaltensmuster. Ob nun ein Polizist auftauchte oder zwanzig, sie liefen sofort rein, geradewegs auf den Schützen zu und verpassten ihm eine Kugel, und vermutlich könnte man sie dafür bewundern, wenn sie nicht solche Arschlöcher wären. Die Bullen bekamen eine Menge Übung darin, denn nach Columbine passierte es wieder und wieder. Die Irren hatten da nämlich auch ein neues Verhaltensmuster gefunden.

Destin mochte das Wort »Verhaltensmuster«.

Destin sagte: *Verhaltensmuster sind gefährlich. Verhaltensmuster verleiten einen, nicht nachzudenken. Die Geschichte wiederholt sich nicht, Rob. Jede Sekunde ist neu.*

Destin sagte: *Wenn du jemand bist, der die Wahrheit erkennt, musst du sie an andere weitergeben. Du musst den Leuten zeigen, wie beschränkt sie sind, dann überwinden sie vielleicht ihre Grenzen.*

Die Vorstellung gefiel Robby. Er wollte den anderen zeigen, wie beschränkt sie waren.

Sie arbeiteten alles genau aus. Robby und Mark würden unauffällig den Zoo betreten, die Waffen versteckt. Destin würde allein auftauchen, von Anfang an bewaffnet, und den Verrückten spielen. Er war ein guter Schauspieler. Er würde ein paar Leute abknallen und dann zum Schein ein paar Geiseln nehmen und sich mit ihnen in einem der Büros im Eingangsgebäude verbarrikadieren. Robby und Mark würden sich vom Eingang fernhalten. Falls es jemand hinausschaffte, würde er nichts von ihnen wissen. Destin würde die Polizei davon überzeugen, dass er sich an ein festes Drehbuch hielt, nur wäre das Drehbuch in Wirklichkeit ganz anders, als die dachten.

Für den anderen Teil wären Robby und Mark verantwortlich. Während Destin auf Geiselnahme machte und die Bullen beschäftigte, würden Robby und Mark auf die Jagd gehen. Sie hätten den ganzen Zoo als Spielplatz. Sie könnten töten, wen und wie sie wollten. Es gab keine Regeln. Keine Grenzen.

Und am Ende würde die Polizei erkennen, wie man sie zum Narren gehalten hatte. Sie würden erkennen, dass sie herumgesessen und das Massaker zugelassen hatten. Jeder, der einen Laptop oder Fernseher hatte, würde begreifen, wie dumm die Polizei gewesen war. Die ganze Welt würde begreifen, dass sie alle bloß Schafe waren. Dass sie wie dumme Tiere lebten, die nie selber dachten, und dass Destin, Robby und Mark ihnen ein Aufblitzen von Erlösung gezeigt hatten. Einen Geniestreich. Das war genau das richtige Wort, wenn jemand eine Vision hatte, die noch niemand vor ihm gehabt hatte.

Destin hat recht gehabt, dass jede Sekunde neu ist, denn Robby ist jetzt hier, und er hat ja gewusst, dass es passieren würde, aber er kann es noch nicht so ganz glauben. Er ist immer noch hier und Destin nicht mehr. So war es geplant, aber in dieser Sekunde fühlt es sich irgendwie anders an.

Der Rauch treibt wie Nebel durch die Luft. Robby kann ihn riechen.

Die Panzerweste sollte Destin natürlich nicht retten. Sie sollte ihm nur Zeit verschaffen. Destin hat gesagt, dass alles, was lohnenswert ist, Opfer verlangt, siehe

Jesus. Siehe Galileo und Lincoln. *Ja,* dachte Robby. *Ja.* Der Rest war gut und schön, Destin sprach über Fassaden und Realität und über einen einzigen Eintritts- und Austrittspunkt und Außenzäune, doch das Rein und Raus hat Robby nicht sonderlich interessiert. Es war eine Ehre, dass er ausgewählt wurde, und Destin wusste alles, und Mark ist sein bester Freund, klar. Aber es war das Ende, das ihn wirklich überzeugte.

Er wird das hier zu Ende bringen, und es wird die eine Sache sein, die er richtig gemacht hat. Er mag nicht vollkommen sein, aber das hier wird er zu Ende bringen.

Wie es wohl sein wird, denkt er, und wie es jetzt für Destin sein mag. Die Leute reden von Engeln und Straßen aus Gold, und seine Mutter hat gesagt, sie möchte, dass sich der Tod wie Einschlafen anfühlt, im warmen Bett, umgeben von Menschen, die sie lieben, Rückgrat an Rückgrat, so wie er als Baby bei ihr im Bett geschlafen hat. Er hat sich gefragt, ob sie dabei an seinen Vater denkt, den Scheißkerl, oder ob sie ihn aus ihrem Himmel draußen haben will. Robby will niemanden um sich haben, und er will sich auch nicht warm oder geliebt oder voller Licht fühlen oder irgend so einen Mist. Er will gar nichts fühlen. Er hofft, dass es wie in der Badewanne sein wird, wenn alles bis auf die Nase unter Wasser ist und man nichts hören oder sehen kann und nicht mal merkt, dass man noch einen Körper hat.

Er hofft, dass danach nichts kommt. Das wäre am schönsten.

Natürlich werden ihn ein paar Leute vermissen. Der alte Mann, der sich immer an seinen Namen erinnert, wenn er im Drogeriemarkt an den Medikamentenschalter kommt, aber Robby würde ihn sowieso nicht mehr sehen, dank des Arschlochs von Chef. Die Kassiererin im Spirituosenladen lächelt ihn immer an. Seine Großmutter hat keine Enkel außer ihm, das ist auch nicht ohne. Mark, aber Mark wird ihn nicht vermissen, weil er auch nicht mehr da sein wird. Seine Mutter, die früher am Samstag, wenn sein Vater lange schlief, mit Robby Doughnuts kaufte und dann in den Zoo ging. Sie wollte sich immer die Vögel ansehen, obwohl die am langweiligsten waren, und konnte sich nie den Unterschied zwischen Seelöwen und Seehunden merken.

Seehunde, sagte sie.

Seelöwen, sagte er jedes Mal.

Es ist besser, wenn er nicht an sie denkt.

Mark redet immer noch. Sie stehen an den Bahngleisen, und Mark hat ewig rumgelabert, dass sie nur den blöden Schienen folgen und rausklettern müssen, um auf irgendeine Straße zu kommen – Cherry? Dogwood?

Alles egal. Es tut so gut, dass alles egal ist. Denn trotz Marks bescheuertem Fluchtplan wird das wunderschöne Ende bald kommen, es wird zu ihnen kommen, wohin sie auch gehen. Robby muss nur die Waffe in der Hand behalten. Er muss nur seine Rolle spielen.

19.53 Uhr

Ein scharfer Stein rutscht Joan in die Sandale, sie kommt kurz aus dem Tritt. Der Teich liegt hinter ihnen, und an dem schmalen Bach, der links von ihnen fließt, wächst jetzt dichter Bambus. Sie kann das Wasser nicht mehr sehen.

Kailynn ist knapp hinter ihr, Mrs. Powell gute drei Meter hinter dem Mädchen. Sie hat offensichtlich Mühe, und dann ruft sie auch schon: »Geht ohne mich weiter.«

Joan wird langsamer. Sie ist gar nicht so viel schneller als die Lehrerin, nicht mit Lincolns Gewicht, das an all ihren Muskeln zerrt.

»Sie machen das prima«, ruft sie zurück.

Sie ist sich nicht sicher, ob sie die Lehrerin ermutigen oder einfach nur ein weiteres endloses Gespräch vermeiden möchte.

Doch die Lehrerin humpelt immer langsamer, und Kailynn bleibt stehen. Also muss Joan auch anhalten.

»Ich kann nicht mehr«, sagt die Lehrerin. »Mein Knie macht das nicht mit. Ich suche mir hier eine Stelle und warte, bis es vorbei ist.«

Joan nickt und dreht sich um.

»Wir können sie nicht hierlassen«, sagt Kailynn und rührt sich nicht vom Fleck.

Genau das ist das Problem. Sie haben keine Zeit, rücksichtsvoll und höflich zu sein, und sie haben auch keine Zeit zum Reden. Das wird ihr Tod sein – haben sie das nicht begriffen?

Joan hat es begriffen, und zwar sehr deutlich. Sie wird die beiden zurücklassen. Sie hat es satt, alle Optionen abzuwägen. Sie ist schon ein paar Meter gegangen, ohne sich umzudrehen, als ein Schuss kracht. Sie zuckt zusammen nach den langen Sekunden – Minuten? – der Stille. Über ihrem Kopf explodiert eines der weißen Lichter, und ihr erster lächerlicher Gedanke ist, die Birne könnte durchgebrannt sein. Doch dann addiert sie Geräusch und zerbrochenes Glas und splitterndes Holz, und dass ein Ast der Kräuselmyrte über ihr schief herunterhängt.

Robby Montgomery hat nur mit ihnen gespielt.

Oder Destin, die Killermaschine, jagt sie jetzt.

Die Details sind von eher untergeordneter Bedeutung.

Wieder splittert Holz, Blätter flattern um sie herab. Sie dreht sich um. Gott sei Dank will ausnahmsweise niemand reden – sie alle wissen jetzt, wie sich Kugeln anhören, und rennen wieder, sogar Mrs. Powell, deren Zähne sich in die Unterlippe graben. Ihr ganzes Gesicht ist schmerzverzerrt, es lässt sich nicht ändern. Joan versucht, hinter Kailynn und der Lehrerin etwas zu erkennen, doch die Strecke ist kurvenreich, und sie kann nicht viel sehen.

Keine weiteren Kugeln. Aber sie meint, Schritte zu hören.

Nach wenigen Metern erreichen sie den Spielplatz mit

den großen Felsen und der Seilbrücke. Dann kommen die Statuen von Frosch und Schildkröte, die Medusa zurückgelassen hat. *Ich bin eine Schildkröte, ich bin eine Schildkröte,* sagt Lincoln, wenn er auf der Toilette ist, und tut so, als wäre der Klodeckel sein Panzer. Oder er legt sich ein Sitzkissen auf den Rücken – *ich bin eine Schildkröte.*

Joan läuft schneller. Sie atmet keuchend, ihre Lungen brennen. Die Lehrerin hält mit Mühe Schritt. Sie erreichen den Wasserspielplatz, wo die Fontänen noch ihre Bögen in die Luft spucken.

Das Karussell, die Tiere mitten in der Bewegung erstarrt.

Obwohl sie selbst so schwer atmet, kann Joan die Lehrerin bei jedem Schritt stöhnen hören. Sie dreht sich noch einmal um, die Schützen sind nicht zu sehen. Aber irgendwo in der Ferne knirscht Schotter. Das bildet sie sich nicht ein.

»Runter von den Schienen«, ruft sie der Lehrerin zu. »Hinter das Karussell. Ducken Sie sich.«

»Wie bitte?«

»Los, Mrs. Powell!«, zischt Joan, weil sie sich nicht an den Vornamen erinnern kann. »Einfach hinter das Karussell, dort sieht Sie niemand.«

Sie hat keine Zeit, es zu erklären – sie kann niemanden sehen, also sehen Robby Montgomery oder sein Freund oder die Killermaschine sie hoffentlich auch nicht. Aber sie hört ihre Schritte, und wenn sich die Männer ebenfalls an Geräuschen orientieren, werden sie sie hören und ihnen einfach die Schienen entlang folgen, und sie ist dieser Lehrerin etwas schuldig. Außerdem macht es die Sache einfacher – eine Person weniger, die sie aufhält. Mrs. Powell hinkt davon und verschwindet zwischen Holzpferden, Giraffen und Antilopen.

Die Lehrerin ist fort.

Kailynn ist noch da. Joan läuft um eine Biegung und kann das Karussell nicht mehr sehen, und dann um die nächste Biegung und gelangt in eine Gegend, in der sie noch nie war, sie betritt die andere Welt des Zoos, die man nur vom Zug aus sieht, und sie kann niemanden mehr hinter sich hören, doch ganz sicher ist sie sich nicht.

Wenn man einen Tiger rasiert, hat der Zugführer einmal erzählt, *wird man feststellen, dass die Haut ebenfalls gestreift ist.*

Es ist wunderbar dunkel. Nicht die vollständige Finsternis, die sie als Kind beim Zelten auf dem Land erlebt hat, eher eine städtische Dunkelheit. Sie sind jetzt an der Rückseite der Gehege. Bambus versperrt ihnen die Sicht auf Zebras und Strauße, und die Bäume stehen dicht beieinander, manche sind mit Deko-Lichtern geschmückt – ein leuchtendes Gespenst, eine Kette blinkender schwarzer Fledermäuse, ein lachendes Skelett.

Sie müssen nicht mehr auf den Schienen bleiben, können zwischen Schatten und Mondlicht im Wald verschwinden.

»Meinen Sie, die …?«, setzt Kailynn an, doch der Rest des Satzes verfliegt im Wind.

Joan springt von den Gleisen und kommt unbeholfen auf dem Boden auf, wobei ihre Sandale sich verdreht, doch sie fängt sich und läuft über Unkraut, Kiefernzapfen und faulendes Holz weiter. Das welke Laub reicht ihr bis zum Schienbein. Sie kann nicht sehen, wohin sie tritt.

Vor ihnen taucht, näher als erwartet, der äußere Zaun des Zoos auf. Er ist fast unsichtbar, besteht nur aus Maschendraht. Er ist knapp zwei Meter hoch, und sie könnte barfuß problemlos hinüberklettern. Sie bleibt dicht davor stehen und legt einen Finger an den Zaun, der unter Strom stehen könnte – sie sollte Lincoln besser absetzen, aber es bleibt keine Zeit, und sie berührt ihn auch nur ganz leicht –, und das Risiko lohnt sich. Kein Stromschlag.

Das sollte zu schaffen sein.

Sie wird Lincoln hochheben und ihm helfen, seine Füße in den Maschendraht zu schieben und sich gut festzuhalten, und dann hinter ihm hinaufklettern und sich mit einer Hand festhalten, während sie ihn mit der anderen weiter nach oben schiebt, und es mag langsam vonstattengehen, aber sie können es schaffen.

Dann sieht sie es. Draußen auf der anderen Seite des Zauns befindet sich ein Graben, mindestens eineinhalb Meter tief. Sie kann nicht bis auf den Grund sehen. Es ist unmöglich, ihn mit Lincoln zu überwinden, selbst wenn sie es über den Zaun schaffen. Aber auch das ist fraglich, sogar wenn Kailynn ihnen hilft. Der ganze Plan ist eine aberwitzige Fantasie. Sie wären ein so leichtes Ziel, schutzlos da oben.

Joan dreht sich um und läuft zurück, über die Schienen und weiter.

Sie springt über einen umgestürzten Baumstamm und

stöhnt auf. Das wird sie nicht noch einmal versuchen, nicht mit diesem Gewicht auf der Hüfte. Der Boden ist uneben, und Lincoln schreit, als er mit dem Kinn gegen ihre Schulter schlägt. Überall liegen Baumstämme, tote Bäume, die langsam zu Mulch verrotten, und das Laub ist noch dicht, und da hängen schon wieder leuchtende Fledermäuse. Sie bemerkt die Umrisse von Giraffen hinter Zäunen, die gut zweieinhalb Meter hoch sein müssen.

Sie spürt, wie Kailynn sich wieder in ihr Shirt krallt. Sie kann das Mädchen atmen hören. Es sind keine Schüsse mehr gefallen, gut für Mrs. Powell. Aber Joan hört etwas anderes: Schuhe, die über Steine scharren. Und wenn sie die Männer hören kann, hören die sie vermutlich auch.

Wenn sie langsamer geht, sind ihre Schritte leiser. Aber dann erwischt man sie auch schneller.

»Sie sind hinter uns«, keucht sie.

Das Mädchen lässt sie los. Und dann rennt Kailynn wortlos nach links, hinüber zu den Giraffen, und es ist eine gute Idee, wenn sie eine andere Richtung einschlägt, denn zusammen bieten sie ein größeres Ziel. Hier ist man zu mehreren nicht sicherer. Sie hat sich doch ohnehin gewünscht, Kailynn los zu sein. Die Lehrerin und das Mädchen waren mehr Last als Hilfe.

Es ist einfacher, wenn sie und Lincoln allein sind. Sicherer.

Daher sagt Joan kein Wort, als der Abstand zwischen ihnen größer wird. Sie sieht noch die Gestalt des Mädchens, die im Zickzack davonläuft, als ihr Fuß sich an etwas verfängt – vielleicht löst sich ihre Sandale endgültig auf und sie stolpert darüber, oder der Riemen reißt, als sie stürzt, sie wird es nie erfahren –, und sie fällt einen langen Augenblick, von Panik erfüllt, und spürt, wie Lincoln ihr entgleitet, und hört ihren eigenen schrillen Aufschrei. Sie schlingt den Arm um ihn und dreht sich gleichzeitig weg, um nicht auf ihn zu fallen. *Lass ihn nicht fallen lass ihn nicht fallen lass ihn nicht fallen,* etwas anderes kann sie nicht denken. Sie prallt so heftig auf den Boden, dass sie Lincoln nicht festhalten kann. Er wird von ihr weggeschleudert und fliegt nach hinten und kopfüber durch die Blätter.

Joan ist auf der linken Schulter und dem Ellbogen aufgekommen, die Hand ist abgeknickt, und sie hat sich tief in die Lippe gebissen. Sie leckt das Blut ab. Sie tastet nach ihrem Sohn, und ihr Arm gehorcht, die Hand jedoch nicht.

Lincoln weint nicht. Das versetzt sie in Panik. Sie kann sein Gesicht im Dunkeln nicht erkennen. Doch nachdem er einen Moment wie eine Schildkröte da gelegen hat, setzt er sich auf.

»Lincoln«, flüstert sie.

»Wir sind hingefallen.«

»Alles in Ordnung?« Sie kriecht auf ihn zu, umfängt ihn mit dem unverletzten Arm.

»Alles okay«, sagt er und streckt die Hand aus. »Dein Gesicht ist nass.«

Sie wischt ihren blutigen Mund ab und lauscht.

Stimmen.

Nicht sehr nah, aber ziemlich.

Ihr rechter Schuh ist verschwunden, so wie das Mädchen. Ihr Knie blutet, und ihre Hand hängt schlaff herunter, obwohl sie nicht sonderlich wehtut. Ob das Handgelenk verstaucht ist?

So kann sie Lincoln nicht tragen.

Dann hört sie etwas hinter sich zwischen den Bäumen. Ein Ast, der sich bewegt. Das Knacken von Kiefernzapfen oder trockenen Nadeln. Kleine Bewegungen, vielleicht auch nur der Wind, bloß weht im Moment keiner. Möglicherweise ein Eichhörnchen.

Sie kniet sich hin, unterdrückt ein Keuchen, als sie ihr verletztes Knie belastet, und steht auf. Der Boden ist kalt und nicht ganz fest. Sie bewegt die Zehen und überlegt, ob sie die linke Sandale auch ausziehen soll, aber der Boden ist voller scharfer Dinge, und es ist besser, wenn wenigstens ein Fuß geschützt ist. Sie tritt zu Lincoln; obwohl sie alle Muskeln anspannt, gibt ihr Knie nach, und sie fällt beinahe wieder hin.

Die Geräusche hinter ihr verändern sich: kein Knacken mehr. Schritte, langsam und vorsichtig.

Die Männer sind da, und Joan hat keine Ahnung, ob sie zehn Schritte hinter ihr oder noch viel weiter entfernt sind, und die Polizei existiert hier nicht. Das Knie trägt kaum mehr ihr Gewicht, und ihr Handgelenk gehorcht ihr nicht, und sie kann sich nicht schnell genug bewegen. Etwas Scharfes bohrt sich in ihre nackte Fußsohle.

Wir werden sterben, denkt sie und hasst sich selbst für den Gedanken.

Nein. Sie ist kein Tier. In ihr steckt mehr als Kampf

oder Flucht. Sie nimmt Lincoln an die Hand und flüstert, dass die Männer mit den Waffen kommen, und er läuft neben ihr her, aber er ist so laut und so langsam. Sie schaffen es nicht.

Sie können den Killern nicht entkommen.

Schritte, Schritte.

Sie hört ganz in der Nähe den Bach, Wasser, das über Steine plätschert. Lincoln stolpert. Bevor er hinfallen kann, hebt Joan ihn an einer Hand hoch und schwingt ihn nach vorn, setzt ihn behutsam auf beide Füße, und sie laufen weiter.

Sie schaut nach oben in die Baumkronen. Sie könnten hinaufklettern – einige Eichen haben breite gegabelte Äste, die in den dunklen Himmel hinaufführen. Aber wenn sie dort entdeckt werden, gibt es keinen Fluchtweg, und sie weiß auch nicht, ob sie Lincoln wirklich hochheben kann. Ihr bleibt keine Zeit, darüber nachzudenken, aber ihn hochzuheben – allein die Vorstellung, ihn an einem sicheren Ort zu verstecken –

Nicht die Bäume. Sie ändert die Richtung, registriert Schatten und Mondlicht und leuchtende Dekorationen. Vor ihnen ist ein Gebüsch, etwa schulterhoch und dicht belaubt. Sie führt Lincoln hin und tastet nach Dornen, bevor sie die unteren Zweige anhebt.

»Bleib hier«, sie drückt mit der schlaffen Hand leicht gegen seinen Rücken. »Leg dich auf den Bauch und kriech rein. Sei ganz still. Du darfst nicht nach mir rufen. Und kein Wort sagen. Ich bin gleich zurück. Aber wenn du ein Geräusch machst, töten sie dich.«

Er wimmert leise, kriecht aber hinein, und sie will

ihm keine Zeit lassen, zu diskutieren, und will sich selbst keine Zeit lassen, um nachzudenken.

»Lass dich verschwinden«, sagt sie, und während sie sich aufrichtet, legt sie Lincoln die Hand auf den Kopf – spürt seine kostbare Rundung – und lässt dann die Zweige los. Nur seine Füße sind noch zu sehen, und sie bückt sich, winkelt seine Beine etwas an und schiebt sie hinein.

Dann läuft sie taumelnd los, wie die bedauernswerte Heldin in einem Horrorfilm. Sie kämpft den Schmerz nieder und zwingt sich, größere, schnellere Schritte zu machen und ihr Knie beachtet sie einfach nicht und von einem Baum hängt eine Beachball-große Spinne mit schlaffen Beinen und einer Glühbirne darin. Sie grinst und bleckt die rot verschmierten Fangzähne.

Joan glaubt, dass Lincoln dortbleiben wird, weil sie es ihm gesagt hat und weil es dunkel ist und er nicht weiß, wo er sich befindet. Er neigt nicht dazu, umherzuwandern, vor allem nicht, wenn er nervös ist. Er wird dortbleiben. Aber Geräusche – das ist etwas anderes. Sie glaubt nicht, dass er leise sein kann.

Sie tritt mit aller Kraft auf. Blätter explodieren unter ihren Füßen, werden zu Staub zermahlen. Sie greift im Vorbeilaufen nach einem trockenen Ast und bricht ihn ab. Sie klingt eher wie ein Elefant als wie eine Frau. Als sie glaubt, weit genug von Lincoln entfernt zu sein, stößt sie ein kurzes abgehacktes *Ahhhh* aus, das sicher weithin zu hören ist. Sie atmet lang und laut aus. Sie drückt ihre schmerzende Hand fest an den Bauch. Dann stapft sie geräuschvoll weiter, so schnell sie kann, denn sie will zwar Aufmerksamkeit auf sich ziehen, aber nicht sterben.

Sie kann die Männer hinter sich hören, sie machen auch eine Menge Lärm. Befriedigung und Blutlust und Angst durchströmen Joan.

Hinter dem Elefantengehege steht ein unauffälliges, mehrstöckiges Gebäude mit der Aufschrift GROSSTIER-FORSCHUNG. Die silbernen Regenrinnen und das Metalldach schimmern im Mondlicht. Sie treibt sich voran, Blätter und Zweige peitschen gegen ihre Haut. Sie kommt an einer tiefhängenden Kürbis-Lichterkette vorbei. Ihr Knie pocht, und sie denkt an die Lehrerin, ihren humpelnden Gang, und stellt sich vor, wie sie sicher und gut versteckt hinter dem Karussell hockt. Sie denkt an Kailynns Hände, die an ihr zupfen, und vermisst die Wärme des Mädchens und hätte nicht einmal etwas gegen ihr sinnloses Geplapper einzuwenden, und das Mädchen hat so schöne Haare, wie rote Bänder, die im Wind flattern.

Wenn Lincoln nun ein Licht sieht und neugierig wird? Oder wenn ein Käfer auf ihn zukriecht und er davor wegläuft oder sich einbildet, er hätte ihre Stimme gehört? Sie wird beinahe von der Panik eingeholt, also rennt sie schneller. Sie denkt an Abfalleimer, fest und sicher, und dass Lincoln ein pflegeleichtes Baby war, brav getrunken und brav geschlafen hat und nur dann und wann Phasen hatte, in denen er unablässig schrie und sie ihn einfach nicht beruhigen konnte, und sie erinnert sich an die wilde Frustration, die wie eine Welle über ihr zusammenschlug, und dass sie sich – ganz kurz nur – vorgestellt hat, ihn im Schrank einzuschließen und dort zu lassen. Wenn es nun der Mutter des Babys ebenso ging, nur tausendfach verstärkt, getrieben von Entsetzen und Erschöpfung und Frustration, und sie das Baby in einer schwachen Sekunde abgelegt hatte und weggelaufen war, kann man das nicht verstehen?

Nein. Das kann sie nicht verstehen.

Aber wenn die Männer nun ganz nah herangekommen sind, so wie jetzt bei ihr? Wenn die andere Mutter ihr Baby dort abgelegt und versucht hat, die Männer wegzulocken? Was, wenn es so gewesen ist? Joan kann die Frau im Geiste laufen sehen, Haare im Gesicht, leere Arme.

Sie ist dieser Frau gegenüber nicht fair gewesen.

Der Boden unter ihren Füßen federt, Blätter und Mulch und Kiefernnadeln, und dann tritt sie mit der Sandale auf etwas anderes, und es schnürt ihr die Kehle zu. Es ist weich und fest zugleich – unverkennbar Fleisch und Muskeln. Sie zuckt zurück, erkennt dann aber, dass es für einen Menschen viel zu klein ist. Sie sieht genauer hin und kann im Dämmerlicht eine Flügelspitze und einen runden Kopf erkennen.

Ein Vogel. Ein toter Vogel.

Sie haben mal ein Buch über die alten Griechen und deren Sportarten aus der Bücherei ausgeliehen, und Lincoln hat ihr erzählt, dass man Hockey damals mit einem toten Vogel spielte, und wenn ein Team ein Tor schoss, erwachte der Vogel zum Leben und flog davon.

Lincoln. Sie zwingt ihre Füße, sich zu bewegen.

Sie kann ein Windspiel hören.

Einmal hat sie, als sie mit ihrem Onkel aufs Land fuhr, bemerkt, dass der Blinker im Rhythmus eines Zungenbrechers tickte, den sie gerade gelernt hatte – *In-der-ganzen-Hun-de-run-de-gab-es-nichts-als-run-de-Hun-de* –, so sang der Blinker jedes Mal, es war absolut klar und deutlich, dass der Blinker diese Worte rief, und jetzt klingelt das Windspiel Lincolns Namen, und auch die Blätter unter ihren Füßen sagen *Lin-coln-Lin-coln-Lin-coln.*

Sie hat es geschafft – die Männer von ihm weggelockt –, aber nicht weitergedacht: Wie soll sie sie abschütteln? Sie ist nicht sicher, ob sie ihr überhaupt noch folgen. Sie kann sie nicht mehr hören, weil ihre eigenen Schritte und ihr keuchender Atem zu laut sind. Sie bleibt stehen.

Nichts. Nichts als Blätter und ein Windspiel.

Sie bleibt nicht lange stehen. Vielleicht ist sie den Männern entkommen, vielleicht aber auch nicht. Jedenfalls hat sie Lincoln schon zu lange allein gelassen. Sie muss irgendwie zu ihm zurück. Wenn die Männer wieder auftauchen, muss sie eben den Kurs ändern.

Doch es ist schwierig, einen Plan zu entwerfen, wenn man ständig Baumstämmen und Brombeerranken ausweicht. Es ist schwer, sich zu orientieren – wohin soll sie gehen? Die Bäume sehen alle gleich aus. Mit der Schulter streift sie die schuppige Rinde einer gewaltigen Kiefer, da hört sie den Bach rauschen. Sie hat keine Vorstellung mehr, in welcher Richtung der Zaun und in welcher Lincoln ist, aber der Bach wird sie leiten. Das Geräusch des Wassers überdeckt ihre Schritte, und als sie die leuchtende Spinne entdeckt, weiß sie, dass sie gleich am Ziel ist.

In diesem Teil des Waldes ist die Dunkelheit dichter. Joan kann den Boden nicht mehr erkennen und wird langsamer, weil sie es sich nicht leisten kann, sich den Knöchel zu verstauchen.

Ihren Arm spürt sie überhaupt nicht mehr, er ist gefühllos von der Schulter bis zur Hand, und vielleicht sollte sie sich deswegen Sorgen machen, aber im Augenblick ist es ein wahrer Segen. Sie folgt dem Geräusch des Wassers, und in der Dunkelheit landet sie beinahe im Bach, bevor sie ihn sieht. Sie kommt rutschend zum Stehen und beugt sich vor – es ist nur ein breiter Spalt im Waldboden. Sie könnte mühelos hinüberspringen, wenn ihre Beine ihr nur gehorchten.

Doch der Bach ist zwar schmal, aber von hohen, steilen Böschungen gesäumt. Joan weiß nicht, wie tief das Wasser ist. Es ist ein schimmerndes, schwarzes Nichts. Sie meint in einiger Entfernung eine kleine Brücke zu erkennen. Andererseits – muss sie den Bach überhaupt überqueren? Ist Lincoln auf dieser oder der anderen Seite? Sie reibt sich die Stirn, wütend über sich selbst, weil sie doch ihre ganze Geistesgegenwart braucht, ihre ganze Konzentration –

Wieder hört sie Schritte im Wald, dabei war sie sich doch so sicher, dass sie die Männer abgeschüttelt hat. Sie kann sie kommen hören und denkt wieder an ihren Vater, der mit seinen riesigen Händen den Tauben die Köpfe abriss.

Lincoln, Lincoln, Lincoln. Auch die Füße der Männer singen seinen Namen.

Und dann sieht sie sie, zwei Schatten. Sie sind näher,

als sie dachte. Es bleibt keine Zeit, um zu sehen, ob einer von ihnen Robby Montgomery ist. Stattdessen wirft sie sich flach auf den Boden.

Gleich werden die Männer sie wie einen toten Vogel zertreten. Joan drückt die Handflächen flach auf den Boden und schiebt sich die Böschung hinunter, so, dass ihre Füße zuerst ins Wasser gleiten und sie bremsen.

Sie geht geräuschlos unter.

Die Kälte raubt ihr den Atem, und sie kneift die Augen zu, denn wenn sie eine Kontaktlinse verliert, kann sie nichts mehr sehen. Dann kommt sie hoch, öffnet die Augen, und als sie festen Boden unter den Füßen spürt, kann sie sich auch orientieren. Würde sie stehen, reichte ihr das Wasser kaum bis zu den Knien, aber der Länge nach ausgestreckt ist sie fast ganz untergetaucht. Rechts und links von sich sieht sie die hohen Uferböschungen aufragen. Sie stützt sich auf dem Bachbett ab und bewegt sich wie eine Robbe auf den Händen voran, während ihr Körper hinter ihr her treibt.

Hätten die Männer sie gesehen, hätten sie wohl schon geschossen.

Das kalte Wasser hat sie wach gemacht. Sie spürt jeden Handabdruck, den sie im Bachbett hinterlässt, jeden einzelnen Stein unter ihren Knien, jeden Wasserspritzer auf der Wange, jeden Zentimeter, den sie der Brücke näherkommt. Sie denkt, dass sie – falls sie jetzt nicht stirbt – instinktiv einen brillanten Schachzug gemacht haben könnte. Sie kann zu Lincoln zurückkehren, indem sie geräuschlos im Wasser dahingleitet. Sie muss die Männer nur vorbeigehen lassen, dann kann sie Lincoln suchen.

Nach wenigen Sekunden hat Joan die Brücke erreicht und kauert sich darunter. Ihr Kopf streift die Holzplanken. Ihr wird nicht wärmer, und sie schlingt die Arme um die Knie. Etwas Weiches streift an ihrem Arm vorbei – Algen? –, sie kann nicht sehen, was unter der Oberfläche ist, aber das bedeutet, dass die Männer auch nichts sehen.

Sie hört nichts als das Rauschen des Wassers. Sie duckt sich tiefer. Im Wasser ist es wärmer als an der Luft. Die Brücke ist bogenförmig, Joan kann durch den Halbkreis zwischen Holz und Wasser hinausschauen.

Da kommen sie: zwei Fußpaare am Bachufer. Über die Knie hinaus kann sie nichts erkennen, die Brücke versperrt ihr die Sicht. Ein Fußpaar springt über den Bach, ein langer, müheloser Sprung, ein Fuß kommt auf, dann der nächste. Sie ist froh, dass er die Brücke entweder nicht bemerkt hat oder es als unter seiner Würde betrachtet, sie zu benutzen. Sie rechnet damit, dass auch die anderen Füße den Sprung machen, doch sie bewegen sich nicht.

Los, denkt sie, *mach schon.*

Doch der zweite Mann überquert den Bach nicht. Stattdessen springt der erste wieder zurück – auf einen Befehl hin? – und tritt zu dem zweiten Mann, als wollten sie sich unterhalten.

Sie würden wohl kaum dort stehen, wenn sie Joan bemerkt hätten. Außer natürlich, es geht immer noch um das Spiel. Außer, sie wollen sie aus der Deckung locken. Sie rutscht tiefer hinunter, dreht den Kopf so, dass ihre Wange ins Wasser sinkt, und jetzt kann sie die beiden besser sehen. Sie haben sich von ihr abgewandt. Einer ist untersetzt und trägt die weite Jacke von Robby Montgomery. Der andere ist kleiner, mit schmalen Schultern. Wohl sein Freund.

Da wären wir also, denkt sie.

Und irgendwo da draußen sind auch die Lehrerin und das Mädchen und Lincoln und das gesichtslose Ungeheuer mit der Panzerweste und, vermutlich, die Polizei. Irgendwo dort draußen gibt es ein schreiendes Baby in einem Abfalleimer und eine verschwundene Mutter. Joan denkt an ihren Sohn und seine Berge von Plastikjungs und dass diese Jungs manchmal nicht da sind, wo man sie vermutet. Manchmal fällt Thor hinter ein Sofakissen, dann wird Iron Man der Star der Show. Manchmal bricht dem Joker ein Arm ab, dann nimmt man eben Poison Ivy als Schurken. Man besetzt die Rollen neu. Man überdenkt sie.

Die Männer sind vielleicht zehn Meter entfernt. Joan fällt ein, dass sie ihre Handtasche irgendwo gelassen hat. Sie denkt an Unterkühlung. Sie denkt daran, dass ihr Onkel erzählt hat, wie er und sein bester Freund Larry als Teenager über eine Brücke am Tennessee River gefahren sind und eine Frau von der Gegenfahrbahn auf ihre geriet. Der Wagen der Jungen durchbrach das Brückengeländer, und sie wurden durch die Windschutzscheibe in den Fluss geschleudert. *Hat es wehgetan, als ihr durch die Scheibe geflogen seid?*, fragte Joan. *Hat es wehgetan, als ihr aufs Wasser aufgeschlagen seid? Seid ihr bis zum Boden gesunken?* Ihr Onkel konnte nicht alle Fragen beantworten. Von dem Moment, in dem sein Kopf bei der Vollbremsung gegen das Armaturenbrett geprallt war, bis zu dem Moment, in dem er ohne Schuhe ans Flussufer watete, konnte er sich an nichts erinnern. *Hast du die Schuhe abgestreift, als du geschwommen bist? Oder sind sie runtergefallen, als du durch die Luft geflogen bist?* Sie war fasziniert von dem, was er ihr sagen konnte – wie sich der Schlick zwischen seinen Zehen angefühlt hatte und dass die Frau, die den anderen Wagen gefahren hatte, weißhaarig gewesen war –, aber noch mehr faszinierte sie das, was er ihr nicht sagen konnte. Sie stellte sich vor, sie wäre dort gewesen und hätte all die Dinge gesehen, an die er sich nicht erinnern konnte.

Hast du Larry gerettet?, fragte sie ihn. *Hast du um Hilfe gerufen?*

Ich habe bloß dagelegen, pflegte er zu antworten. *Ich habe einfach im Schlamm gelegen und geguckt.*

Ihre Gedanken driften wieder ab. Ihr Gehirn wird taub. Ihre Füße auch, so taub, dass sie befürchtet, nicht mehr stehen, geschweige denn gehen zu können. Wenn sie nicht gehen kann, ist sie nutzlos für Lincoln.

Und die Männer stehen immer noch da.

Nein. Sie trennen sich. Der Dünne entfernt sich vom Wasser, Robby Montgomery packt ihn am Arm, doch der Kleinere reißt sich los, und gleich darauf kann sie ihn nicht mehr sehen.

Robby steht einen Moment nur da, und Joan will gerade das Risiko eingehen, sich weiterzubewegen, da sieht sie, wie noch jemand auftaucht. Beine und Füße, die sich vorsichtig bewegen, und sie erkennt die dünnen Beine und die engen Jeans, noch bevor sie den gewaltigen Haarschopf gesehen hat.

Dann sieht Kailynn Robby – ihr ganzer Körper wird steif. Gleich darauf merkt sie offenbar, dass auch der andere Bewaffnete dort ist – sie macht eine hastige Vierteldrehung. Sie hält etwas in den Armen.

Joan kann nicht hören, was sie sagen. Wenn sie noch etwas weiter unter die Brücke zurückweicht, wird sie auch nichts mehr sehen können.

Vielleicht ist es besser so.

Sie lässt sich tiefer ins Wasser sinken.

Kailynn schreit beinahe laut auf, als das Tier vor ihr vorbeischießt und Kiefernnadeln aufwirbelt, doch als es mit erhobenen Vorderpfoten erstarrt, erkennt sie, was es ist. Ein Murmeltier. Sie glaubt nicht, dass es hier wilde Murmeltiere gibt, aber im Streichelzoo lebt eine ganze Familie, vermutlich haben die Männer auch den Stall und die Einzäunung zerschlagen, und jetzt laufen Murmeltiere und Schafe und Ziegen und Shetland-Ponys frei herum. Das Murmeltier kommt langsam auf sie zu, und sie bleibt ganz still stehen und lässt es ihr Bein anstupsen. Im Streichelzoo drücken sich die Tiere immer an die Wand, weil sie alle die Kinder hassen.

Vielleicht ist dieses hier traumatisiert. Vielleicht will es getröstet werden.

Sie beugt sich ganz langsam hinunter. Bei einem Hund soll man die Hand ausstrecken und ihn von sich aus kommen lassen, und manchmal denkt sie, dass kleine Kinder genauso sind, und dieses Murmeltier vielleicht auch. Sie greift vorsichtig nach ihm, und das Murmeltier lässt sich bereitwillig hochheben. Es schmiegt sich an sie, als sie zwischen den Bäumen hindurchgeht, und seine kleinen Krallen ziepen in ihren Haaren. Ihre kleine Schwester macht das auch, sich an sie drücken, wenn sie Angst hat. Kailynn geht ein paar Schritte – sie ist schon seit einer Weile nicht mehr gerannt. Es hat keinen Sinn. Sie weiß nicht, wo sie ist oder wohin sie gehen soll.

Das stimmt nicht. Sie sollte eigentlich nach Lincoln und seiner Mutter suchen. Sie hätte vor fünf Minuten stehen bleiben sollen, als die beiden hingefallen sind, aber ihre Beine wollten einfach nicht langsamer werden, und als sie sich wieder unter Kontrolle hatte, war sie allein. Vermutlich sind sie jetzt tot – Lincoln hatte so hübsche Haare und ein liebes Lächeln –, und vielleicht wären sie noch am Leben, wenn Kailynn sie nicht in den Lagerraum geholt hätte. Sie hatte es für das Richtige gehalten. Sie sagt sich, dass sie helfen wollte, aber vielleicht stimmt das gar nicht. Vielleicht wollte sie nur nicht allein sein. Ihre kleine Schwester hat Kailynn angebettelt, nicht in ein eigenes Zimmer zu ziehen, weil sie manchmal mitten in der Nacht Angst bekommt und sich dann gerne an sie kuschelt – wie das Murmeltier –, aber Kailynn ist sich nicht sicher, ob sie deshalb geblieben ist. Woher soll sie wissen, ob sie es für ihre Schwester oder für sich getan hat? Das eine macht sie gut und das andere macht sie selbstsüchtig, und wenn sie selbstsüchtig ist, hat sie wahrscheinlich den kleinen Jungen und seine Mutter umgebracht.

Sie streichelt dem Murmeltier über den Kopf.

Vor ihr ist ein Licht, und zuerst denkt sie, sie wäre wieder im Hauptteil des Zoos, erkennt dann aber, dass es von einer Lichtung zwischen den Bäumen kommt, und dann sieht sie ein Zelt, wie sie es beim Militär haben, groß genug für zehn Leute. Daneben steht ein kaputter

Jeep. Das Zelt ist von innen beleuchtet, und sie kann die Silhouetten von drei Männern sehen, die im Kreis sitzen, und sie bekommt einen Moment schreckliche Angst, bevor sie erkennt, dass es Schaufensterpuppen sind. Noch eine Halloween-Dekoration.

Sie weicht zurück, ändert die Richtung, weg vom Licht.

Hätte sie doch nur ein paar Tierkekse mitgenommen. Oder Oreos. Sie hasst, wie sich ihr Mund anfühlt. Ihr Vater würde sie auslachen, weil sie in dieser Situation an Kekse denkt – ganz sicher würde er das –, und sie erinnert sich, wie sie und ihre Schwester mal allein zu Hause waren und sie sich gerade ein Glas Tee eingoss, als ein lauter Knall und ein unheimliches Lachen aus dem Wohnzimmer drangen. Sie und ihre Schwester liefen ins Badezimmer und schlossen sich darin ein, und dann fiel Kailynn ein, dass sie ihr Handy vergessen hatte, das brauchte sie, um die Polizei zu rufen, und sie öffnete die Badezimmertür einen Spalt weit. Direkt vor ihr stand ein Mann – sie schrie laut, bevor sie ihren Vater erkannte, der sich halb totlachte.

Er liebt es, ihnen solche Streiche zu spielen. Es erinnert ihn sicher an seine Kindheit, als er noch nicht in Lehrerkonferenzen saß und Anzüge trug und Katzenkotze wegwischen musste. Er ist der Sohn eines Predigers und fuhr zweimal das Familienauto zu Schrott, noch bevor er sechzehn war. Er warf absichtlich Fenster mit Basebällen ein. An einem Nachmittag fing er mal dreiundzwanzig Katzen ein und schwang sie am Schwanz auf ein Dach.

Ein Teufelsbraten. So nennt er sein früheres Ich. Die

anderen Kinder hatten Angst vor ihm. Die Erwachsenen hatten Angst vor ihm.

Die Leute sagen, sie sei ein nettes Mädchen. Sie schreibt fast immer Einsen und Zweien, nur selten eine Drei. Sie hat Geld auf dem Sparbuch. Jetzt aber wünscht sie sich, sie wäre ein Mädchen, das Dinge anzündet, statt seine Hausarbeiten zweimal durchzulesen. Sie wünscht sich, sie wüsste, wie man Leuten Angst einjagt. Sie wünscht sich, sie hätte gestern statt heute gearbeitet und hätte Pfefferspray dabei, wie ihre Mutter ihr geraten hat, und sie wünscht sich einen gekühlten Almond-Joy-Riegel und dass sie zu Hause im Bett läge, mit aufgeschüttelten Kissen, und dass sie sich den kleinen Lincoln geschnappt hätte und mit ihm weggelaufen wäre und ihn gerettet hätte, und dass sie eine Frau in einem Computerspiel wäre, mit einem tiefen Ausschnitt und Pistolen an der Hüfte. Sie wünscht sich, ihr Vater könnte sie noch hochheben und tragen, aber sie ist zu schwer.

Das Murmeltier in ihren Armen zittert, und jedes Geräusch, das sie hört, klingt wie Schritte. Sie bleibt stehen, horcht und beschließt, dass es nur raschelnde Blätter sind.

Ihr Vater war so ein Junge, der ein Psychopath hätte werden müssen – so sagt man doch, oder? Wer als Kind Tiere quält, wird zum Serienmörder. Stattdessen ist er ihr Vater geworden, und es ist nichts Böses an ihm. Manchmal weint er sogar bei Werbespots.

Vor ihr plätschert Wasser, und sie glaubt wieder Schritte zu hören. Sie schleicht näher und späht zwischen den Bäumen hindurch.

Sie sieht den Bach, und es kommt ihr so vor, als ertönten Stimmen von irgendwoher, aber als sie stehen bleibt, hört sie nur das Wasser plätschern. Sie stellt sich hinter einen Baum und wartet, wachsam. Sie steht eine halbe Ewigkeit da und streichelt das Murmeltier und geht dann vorsichtig weiter, bis sie unmittelbar am Bach steht. Sie überlegt, ob sie ihn überqueren soll, und dann – ihre Lehrer haben ihr schon oft gesagt, sie hätte Konzentrationsprobleme, verliere sich manchmal in ihren Gedanken –, dann blickt sie hoch und sieht Robby.

»Hey«, sagt sie, als würde er in der Schule neben ihr stehen, während sie Bücher ins Schließfach räumt, als hätte er keine Waffe in der Hand und etwas, das sie für Munition hält, über der Schulter hängen. Es ist ihr peinlich, dass sie ihn gegrüßt hat, und sie denkt, wie idiotisch, dass ihr das peinlich ist, aber sie kann es nicht zurücknehmen.

Und dann spürt sie jemanden hinter sich, und als sie sich umdreht, steht noch ein Mann da.

Er ist kleiner als Robby, und falls er das war, der vorhin mit im Restaurant war, ist er ihr da größer vorgekommen. Sie schaut ihn an und denkt, dass er gar nicht besonders stark aussieht, eher wie ein Junge, den sie beim Armdrücken besiegen könnte, aber er hält in jeder Hand eine Waffe, eine große und eine kleine. Er grinst sie freundlich an, worauf ihr Mund noch trockener wird.

»Hast du dir eine Freundin angelacht?«, fragt er, und das ist eindeutig an Robby gerichtet.

Robby sagt nichts.

Kailynn weicht zurück, wobei sie beide im Auge behält, und schaut sich kurz um, damit sie nicht in den Bach fällt. Sie hält das Murmeltier zu fest, es zappelt. Hoffentlich tun sie dem Murmeltier nichts. Sie macht einen dritten und einen vierten Schritt, ein Zweig bricht unter ihrem Fuß, und sie zuckt zusammen.

Die Männer beobachten sie nur. Die Bäume werfen Schatten auf ihre Gesichter, so dunkel, dass Kailynn ihren Ausdruck nicht erkennen kann.

»Noch eine Letzte?«, fragt der, den sie nicht kennt. Zuerst ist sie erleichtert, denn er wirft seine Waffen auf den Boden. Dann kommt er so schnell auf sie zu, dass sie nicht mal mehr die Hände hochbekommt, und hat sie schon herumgedreht und mit dem Rücken an seine Brust gedrückt, die sich hart wie Metall anfühlt.

»Was ist mit deinen tollen Fluchtplänen?«, fragt Robby, und Kailynn schaut ihn unverwandt an. Sie wird den Blick nicht von ihm wenden. Sie weiß nicht, warum, aber es erscheint ihr wichtig.

»Sie hat sogar Haare wie eine verdammte Squab«, sagt der, der sie festhält. »Hast du dich mal gefragt, ob du jemandem mit bloßen Händen das Genick brechen kannst? Mein Cousin sagt, das gibt es nur im Film, weil wir im Hals zu viele Muskeln haben, aber ich glaube, so viele hat sie gar nicht.«

Kailynn kann den, der redet, nicht sehen, weil er hinter ihr steht. Er krallt die Hände in ihre Haare, zieht an ihren Zöpfchen, reißt ihr heftig den Kopf zurück, und sie spürt, wie sich einige Extensions lösen, und ihre Kopfhaut brennt. Er zieht weiter, bis ihr Gesicht nach oben auf die Bäume gerichtet und ihr Hals zurückgebogen ist. Sie schafft es nur mit Mühe, den Blick auf Robby gerichtet zu halten.

Sie will etwas Tapferes sagen. Sie will den Mann, der sie festhält, anspucken oder beißen oder ihm sagen, dass er nicht stark genug ist, um ihr mit seinen Zahnstocher-Armen etwas zu tun, aber sie kann nicht sprechen, weil er die Finger an ihrer Kehle hat und so fest zudrückt, dass sie sicher blaue Flecke bekommt.

Robby hat noch immer die Waffe in der Hand. Sein Gesicht verrät nichts.

»Hilfe«, versucht sie zu sagen.

»Ihr solltet doch zu den Seelöwen gehen«, sagt Robby, das glaubt sie jedenfalls.

Kailynn tritt um sich, trifft das Schienbein des kleineren Mannes – glaubt sie –, aber das scheint ihn nicht zu kümmern.

Wolken ziehen über die Bäume hinweg. Sie hat beide Hände um die Handgelenke des Mannes geklammert, bohrt die Nägel in seine Haut, und sie hat das Murmeltier fallen gelassen.

Sie denkt an ihren Vater. Sie denkt daran, wie er Katzen auf Dächer geschleudert hat. Er sagte, er hätte jede einzelne wie einen Diskus geschwungen, und es hätte sich so befriedigend angefühlt, wenn er losließ und die Katze durch die Luft segelte.

Sie hat Haut unter den Fingernägeln. Blut an den Fingern. Der Mann keucht neben ihrem Ohr, und sie spürt nichts anderes mehr als seinen Griff. Jetzt verdreht er ihren Kopf mit beiden Händen und bohrt den Finger in einen weichen Teil ihres Ohrs. Sie ringt nach Luft. Es tut weh.

Robby sagt etwas.

»Fast geschafft«, haucht die Stimme an ihrem Ohr.

Jemand brüllt. Sie kann nicht gut hören und ist sich nicht sicher, ob die Stimme real ist, aber die Hände um ihre Kehle lockern sich. Sie stützt sich ab, als sie fällt. Blätter kleben an ihren blutigen Fingern.

Als sie tief Luft holt, klingt es nicht menschlich.

Kailynn sucht im Laub nach dem Murmeltier und kann es nicht finden. Dann schaut sie zu Robby, und er steht immer noch da, und sie ist wütender auf ihn als auf den Mann, der ihr den Kopf abreißen wollte.

Doch Robby schaut an ihr vorbei. Kailynn dreht sich um, und ihr Atem klingt noch immer schrecklich, und sie sieht eine Frau, die wie ein Sumpfmonster aus dem Bach gewatet kommt.

»Robby Montgomery!«, brüllt die Frau, nur einmal, oder vielleicht hat sie es auch schon viele Male geschrien, nur haben Kailynns Ohren nicht richtig funktioniert.

Es ist Lincolns Mutter, triefend nass. Sie hat Lincoln nicht bei sich, was Kailynn in Panik versetzt.

Das Murmeltier hockt neben ihrem Fuß. Sie hebt es auf, es ist warm. Alle außer ihr bewegen sich.

Lincolns Mutter klettert aus dem Bach.

Der Mann, der Kailynn gewürgt hat, stürzt auf seine Waffen zu.

Robby richtet seine eigene Waffe auf die Frau.

»Mrs. Powell hat gesagt, ich soll dir –«, setzt sie an, ist so nah, dass Kailynn das Wasser ins Laub tropfen hört.

Der Würger hat die Pistole in der Hand, hält sie aber falsch rum, und jetzt dreht er sie um und wendet sich zu der Frau. Robby hat die Waffe hochgerissen, so dass sie zum Himmel zeigt, hält sie aber noch immer fest umklammert. Kailynn glaubt, dass etwas in ihrem Hals kaputtgegangen ist.

»Mrs. Powell möchte mit dir reden«, sagt die Mutter. »Mrs. Powell möchte noch einmal mit dir reden.«

Lincolns Mutter versucht, sich vor Kailynn zu stellen, das wird ihr jetzt klar. Sie kommt langsam näher. Das Wasser aus ihrem Haar tropft auf Kailynns Schuhe und Beine.

Robby Montgomery beobachtet sie beide.

»Das ist jetzt egal«, sagt er und richtet die Waffe auf sie, und Kailynn denkt, na ja, ganz egal ist es nicht, es hat ihnen drei Sekunden verschafft, und jetzt hat der Würger die Pistole auf sie gerichtet, und sie denkt an ihren Vater und seine Katzen.

Dann wirft sie das Murmeltier.

Sie zielt nicht sehr gut – trifft weder den Würger noch Robby –, aber das Murmeltier segelt knapp am Gesicht des Würgers vorbei, und er zuckt zurück, verliert das Gleichgewicht und fällt ins Gestrüpp. Robby Montgomery schaut zu seinem Freund, und dann sieht Kailynn gar nichts mehr, weil Lincolns Mutter schwer und nass über ihr ist. Sie ist stärker, als sie aussieht. Sie hebt Kailynn hoch, schleift sie mit sich, schreit ihr etwas ins Ohr und schubst sie über den Rand des Baches.

Kailynn fällt mit dem Gesicht voran hinein, schluckt Wasser, und über ihr krachen schon die Schüsse.

20.05 Uhr

Joan hört die Kugeln, spürt sie aber nicht. Die Schüsse liegen weit auseinander, und sie duckt sich tief, so dass ihr Kinn das Wasser berührt, während ihre Hände und Füße in Schlamm und Algen versinken, und sie fragt sich, ob Robby Montgomery und der andere sie sehen können. Sie kann kaum ihre eigenen Arme erkennen, die das Wasser teilen, und die Männer sehen vermutlich nicht mehr als sie, was erklärt, weshalb sie noch nicht tot ist.

Ein Stein bohrt sich in ihren Oberschenkel, Schmerz durchzuckt sie. Kailynn würgt, weil sie Wasser schluckt, erbricht sich möglicherweise, aber sie kriecht so schnell, wie Joan sie schieben kann, auf die Brücke zu.

Dann sind sie darunter. Nicht in Sicherheit, aber sicherer, wenigstens für ein paar Sekunden. Die Schüsse haben aufgehört.

»Weiter«, flüstert sie Kailynn zu, und schon kommen zwei Fußpaare auf die Brücke zu, natürlich, wo sonst hätten sie sich verstecken sollen?

Sie zieht das Mädchen mit sich, und sie kriechen rückwärts, weg von der Brücke, wobei ihnen die Holzplanken die Sicht versperren. Dann erkennt Joan die undeutlichen Umrisse der Köpfe, sie bewegen sich nicht mehr, scheinen zu streiten – einer versucht den anderen mit sich zu ziehen. Es dauert aber nicht lange, dann springen sie über den Bach und laufen am anderen Ufer in den Wald hinein.

Sie fragt sich, ob Robby Montgomery seine Waffe überhaupt jemals auf einen Menschen abgefeuert hat – er hat sie nicht getötet, als sie hilflos und verwundbar aus dem Wasser stieg –, aber für solche Gedanken bleibt jetzt keine Zeit.

»Alles gut«, sagt sie zu Kailynn, die gestrauchelt und ganz untergegangen und prustend wieder hochgekommen ist. Sie schiebt dem Mädchen den Arm unter den Rücken und hebt sie hoch, wischt ihr das Wasser aus dem Gesicht, und ihre Haare fallen schwer auf Joans Arm. Ihr Hals fühlt sich so zerbrechlich an, aber sie können hier nicht bleiben, also schiebt Joan sie weiter.

Robby Montgomery und der andere entfernen sich vom Bach, doch sie verlässt sich nicht darauf, dass sie verschwunden sind, weil sie sich auf gar nichts mehr verlassen kann.

Joans Bein pocht jetzt heftig, und sie fragt sich, ob etwas anderes als ein Stein sie getroffen hat. Sie konzentriert sich auf das kalte Wasser und den Schlick an ihren Händen und wie Lincoln bei seinem ersten Ausflug an den See misstrauisch ins Wasser geschaut und sie gefragt hat: *Gibt es Nilpferde in Amerika?* Sie wünscht sich nichts mehr auf der Welt als das Gewicht seines Körpers.

Sie und Kailynn sind jetzt ein ganzes Stück von der Brücke entfernt, schieben sich mit dem Gesicht nach oben durchs schwarze Wasser. Joan kann die beiden Schützen nur noch als Schatten erkennen. Während sie ihre Hände und Füße zwingt, sich schneller zu bewegen, hebt einer der Männer den Arm, und ein Stein hüpft über das Wasser.

Joan erkennt, dass das nicht stimmen kann, aber es hört sich wirklich wie ein Stein an, der aufs Wasser trifft, viermal. Eine halbe Sekunde danach knallt es, auch viermal. Dann fällt einer der Männer mit einem lauten Stöhnen auf die Knie.

Da begreift sie.

Die Kugeln schlagen im Wasser und an Land ein, wirbeln Laub auf – es ist kein Kugelhagel wie im Film, sondern eine unregelmäßige Reihe von Schüssen. Es erinnert sie an die Taubenjagd – der Schuss knallte, ihr Vater lud nach, dann der nächste Knall.

Sie schaut zu den Männern und erkennt, dass es Robby Montgomery ist, der auf die Knie fiel. Sie kann seine breiten Schultern und die flatternde Jacke sehen. Der andere Mann läuft los.

Jemand feuert auf die Täter.

Joan sieht Glühwürmchen, die wohl von den Schüssen aufgestört wurden, zwischen den Bäumen blitzen. Robby Montgomery sinkt auf die Ellbogen, dann bewegt er sich gar nicht mehr. Sie kann ihn nicht mehr als Menschen erkennen – er ist nur noch eine dunkle Masse am Boden. Ein Laubhaufen. Ein Baumstamm.

Der andere rennt noch.

Joan schaut zum anderen Ufer und sieht endlich die Polizei kommen, zwei Gruppen, die sich in Dreiecksformation bewegen: ein Mann vorn, zwei hinter ihm, es erinnert sie an fliegende Gänse.

Eine dritte Gruppe bewegt sich durch die Bäume, die Retter kommen von überall her, aber sie sind nur formlose Klumpen, eine Masse erhobener Arme und Waffen, um die Körpermitte gepolstert, was ihnen eine seltsame Silhouette verleiht, und sie sind so still. Die Kugeln fliegen noch immer – Joan glaubt, sie einzeln durch die Luft zischen zu hören. Immer mehr Gewehre. Mehr Kugeln über ihr, die in der Nähe einschlagen. Seit der ersten Salve hat keine mehr das Wasser getroffen, aber sie sind immer noch zu nah.

Sie lässt sich so tief wie nur möglich hinuntersinken.

Der rennende Mann brüllt etwas, aber sie kann keine Wörter heraushören.

Die Glühwürmchen flackern rhythmisch.

Sie will Hände und Füße koordinieren, damit sie sich weiterschieben kann, doch ihr Handgelenk gibt nach, und sie geht unter. Jetzt hilft Kailynn ihr auf, Algen wickeln sich um ihren Arm – nein, die Finger des Mädchens umfassen ihr Handgelenk mit dem Verband. Joan prustet Wasser aus der Nase.

Los, los, los, befiehlt sie sich.

Sie sagen einem nicht, dass es so ist.

Sie sagen einem nicht, dass man die Guten nicht von den Bösen unterscheiden kann, dass der Lärm überwältigend ist und einen nicht nur taub, sondern auch blind macht, denn man schließt unwillkürlich die Augen, und dass Lärm und Bewegung von überallher kommen, so dass man nicht weiß, wohin man sich wenden soll.

Woher kommt nur der ganze Rauch?

Einer der Männer – ein Guter? – ist schon fast am

Bach, nur wenige Schritte entfernt, er scheint sehr groß zu sein. Er bildet die Spitze des Dreiecks, rennt nicht, bewegt sich aber schnell und geschmeidig. Er kommt noch näher heran, trägt etwas, das wie Ohrenwärmer aussieht, aber sie kann sein Gesicht nicht sehen – sie möchte sein Gesicht sehen. Sie will nicht plötzlich aufspringen und ihn erschrecken, für ihn wäre sie nur eine weitere Gestalt in der Dunkelheit, und wer weiß, wie er reagiert, wenn man ihn überrascht?

Er hat die Waffe erhoben, und Joan sieht tatsächlich einen Blitz, als er den Abzug drückt. Sie wusste nicht, dass man sehen kann, wie die Kugel die Waffe verlässt.

Dann begreift sie, dass das vorhin gar keine Glühwürmchen waren.

Sie sieht den Mann, der nicht Robby Montgomery ist, zu Boden fallen, doch er schießt noch immer. Er kriecht hinter eine Kiefer, ist kaum noch zu sehen –

Beweg dich, mahnt sie sich.

Ein Luftzug zischt vorbei. Diesmal spürt sie auch Hitze, die die Luft an ihrer Wange erwärmt.

Womöglich läuft Lincoln jetzt allein durch den Wald, und wenn er nun geradewegs auf diese oder eine andere Gruppe schießender Männer zurennt – wer weiß, wie viele Polizisten hier sind, und nun, da sie sich endlich entschieden haben, die Sache zu beenden, sind sie anscheinend nicht zimperlich –, und Lincoln hätte doch keine Ahnung, was das Geräusch der Kugeln bedeutet. Er wüsste überhaupt nicht, was los ist, und sie würden ihn binnen Sekunden töten. Er ist so klein, so schwer zu erkennen in dem Durcheinander aus Rauch und Körpern.

Wieder klatscht etwas neben ihr ins Wasser. Joan ist jetzt auf Händen und Knien, bewegt sich schnell und geduckt, und Kailynn ist neben ihr. Joan nimmt sich vor, um Hilfe zu rufen, sobald nicht mehr geschossen wird, und darauf zu vertrauen, dass die Polizisten eine Frauenstimme erkennen und nicht auf sie schießen werden. Aber die Schüsse hören nicht auf. Sie und Kailynn bleiben unten, auf Händen und Knien, bewegen sich wie Paddel an einem Kanu, und sie achtet nicht auf die Kälte und auf ihren Körper, die unzuverlässigen Handgelenke und abgestorbenen Füße und alle anderen schwachen, treulosen Körperteile. Als sie über die Schulter schaut, kann sie keine menschlichen Gestalten mehr erkennen. Vielleicht treiben die Polizisten den Schützen tiefer in den Wald. Hier gibt es nur noch Bäume und den schwindenden Lärm der Kugeln.

Sie bleiben noch im Wasser – kilometerweit, so fühlt es sich jedenfalls an, dabei sind es wohl nicht mehr als hundert Meter.

»Wir müssen raus hier«, flüstert sie Kailynn zu und bemerkt erst jetzt, dass das Mädchen kein Wort gesprochen hat. »Alles okay mit dir?«

»Wo ist Lincoln?«, fragt das Mädchen, als sie sich ans schlammige Ufer hieven.

Joan verliert das Gleichgewicht und muss sich festklammern.

»Ich habe ihn unter einem Busch versteckt. Wir müssen ihn holen. Die Kugeln«, sagt sie und bekommt keine Luft mehr.

Sie steht auf. Ihr Rock, der das alles irgendwie heil überstanden hat, klebt an ihren Beinen. Auch Kailynn stemmt sich hoch. Joan fasst sie am Arm und denkt flüchtig, dass Kailynn das Gegenteil von Lincoln ist, der sich so dicht und fest anfühlt. Die Knochen des Mädchens sind wie Porzellan, wie geblasenes Glas, wie der Henkel einer zarten Teetasse.

Das Mädchen fühlt sich wie lauter kostbare Dinge an. Joan weiß nicht, warum sie das erst jetzt erkennt. Sie muss blind gewesen sein, um dieses Mädchen nicht richtig zu sehen, das rote Bänder als Haare hat und Beine wie Origami, das frittierte Zwiebelringe macht und deren Vater für sie blutet.

»Sie haben ihn versteckt?«, fragt Kailynn.

»Die Killer hatten uns fast eingeholt«, sagt Joan, und kurz verschwimmt ihr alles vor den Augen.

Sie fasst sich wieder, krallt die Hände in ihren Rock und zieht ihn hoch bis über die Knie. Sie schaut an sich hinunter, sieht Kiefernnadeln unter ihren Füßen, kann sie aber nicht spüren, der Fuß mit der Sandale fühlt sich genauso an wie der ohne. Das ist gut. Es hilft, nichts zu fühlen. Sie läuft los, und es fühlt sich gut an, wie nach fünfzehn, sechzehn Kilometern Joggen, körperlos, das Denken losgelöst. Nur dass sie immer wieder stolpert und sich an den Bäumen festhalten muss. Sie ist wohl doch noch mit ihrem Körper verbunden, und der funktioniert nicht richtig.

»Wir finden ihn«, sagt sie zu Kailynn.

»Wir finden ihn«, wiederholt das Mädchen, und ihre Haare wippen beim Laufen auf und ab, und Joan denkt bei sich, was für ein furchtbarer Plan es doch war, auf die

Schützen zuzulaufen und nichts anderes zu sagen als Mrs. Powells Namen, als wäre er ein Talisman, ein Zauberschwert, mit dem man Robby Montgomery besiegen könnte. Sie kann von Glück sagen, dass sie und Kailynn noch leben. Vielleicht war der Plan also doch nicht ganz so furchtbar.

Joan spürt keinen Körperteil mehr außer ihrem Bein, der Schmerz schießt bis in die Hüfte, und sie stolpert immer wieder. Doch sie läuft weiter, und nichts um sie herum kommt ihr bekannt vor, und gerade als die Panik sie einzuholen droht, sieht sie die Spinne durch die Bäume – einen formlosen, leuchtenden Klecks – und läuft darauf zu. Sie ruft leise nach Lincoln, wird langsamer. Sie ist noch drei Meter entfernt. Dann noch eineinhalb. Sie ruft wieder seinen Namen.

Keine Antwort.

»Er war hier?«, fragt Kailynn.

»Er ist hier.«

Joan geht zu der Spinne und streckt die Hand aus, klopft gegen eines der Beine, so dass sie hin und her schwingt. Sie ist sicher, dass es dieselbe Spinne ist. Sie schaut sich im Wald um – welches Gebüsch war es?

Da drüben. Das muss es gewesen sein.

Es kommen nur noch vereinzelte Schüsse, es klingt wie Popcorn, das gleich fertig ist.

Sie läuft zu dem Busch, aber irgendwie kriecht sie plötzlich nur noch. Als sie den Busch erreicht, liegt ihr Kopf auf dem Boden, die Knie sind in die Erde gedrückt. Sie hebt die Zweige und späht darunter.

Er ist nicht da.

»Lincoln? Lincoln?«, ruft sie dennoch, kann nicht wegschauen von dem leeren Flecken Erde und den kahlen Zweigen, von dem Ort, an dem er nicht ist.

»Lincoln?«

Sie wollte es lauter sagen, aber ihre Stimme funktioniert nicht. Sie steht auf, geht in eine Richtung, bleibt stehen, probiert eine andere.

Sie weiß nicht, wie sie nach ihm suchen soll. Es gibt kein Muster, dem sie folgen kann. Er läuft nie weg. Er hält immer ihre Hand. Sie hat ihn nur einmal aus den Augen verloren, auf einem Volksfest, und da hat sie ihn nach dreißig Sekunden wiedergefunden.

»Lincoln?«, fragt sie leiser statt lauter.

»Lincoln!« Jetzt schreit sie. Plötzlich funktioniert ihre Stimme, und sein Name klingt laut und langgezogen, und es kümmert sie nicht, ob jemand sie hört. Kailynn ruft auch nach ihm.

Ihr Junge hört zu gut auf sie. Wo immer er sein mag, er gibt keinen Laut von sich. Sie war sich so sicher, dass er zu große Angst hätte, um sich unter dem Busch herauszuwagen, aber sie hat sich geirrt, und was nun?

Sie will nicht daran denken, was passiert sein könnte.

Solange sie sich bewegt, muss sie nicht daran denken.

Sie läuft in immer größeren Kreisen um das Gebüsch, stolpert und landet hart auf ihren Händen und rappelt sich wieder auf.

Joan schaut unter Büsche und greift nach jedem schwankenden Ast und kommt wieder an der baumelnden Spinne vorbei und an zwanzig Bäumen, die alle gleich aussehen, und dort ist ein hohler Baumstumpf und ein Schössling, der ein langes Leichentuch aus Efeu trägt. Und ein glockenförmiges, unbeleuchtetes Gespenst aus Plastik.

Sie bleibt stehen, tritt von einem Fuß auf den anderen und weiß, dass etwas nicht stimmt. Sie bückt sich, tastet über ihre Füße und merkt, dass ihre Zehen mit Blut bedeckt sind. Aber sie spürt es nicht, also ist es egal.

Ganz in der Nähe ruft Kailynn nach Lincoln.

Joan konzentriert sich auf den Boden, der ihr vorhin noch wie der immer gleiche Fleck aus Laub und abgestorbenem Holz in endloser Wiederholung erschienen ist, auf dem sie aber nun, da sie ihn genauer betrachtet, Einzelheiten wahrnimmt. Das Mondlicht ist hell genug, um Pilze und Traubenlilien zu erkennen. Einen geplatzten Luftballon, an dem noch die Schnur hängt. Einen Hexenkessel aus Plastik, der umgestülpt daliegt. Eine einsame weiße Lichterkette, die die Dunkelheit durchschneidet. Sie meidet das Licht und hebt die Zweige einer Weide an. Sie kommt wieder an dem mit Efeu bedeckten Schössling vorbei und zieht die Ranken auseinander. Der Efeu ist dicht – undurchdringlich –, keine Spur von Lincoln.

Es gibt kein Wort für das, was pulsierend aus ihrem Brustkorb aufsteigt. Es ist wie ein Schrei, aber mit Fäusten und Krallen. Sie will es nicht herauslassen.

Sie sieht wieder die leuchtende Spinne, die verschwommen zwischen den Bäumen schimmert. Joan schaut zurück zu allem, woran sie vorbeigekommen ist, sieht die sinnlose weiße Lichterkette und eine Masse, die abgestorbener Blauregen sein könnte. Sie geht auf den

Blauregen zu, der groß genug wäre für ein Versteck. Links ist wieder der Hexenkessel, und diesmal bemerkt sie, was ihr beim ersten Mal entgangen ist.

Sie bleibt abrupt stehen.

Der umgestülpte Kessel liegt schief da, als wäre etwas darunter. Vielleicht ist er schief, weil ein kleiner Fuß unter dem Rand klemmt.

Ich bin eine Schildkröte, ich bin eine Schildkröte, ich bin eine Schildkröte.

Ihr fällt ein, wie er sich unter dem Sofa versteckt hat und nur sein Kopf hervorlugte.

Sie weiß, dass sie recht hat, noch bevor sie den Kessel anhebt – sie weiß, dass ihr Gehirn einem dünnen Faden bis hierher zu seinem Gehirn gefolgt ist. Es gibt eine Million solcher Fäden zwischen ihnen, von Gehirn zu Gehirn, sie verraten ihr, wann er Hunger hat und wann er losweinen wird und dass ihm die Idee gefallen wird, Marshmallows als winzige Astronautenstiefel zu benutzen. Manchmal verheddern sich die Fäden: Sie hatte geglaubt, er werde unter dem Busch bleiben. Aber dieser Faden hier ist vollkommen, weich und warm wie Sarges Fell und silbrig wie Thors Helm, und er hat sie zu ihm geführt.

Sie hebt mit einer Hand den billigen Plastikkessel hoch, und da liegt er, zusammengerollt wie eine Lakritzschnecke. Sie kennt die Haltung noch aus den Notfallübungen für Tornados, die sie als Kind absolvieren musste. Er hat die Arme um den Kopf geschlungen und schaut nicht hoch.

Sie wirft den Kessel beiseite. Fällt auf die Knie.

»Lincoln?«

»Mommy«, sagt er und blickt hoch und lächelt, und ihr Körper funktioniert wieder nicht. Sie kann nicht einmal nach ihm greifen, und dann bewegt er sich, und sie bewegt sich auch. Sie fasst ihn unter den Armen und zieht ihn durch die Blätter, und dann drückt er sich an sie. Ganz fest und warm.

Der grauenvolle Schrei in ihr verflüchtigt sich bei diesem Gefühl, wird von Luft und Blut und Knochen absorbiert. Sie streichelt mit der Hand über ihren Sohn – er wirkt ziemlich ruhig, aber sein Gesicht ist feucht.

»Weißt du, was ich gewesen bin?«, fragt er an ihrem Ohr.

Zuerst kann sie es nicht sagen. Sie schluckt. »Eine Schildkröte.«

»Ja!«, flüstert er ekstatisch und vergräbt die Hände in ihren Haaren. »Warum bist du denn so nass?«

Er nimmt die Hände aus ihren klatschnassen Haaren. Sie umfasst seine Hand, umfasst ihn ganz, und ihr ist eiskalt bis ins Mark, und sie war noch nie in ihrem Leben so erleichtert.

»Ich bin in den Bach gefallen.«

»Oh. Was ist das für Krachen? Sind das Gewehre? Noch mehr Gewehre?«

Sie hört die Schüsse kaum noch.

»Die Polizei ist da«, flüstert sie. »Warum hast du nichts gesagt, als ich dich gerufen habe?«

»Ich hab dich nicht gehört. Ich war verschwunden.«

Sie stemmt sich hoch und hält seine Hände fest, weil sie nicht weiß, ob sie ihn auf den Arm nehmen kann. Sie sollten vielleicht zum Ausgang gehen – was immer dort geschehen ist, ist doch sicher vorbei.

»Geht es ihm gut?«, fragt Kailynn, die atemlos hinter ihnen aufgetaucht ist.

»Ja«, sagt Joan und macht einen Schritt. »Es geht ihm gut. Na los.«

Sie bemerkt die Blätter in Kailynns Haaren, als sie gemeinsam losgehen.

»Was ist denn?«, fragt das Mädchen.

Joan weiß nicht, warum sie das fragt, dann bemerkt sie, dass sie wieder auf die Knie gesunken ist. Sie ist verwirrt, weil sich der Boden so feucht anfühlt.

Etwas tut weh.

Sie hat Leute sagen hören, sie hätten eine Schussverletzung gar nicht gespürt – wer war das doch gleich? War es echt oder im Film? Sie aber spürt es jetzt. Es erinnert sie daran, wie ihr Vater ihr versehentlich die Hand in der Hintertür eingeklemmt hat – er wusste nicht, dass sie hinter ihm stand – und der Schmerz so groß war, dass sie gar nicht spüren konnte, wo er anfing.

Kailynn ergreift ihre Hand und zieht. Joan schaut an sich hinunter, und das Blut fließt so schnell aus ihrem Bein, dass es auf dem Boden eine Pfütze bildet.

Kailynn hört auf zu ziehen.

»Oh«, sagt das Mädchen, ihr Gesicht ist ganz nah. Ihre Finger werden sanft. »Oh.«

Joan fasst sich an die Körperseite, und die ist auch nass, und sie kann die Beine nicht mehr bewegen. Aber sie hört immer noch Schritte im Wald, zu nah, und ist sich nicht sicher, ob die Schüsse wirklich aufgehört haben.

Sie können nicht hierbleiben, es ist zu gefährlich.

»Nimm ihn mit«, sagt sie und deutet auf Lincoln. »Geht zurück zu den Gehegen. Setzt euch irgendwohin und wartet, bis die Polizei euch hilft.«

Die Vorstellung gefällt ihr. Nicht die schattendunklen Polizisten im Wald, sondern eine feste, sichere Wand aus uniformierten Männern und Frauen, die ihre Waffen weggesteckt haben. Sie werden ihrem Sohn sagen, dass es vorbei ist. Sie werden ihn in Sicherheit bringen. Sie werden Mrs. Powell finden und sich um ihr Knie kümmern, und dann werden sie jeden einzelnen Winkel und jeden Abfalleimer durchsuchen. Sie werden ein Baby herausholen und seine Mutter suchen, und natürlich werden Mutter und Baby wieder vereint. Natürlich muss es so enden.

Lincoln hält sich mit beiden Händen an ihr fest.

»Nein«, sagt er und schüttelt den Kopf, die Augen weit aufgerissen. »Nein.«

»Geh los«, sagt sie und schiebt ihn weg. Dann zieht sie ihn wieder an sich, weil sie nicht anders kann, weil sie ihn nicht weglassen kann, ohne ihn noch einmal festzuhalten. Sie hat ein Bein hinter sich ausgestreckt und kniet auf dem anderen. Sie schlingt die Arme um ihn und drückt ihr Gesicht an seine Schläfe und atmet seinen Geruch ein, der sich immer verändert und immer gleich ist und im Augenblick wie der Duft von Brot ist. Sie will jede Zelle ihres Körpers dazu bringen, sich hieran zu erinnern – an seine Hand in ihren Haaren, die weiche Haut über seinem Wangenknochen, *Mommy* –, so dass, falls sie etwas für immer behalten darf, es dieses Gefühl sein wird.

»Du bist mein Junge. Geh mit Kailynn.« Nein, denkt sie, das ist nicht fair. Er braucht mehr. Er muss es verstehen. »Ich muss hier warten, Schatz. Nur eine kleine Weile. Bis die Ärzte kommen.«

Er weint.

Sie zwingt sich, die Finger ihres Sohnes loszulassen, ihn ganz loszulassen, obwohl sie den Augenblick, in dem sich seine Haut von ihrer löst, nicht ertragen kann.

»Ich will bei dir bleiben«, sagt er. Kailynn greift nach seiner Hand, verschränkt ihre Finger mit seinen. Er geht mit ihr, sagt mit zitternder Stimme »Okay«, wie es seine Art ist, und in ihrem Kopf verschwimmt alles. Einen langen Moment bekommt sie nichts mehr mit, dann gehen ihre Augen wieder auf.

Die Lichter in den Bäumen sind jetzt wunderschön. Joan fragt sich, warum sie das nicht schon vorher erkannt hat. Lange weiße Schnüre, wie Perlen oder Monde, und eine leuchtende orange Kugel in der Ferne und rote und blaue Lichter, die zwischen den Bäumen aufblitzen.

Sie kniet noch. Nein, sie liegt auf dem Bauch. Gleich wird sie aufstehen, aber noch schaut sie Lincoln hinterher, der an Kailynns Hand davonläuft. Er bewegt sich schneller als erwartet und mit wenig Anmut, wirft die Füße wie üblich nach rechts und links. Er läuft nicht schnell oder geradlinig, aber sein ganzer Körper bewegt sich – Schultern und Füße und Hände und Ellbogen bewegen sich in alle Richtungen. Ihr Junge ist nicht gerade aerodynamisch gebaut.

Sie schmeckt Blut. Vielleicht hat sie sich wieder auf die Lippe gebissen.

Er wirkt größer, je weiter er sich entfernt, und Joan denkt klar genug, um zu begreifen, dass das nicht stimmen kann. Er füllt die Leinwand vor ihr aus, verdeckt die ausladenden Äste der Kiefern. Dann sieht sie nur noch ihn. Und die Lichter. Helle Lichter, die sich am Himmel ausbreiten wie die Bänder am Maibaum, als sie in der sechsten Klasse war und ein lavendelfarbenes Kleid trug und zu dem langen Band aufschaute, das sie in der Hand hielt – *Gebt acht, Mädchen,* sagte Mrs. Manning, die für das ganze Theater verantwortlich war, *es ist schwierig* –, und sie schwang ihr Band zusammen mit den anderen, hin und her, und die limonadenbunten Bänder erfüllten den Himmel, und jedes Ende eines Bandes wurde von einer Hand ganz festgehalten – Kailynns Finger, die sich in ihr Shirt krallen, Lincolns Hand in Kailynns, gewundene Bänder –, und genauso sind die Lichter jetzt. Schön.

Es gibt wunderschöne Dinge. Achte auf sie.

Die Haare geraten ihr in den Mund, und sie macht eine ruckartige Kopfbewegung. Der Boden unter ihr ist feucht.

Lincoln. Sie weiß nicht, wo er ist. Sie muss den Kopf heben.

Sie verliert wieder den Überblick, und dann, als sie den Kopf dreht, erhascht sie von ganz fern einen Blick auf ihn, auf seine wirren Locken, und er ist von Leuten in dunkler Kleidung umgeben, die vor ihm knien. Es ist schön, wenn Erwachsene sich die Mühe machen, sich auf die gleiche Höhe wie er zu begeben. Aber Joan ist sich nicht sicher, ob er wirklich dort steht und mit den

Polizisten redet oder ob ihre Gedanken sich selbständig gemacht haben.

Dies ist die Geschichte von einem kleinen Jungen namens Steve, der Horseman werden wollte, wenn er groß ist.

Dies ist eine Geschichte von Robotern und Lasern.

Dies ist die Geschichte von meiner Hochzeit, Mommy. Ich werde eine Frau haben. Sie wird Lucy heißen. Ich werde fünf Jungen und fünf Mädchen bekommen. Aber sie wachsen in meinem Bauch, nicht in ihrem, so wie bei den Seepferdchen.

Sie will seine Geschichte hören. Sie wird die Augen schließen, damit sie ihn besser hören kann.

Sie muss die Augen geschlossen halten, weil die Lichtbänder zu grell sind.

Nein, keine Lichtbänder. Nur ein Licht.

Ein Mann mit einer Taschenlampe beugt sich über sie.

»Ma'am?«, fragt er und kniet sich hin, und dann ist das Licht verschwunden. »Alles ist gut.« Etwas drückt fest gegen ihr Bein. »Nur eine Sekunde, es kommt sofort Hilfe.«

Er trägt ein dunkles Hemd, etwas schimmert hell auf seiner Brust. Er könnte Mr. Simmons sein, ihr Lehrer aus der fünften Klasse, der ihren Aufsatz gelesen und gesagt hat, aus ihr würde mal etwas.

»Lincoln«, sagt sie.

»Ihr Junge?«

Der Mann streicht ihr die Haare aus dem Gesicht und ist ganz sanft.

»Kleiner Bursche mit dunklen Haaren?«, fragt er.

Sie hat die Augen geschlossen. Gleich wird sie sie öffnen.

»Lincoln«, sagt sie.

Sie glaubt jedenfalls, dass sie es sagt.

Sie glaubt, dass Zeit vergeht. Sie spürt, wie sie hochgehoben wird. Sie hört Stimmen, aber keine richtigen Wörter. Noch mehr Licht. Gestalten bewegen sich um sie herum.

Sie spürt kleine Finger, die ihre Hand berühren.

Sie bewegt sich ein bisschen, und Lincolns Hand schmiegt sich in ihre. Sie glaubt, dass er ihren Namen sagt. Sie glaubt, sie kann seinen warmen Atem spüren. Sie fühlt seine Haut an ihrer, und seine Fingerspitzen tanzen über ihre Handfläche und erzählen ihr jede Geschichte, die sie je gehört hat.

Dank

Für meine Freundin Laura Tisdel, die meinen lächerlichen Traum von einer brillanten Lektorin, mit der man auch auf einer Übernachtungsparty Spaß haben kann, wahr machte. Denn so fühlte sich der gesamte Arbeitsprozess an – wie eine brillante Übernachtungsparty auf große Entfernung. Frankie Gray und Anne Collins verhalfen dem Buch zu einer geschmeidigeren, besseren Gestalt. Kim Witherspoon bin ich unglaublich dankbar, weil sie mir riet, es komplexer zu machen, und ganz allgemein eine eindrucksvolle Mischung aus Kompetenz und Charme ausstrahlt. William Callahan half mir als kluger und rücksichtsvoller Testleser, der das Buch sehr bereichert hat. Dank an Jason Weekley für das Wissen über Schusswaffen und die hilfreiche Faktenüberprüfung. Das gilt auch für meinen Bruder Dabney, der mir erklärte, was passiert, wenn man auf unterschiedliche Gegenstände schießt (und danke auch für die Ziegen).

Ich danke meiner Mutter Gina Kaye Phillips für die vielen Geschichten, die sie in über vier Jahrzehnten als Lehrerin erlebt hat. Danke an Hannah Wolfson für ein hilfreiches frühes Gespräch und Donny Phillips für seine Katzeneskapaden.

Außerdem möchte ich auf *Gute Nacht, lieber Mond* von Margaret Wise Brown und auf *That Hell-Bound*

Train von Robert Bloch verweisen, auf die in diesem Buch Bezug genommen wird.

Und schließlich gilt mein Dank Fred, dem besten Ehemann und Leser.